KB092668

허실시 기담괴설 사건집

허실시 기담괴설 사건집

초판 1쇄 2023년 7월 28일

지은이 범유진 · 박하루 · 정마리 · 김영민 · 그린레보

출판책임	박성규	펴낸이	이정원
편집주간	선우미정	펴낸곳	도서출판 들녘
기획이사	이지윤	등록일자	1987년 12월 12일
편집진행	이동하	등록번호	10-156
디자인진행	고유단	주소	경기도 파주시 회동길 198
디자인	하민우	전화	031-955-7374 (대표)
편집	이수연·김혜민		031-955-7384 (편집)
마케팅	전병우	팩스	031-955-7393
경영지원	김은주·나수정	이메일	dulnyouk@dulnyouk.co.kr
제작관리	구법모		
물류관리	엄철용		

ISBN 979-11-5925-801-5 (03810)

고블은 도서출판 들녘의 장르문학 브랜드입니다.
값은 뒤표지에 있습니다. 잘못된 책은 구입하신 곳에서 바꿔드립니다.

허실시 기담괴설 사건집

범유진 · 박하루 · 정마리 · 김영민 · 그린레보

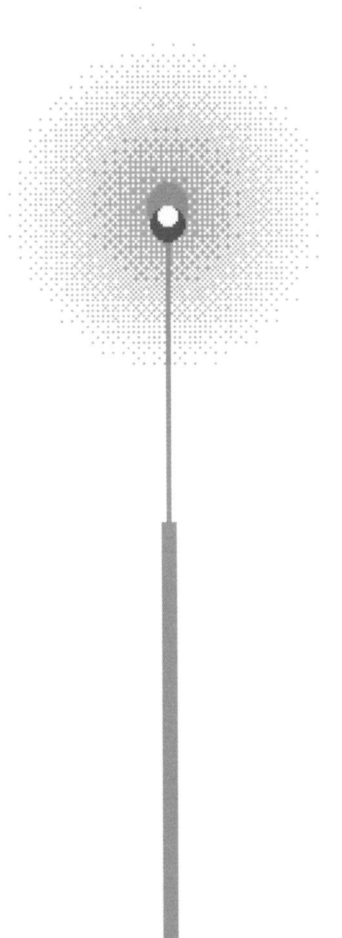

목차

허실시의 연원은 조선 중기 문신 김중환1552~1615의 문집 『지구집枳椇集』에서 찾을 수 있다. 헛개나무 열매가 마치 매실처럼 커다랗게 열리는 고을이라 '헛매실골'이라 하던 것이 와전되어 '허실골'이 되었다고 한다.
일제강점기 때 '虛實町'이라는 한자가 붙어 지금의 '허실시'까지 이어지고 있다. 그 시절 일제는 토지 정리를 할 때 땅의 기를 죽인다며 이름의 유래와 상관없는 한자를 끼워 맞추곤 했다는데, 아마도 '허허로운 과실'을 의도했을지도 모를 그 작명은 당시 허실정에서 고등보통학교 교장을 하던 이로 하여금 묘한 오해를 하게 만들었다.
"땅 이름 따라 사람이 모이는 것인가, 사람들이 모여 땅 이름을 만든 것인가. 이 동네 사람들은 허실피막의 얇고 부드러운 막 그 한 겹으로 살고 있다. 남의 집에 불이 났는데 전혀 모르겠다며 의뭉을 떨면서도 온갖 구호에 극진한 그들의 태도는 어느 쪽이 허이고 실인지 도무지 종잡을 수가 없다. 다른 부임지에서 조선인들은 고등보통학교 교장인 내게 지극히 공손할 뿐이었다…. 나는 이 땅의 주민들이 조금 무섭다."

그가 저택이 전소된 이후 일기에 남긴 기록이라고 한다. 당시 자료를 찾아보면 방화가 유력했다는데, 글쎄. 용의자들만 있을 뿐 범인은 결국 잡히지 않았다니 진상은 알 수 없다.

허실피막虛實皮膜이란 일본의 셰익스피어라 불린다는 가부키 극작가가 남긴 말로, 허구와 사실의 아슬아슬한 경계에 극작이라는 예술이 있으며 이는 양쪽의 측면을 가지면서도 고유의 경지를 드러낸다는 뜻이다. 그러고 보면 범죄를 예술에 비유한 추리소설이 있지 않던가? 범죄자는 창조적인 예술가이며 탐정은 한낱 비평가일 뿐이라고, 브라운 신부가 말했던 것 같다.

그렇다고 이곳 허실시가 범죄의 소굴이라는 뜻은 물론 아니다.

다만 무언가가 다소 자주 일어나는 장소이기는 한 것 같다. 아주 떠들썩해질 만한 사건에는 미치지 않으나 지루한 일상의 흐름에 파란을 일 만한 그런 아슬아슬한 일들이.

이름 따라간다고는 하지 않겠으나, 이곳은 허한가 하면 실하고 실한가 하면 허 하기도 하다. 지하철역에서 나오면 주변은

번듯한 상점가. 대학도 있고 큰 제조업 본점도 있고 허우대는 나쁘지 않다. 하지만 거기서 조금만 비켜나면 퀴퀴한 뒷골목이 실핏줄처럼 퍼지고 손대면 폭삭 무너질 듯한 간판들이 생색을 내고, 조금만 더 가면 그마저도 없이 용도 불명의 빈터다. 하지만 빈터에 실수로 발이라도 들여놓을라 치면 땅주인이랍시는 누군가가 불쑥 나타나 뭘 버렸느니 긁었느니 시비를 건다. 무고를 증명하려 해도 그때 마침 주변에 행인도 블랙박스 태운 차 한 대도 안 지나치는 것이다. 그러니 홧김에 거기 굴러다니는 돌로 입살맞은 이의 머리를 찍는다 해도 아무 증거도 안 남을 정도로 말이다.

그렇다고 내가 돌로 사람을 찍었다는 말은 물론 아니다.

여하튼 지기 탓인지, 미묘하게 낙후된 탓인지, 사람들의 기질 탓인지, 여기 허실시에는 유독 '아슬아슬한 일들'이 자주 일어난다고. 나는 바람결 타고 물결 타고 내 귀에 들어오는 그러한 일들을 언제부터인가 수집하고 정리하여 기록으로 남기기 시작했다. 대부분 허실피막의 예술이라 하기에는 투박한 한낱 가십거리들일지도 모르고 어떤 일들은 그 진상이 맞는다면 뜬소문 정도가 아니라 형사사건으로 넘겨야 할 것들도 있다. 소문을 실어나르는 자와 내 해석에 의해 허와 실이 뒤섞여 있다는 점에 미리 양해를 구하는 바이다.

판단은 읽어주시는 분의 몫.

만일 궁금증이 생긴다면, 여러분께서 직접 허실시에 와보시는 것도 좋을 것이다. 내가 어쩌다 여기로 흘러들어왔다가 정착했듯이 말이다. 하지만 정착한 지도 20년이 다 되어가는 지금도 나는 이곳 사람들을 잘 모르겠다. 거의 100년 전 고등보통학교 교장이 여기 주민들을 무서워했듯이….

아니, 내 경우는 홀려 있다고 해야 적절할 것이다.

이 동네가 자아내는 허실 그 자체에.

—20■■년 ■■월, 정든 '이야기의 고향'에서 진설주 (향토사 연구자)

최애빵 구출 레시피

|

범유진

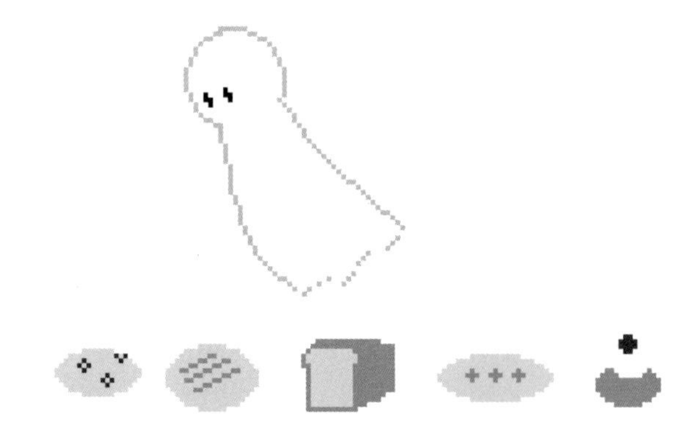

김말자 빵이 없어질지도 모른다.

그 말을 들었을 때, 노지연은 단골 만화방에 앉아 유튜브를 보며 산더미처럼 쌓아놓은 빵을 먹고 있었다. 버스 터미널에서 내리자마자 집이 아닌 동네빵집, 허실당으로 향해 한 봉지 가득 빵을 사 들고 온 터였다. 서울에 있는 동안 고향 허실동의 무엇도 그립지 않았으나, 허실당의 빵만은 사무치게 그리웠다.

봉지를 채운 빵 중 점유율이 높은 것은 단연 김말자 빵이었다. 둥그런 화이트 브레드 한가운데 잡채가 섞인 소가 튀겨져 봉긋하게 솟아오른 것이, 밥그릇에 고봉밥이 쌓인 모양새를 닮은 듯 보이는 빵이다. 한 번도 '올해의 판매순위 1위' 는 차지하지 못했으나 늘 4,5위 어귀에는 머물러 있는 스테디셀러이자 노지연의 원픽이다. 서울에서 지내는 동안

대체 왜 허실당은 택배 주문을 받지 않는 거냐고 울부짖던 노지연은, 이번 방학 때에는 김말자 빵을 서른 개쯤 사서 냉동한 뒤에 서울로 가져가리라 마음먹었다.

그런 김말자 빵이 없어질 수도 있다니. 청천벽력 같은 소식이었다.

"이거 잘 팔리는데 없어질 리가. 아저씨 괜히 나 놀리려고 그러죠."

노지연이 입술을 삐죽이자, 만화방 아저씨는 노지연에게 콜라 한 캔을 던져주었다.

"놀리긴. 지연이 너 오랜만에 왔는데 놀리긴 왜 놀려. 허실당 갔을 때 뭐 이상한 거 못 느꼈어? 사람이 유독 많다거나. 카메라 들고 설치는 사람들이 있다거나."

"…그랬던 것도 같고."

"유튜브에 '귀신 나오는 빵집' 그렇게 쳐 봐."

노지연은 그렇게 했다. 검색 버튼을 누르자 몇몇 동영상이 떴다. 원색 배경에 촌스러운 폰트를 박아 넣은 썸네일에는 '귀신을 부르는 빵이 있다?' '충격! 귀신 들린 빵의 정체!'라는 제목이 요란하게 쓰여 있었다. 노지연은 그중 그나마 덜 촌스러운 썸네일의 영상을 클릭했다. 어두운 저녁, 한 남자가 허실당을 등지고 떠들고 있었다. 셀카봉을 들고 촬영한 것인 듯, 남자가 움직일 때마다 화면이 조금씩 움직였다.

[여러분. 여기가 소문의 그! 허실당입니다. 제가 직접 확인을 하려고 서울에서 4시간을 달려 내려왔다 아닙니까. 설마 아직도 그 소문, 듣지 못한 분은 없겠죠? 제 손에 들린 이것!]

남자가 카메라 앞으로 내민 것은 김말자 빵이었다.

[이 희한하게 생긴 빵만 노리고 나타나는 귀신이 있다는 소문인데요. 매일 저녁 아홉 시에만 나타난다고 합니다. 지금 시간은 저녁 8시 40분! 앞으로 20분 뒤면 귀신이 나옵니다. 그때를 노려서 가게에 들어가 현장을 잡아 볼까 하는데요. 오랜만에 왜 구리구리한 셀카봉 모드냐. 가게에서 촬영을 허락해주지 않았기 때문입니다. 이상하지 않나요? 제가 가게 주인이면 귀신이 나오지 않는다는 걸 적극적으로 해명하기 위해서라도 촬영을 허락할 것 같은데 말입니다. 혹시 가게에 나오는 귀신이 무언가 사연을 가진 게 아닐까요? 마침 저기, 이 동네 주민인 듯한 분이 지나가네요. 인터뷰 좀 해볼까요?]

남자는 허실당 앞을 지나던 아주머니에게로 뛰어가 앞을 가로막았다. 노지연도 잘 알고 있는 철물점 아주머니였다. 노지연의 할머니 표현을 빌자면 '입으로 못질하는 재주가 있으나 정작 다른 사람이 못질하는 소음은 못 견디는' 사람이다. 아주머니는 근처 중학교 애들이 서너 명씩 수다를 떨면서 철물점 앞을 지날때마다 뛰어나와 조용히 하라고 소리를 지르곤 했다. 그럴 때의 아주머니의 모습은 칼을 휘두르는 망나니처럼 기세등등했고, 애들은 그 기세에 눌려 잘못한 게 없음에도 입을 다물었다. 아이들은 학교에서 철물점 앞으로 이어지는 짧은 도보를 '침묵의 길'이라고 불렀다. 동네 아이들에게도 그러한데, 하물며 외지에서 온 것이 분명한 남자를 상대로 아주머니가 참을 이유는 없었다.

[안녕하세요! 잠깐 인터뷰 괜찮으세요?]

[인터뷰는 무슨…. 동네 시끄럽게 하지 말고 집에 좀 가!]

남자가 말을 건네자마자, 철물점 아주머니의 노성이 터져 나왔다.

[왜 화를 내세요. 저는 그냥 뭐 하나 여쭈려고. 빵집에서 귀신을 목격하신 적이….]

[야. 미친 새끼들아. 화 안 내게 생겼냐? 유튜브다 뭐다 하루에 서너 명이 우르르 몰려와서 빵집 앞에서 떠들고, 골목에서 떠들고, 밤 아홉 시 넘어서까지 떠들고! 그렇게 떠들어댈 거면 밥을 사 먹든 뭘 하든 여기서 돈이라도 좀 쓰고 가던가. 빵집 2층에 카페도 있으니깐 안에 들어가서 떠들라고 해도 주스값 그거 몇 푼 쓰기 싫다고 밖에서 지랄, 또 지랄. 귀신보다 당신들이 더

무서워!]

아주머니의 불호령에 남자가 주춤, 한 걸음 뒤로 물러섰다. 녹화된 화면에 실시간 채팅에 웃음 이모티콘이 난무했다. 실시간 채팅이 녹화된 걸 보면, 라이브 방송 중이라 끊고 가지도 못한 듯했다. 아주머니는 비키라는 듯 양팔을 크게 휘저었다. 남자는 멀어지는 아주머니의 뒷모습을 멍하니 보다가 정신을 차린 듯 다시 화면을 바라보았다.

[지방이 인심 좋다는 거 다 뻥이라니까. 이런 게 텃세인가 봅니다. 이렇게 방송타면 빵집 홍보도 되고 나쁠 게 뭐 있다고. 앗. 여러분. 아홉 시 되기 이 분 전! 자, 이젠 빵집으로 들어가 보겠습니다! 촬영 허가는 받지 못했지만 잠깐 들어가서 보는 것뿐이니깐요. 자, 들어갑니다!]

남자는 허실당의 문을 열고 안으로 들어갔다. 빵이 듬성듬성 남은 매장 진열대를 한 바퀴 훑던 카메라의 움직임이 한 곳에서 멈췄다. 희무끄레한 연기 같은 것이 화면에 비추어졌다. 카메라가 흔들리며 연기 쪽을 클로즈업했다. 진열대에 놓인 김말자 빵이 화면을 채우다 멀어졌고, 다시 연기 같은 형체가 화면에 나타났다.

[봐요. 분명히 사람 형체라니까. 저기가 손이잖아. 손이 빵 네임 태그를 만지고 있는 것 같죠?]

분명 연기는 사람의 형체를 띠고 있었다. 얼굴 윤곽도 선명했고, 긴 치마와 허리까지 내려오는 기다란 머리카락도 확연히 분간할 수 있었다. 연기는 한참이나 김말자 빵이 놓인 매대 앞에 너울거리듯 서 있다가 사라졌다.

[봤죠! 갑자기 사라지는 거! 저게 귀신이 아니면 대체 뭐냐고요. 이 귀신이 나타난 지 어느새 3개월! 앗. 저기 직원분이 계시네요. 직원분에게 김말자 빵에 대해 무언가 얽힌 사연이 없는지 물어보도록 하겠습니다. 직원분, 잠시만요!]

무표정한 얼굴이 화면에 잡혔다. 김명장이다. 허실당의 간판 제빵사. 허실동 주민 중 노지연과 친분이 없는 몇 안 되는 사람 중 한 명이다. 허실동에 온 지는 십 년이 넘었지만 여전히 어디에도 녹아들지 않은, 그러나 빵 하나만은 확실하게 잘 만드는 사람이다. 김명장은 잠자코 카운터 쪽을 가리켰다. 카운터에는 커다란 경고문이 붙어 있었다. '유튜버 및 허가받지 않은 촬영 일체 금지'라고 쓰인 경고문을 클로즈업하는 것으로 영상은 끝났다.

"봤지? 그렇게 촬영한다고 설치는 사람들이 하루에 서너 팀씩 몰려와. 저렇게 한두 명 오는 건 그나마 양반이야. 사흘 전에는 방송국에서 나왔다니깐. 허실당하고 협의도 하지 않고 막무가내로 찍겠다고 어찌나 소란을 피우던지. 처음에야 방송 탄다고 신기해하던 사람들도 지금은 학을 뗐어. 안 그래도 허실당 안좋게 보던 사람들도 좀 있잖아. 누군가 허실시 소식지에 허실당이 노이즈 마케팅을 펼쳐서 허실동 주민만 피해 입고 있다, 뭐 그런 내용의 기사를 제보를 해서…. 아예 김말자 빵을 없애라 마라 말이 많은 상황이야. 예전이면 허실당 대표님도 그런 잡음은 무시했을 테지만, 그 집 아들이 지방 라디오에서 일을 시작했거든."

"성진 오빠요?"

"그래. 참. 지연이 너 김성진이랑 친했지?"

노지연은 어깨를 으쓱해 보였다.

"아들이 고향에서 일을 해서 그런가, 불도저처럼 구는 일이 줄었어. 이번 소동으로 김말자 빵을 단종시킬까 고민하는 모양이더라고."

"말도 안 돼. 이렇게 맛있는 걸, 귀신 소동 같은 말도 안 되는 이유로 단종시킨다고요? 그건 빵의 신에 대한 모독이라고요!"

노지연의 손에 들린 콜라 캔이 와그작 소리를 내며 일그러졌다.

"내 최애 빵은 내가 지킨다!"

"어떻게?"

"귀신의 정체를 알아내면 되죠! 그게 진짜 귀신이겠어요? 누가 장난치는 거겠죠."

"그게 그렇게 쉽게 될까? 찾아온 유튜브 중에 귀신 정체 알아낸다고 여기저기 들쑤시고 다닌 사람들이 있어서 동네 사람들이 귀신의 귀 자만 들어도 질색하는 중이야."

한 봉지 가득 차 있던 빵은 어느새 딱 하나 남아 있었다. 노지연은 덩그마니 놓인 김말자 빵을 집어 들어 포장지를 벗겼다. 만화방 아저씨는 노지연의 신중한 손놀림을 보다가, 납득한 듯 고개를 끄덕거렸다.

"하긴. 지연이 너라면 가능할 수도 있겠다. 허실동의 아이니깐."

노지연은 뚱하게 빵을 베어 물었다.

허실동의 아이.

노지연이 그렇게 불리기 시작한 건 7살, 유치원 화재 사건

때부터였다. 그때 노지연은 허실동 외곽에 있는 폐공장을 고쳐 만든 캠핑장에서 진행된 유치원 캠프에 참여했다. 화재가 발생한 시간은 새벽 한 시. 아이들을 인솔하던 선생님들도 깊은 잠에 빠져 있던 시간대라, 자칫하면 큰 사고로 번질 수 있었다. 하지만 다행히도 화재는 인명피해가 나기 전에 진화되었는데, 노지연이 선생님들의 숙소로 달려왔기 때문이다. 큰일 났다고 외치며 문을 두드리는 노지연의 목소리에 잠이 깬 담당 교사는, 창문 밖으로 연기가 타오르는 것을 보고 신속하게 움직였다. 119가 달려왔고 아이들은 모두 무사히 대피했다. 화재의 원인은 방 안에 피워둔 모기향이 이불에 옮겨붙은 것으로 판명되었다. 인명피해가 없었다 뿐이지, 발생한 방의 천장과 벽이 무너져 내리고 옆방과 윗방의 바닥까지 일부 무너져 내린 큰 화재였다.

진화가 마무리되고 한숨 돌린 담당 교사는 그제야 무언가 이상하다는 것을 알았다. 화재 발생 추정 시간이 새벽 1시, 외부에서 인식가능할 정도가 된 것은 그로부터 5분 여가 지난 후였다. 그러나 노지연이 교사들의 방문을 두드린 것은 새벽 한 시 거의 정각이었다. 게다가 화재가 발생한 방의 맞은편에 위치해서 바로 화재를 인식할 수 있었던 교사들의 방과 다르게, 노지연이 자고 있던 방은 화재가 난 방의 바로 윗방이었다. 육안으로 화재를 인식할 수가 없는 위치였다.

"지연아. 불난 거 어떻게 알았어?"

담당 교사의 물음에, 노지연은 고개를 가로저었다.

"불난 건지는 몰랐어요. 그냥 큰일 나겠구나 싶어서 선생님 깨우려 온 거예요."

"큰일이 나겠구나 싶어서? 왜 그렇게 생각했니?"

"땅이 울었어요."

"뭐?"

"땅이 울면서 지연아, 큰일이 날 거야. 그랬다고요."

노지연의 말에 주변이 일순 조용해졌다. 화재 현장에 모여 있던 모두가 노지연의 말을 들었고, 그들을 중심으로 입에서 입으로 소문이 퍼졌다. 노지연이 땅의 목소리를 들었다더라. 지금은 세상을 떠난, 한때 허실동을 주름잡던 무당이 노지연은 허실동의 사랑을 받는 아이라고, 그런 사주를 가지고 태어나 화재를 막을 수 있었던 것이라 말한 것이 결정적이었다. 노인들이 제일 먼저 무당의 말을 덥석 물었다. "그렇지. 그게 아니면 어린 것이 어떻게 땅이 운다, 라는 표현을 쓰겠어." 노인들이 무당의 말을 믿은 것에는, 노지연의 집안이 허실동에서 4대를 내리 이어 살고 있는 토박이란 것도 큰 영향을 미쳤다. 노인들은 삼삼오오 모여앉아 노지연의 증조할머니 때에는 저 집이 허실동의 유지였다느니, 그때도 그 집 여자가 신기가 있었다느니 하는 이야기를 떠들었다.

노인들은 그때부터 노지연을 특별한 아이로 대하기 시작했다. 노령 인구가 높은 허실동에서, 노인들의 태도는 은연중 다른 주민들에게도 영향을 미쳤다. 무당을 믿든, 믿지 않던 상관 없었다. 노지연을 혼내거나 함부로 대하면 등 뒤에서 시어머니의 날선 목소리가 날아왔고, 심부름을 온 노지연에게 상한 양파를 건네준 청과물상은 심한 질타와 함께 매상이 떨어지는 곤욕을 겪었다.

어린 노지연은 갑자기 밀어닥친 그 일방적인 애정이 싫지 않았다. 노지연은 3남 1녀의 늦둥이 막내였는데, 가장 큰 오빠와는 20살 차이가 났다. 노지연이 7살이었을 때 둘째 오빠는 17살, 고등학교 2학년이었고 대한민국의 여느 집이 그렇듯 집안의 관심은 모두 대학 진학을 코앞에 둔 둘째 오빠에게로 쏠려 있었다. 이미 세 명의 아이를 기르면서 육아의 신이 된 노지연의 부모님은 노지연이 무엇을 하든 무관심했다.

노지연은 집에서 받지 못하는 관심을 집 밖에서 누렸다. 노지연의 주머니는 어른들이 준 간식으로 빵빵했고, 노인들은 노지연이 무엇을 물어보든 대답해 주었다.

"지연이 너, 관심 끌려고 그렇게 대답했던 거지? 못됐어. 불나서 사람들 크게 다칠 수도 있었던 거잖아. 그런데 넌 관심 끌 생각만 했던 거잖아."

"맞아. 약았어. 우리 집 할머니도 나보다 널 더 예뻐하잖아."

노지연 또래의 아이들 몇몇은 노지연을 향해 불만을 터뜨렸다. 그때마다 노지연은 당당하게 가슴을 펴고 응대했다.

"관심 끌려고 그런 적 없어. 진짜로 들었어. 땅의 울음소리. 그 말이 그냥, 머릿속에 확 떠올랐단 말이야."

노지연의 집안 식구들은 아무도 무당의 말을 믿지 않았다. 노지연의 할머니가 무당의 말을 듣고 불같이 화를 낸 이유가 컸다. 오직 한 사람, 노지연만이 자신이 '허실동의 아이'임을 믿었다.

나는 특별한 아이다.

특별하고, 귀한 아이다.

그렇게 생각하면 부모님의 무관심이나, 오빠의 괴롭힘도 참을 수 있었다.

'허실동의 아이'는 허실동 곳곳을 뛰어다니며 자랐다. 허실동에 오래 자리 잡고 있던 가게 대부분이 노지연의 놀이터였다. 허실동 안에서라면 원하는 모든 것을 이루리라. 어릴 적 노지연은 그렇게 생각했다.

그러나 사춘기를 맞이하자 '허실동의 아이'란 타이틀은 노지연을 괴롭게 했다. 왜 치마를 짧게 줄였냐, 어릴 때부터 화장을 하면 피부에 좋지 않다, 공부는 잘하고 있냐, 대학은 어디로 갈 거냐, 여자아이가 굳이 서울에 있는 대학에 갈 필요가 있냐, 요즘은 여자도 대학 잘 나와야 한다, 등등 보통은 집에서만 들을 잔소리가 사방에서 날아들었다.

고등학교 1학년이 되던 해의 봄, 노지연은 뉴스에서 화재 사고 영상을 보았다. 노지연이 유치원 때 겪었던 것과 흡사한 사고였다. 컨테이너 박스가 일렬로 늘어선 수련회장에서 일어난 사고 영상을 보던 노지연은 퍼뜩 어릴 적의 기억을 떠올렸다.

어릴 적의 기억이란 그런 법이다. 무언가 충격적인 장면은 폭죽처럼 터져 나오지만, 그 장면의 앞뒤는 어딘가에 파묻혀 있다가 어느 날 갑자기 떠오르곤 한다. 그날이 그랬다. 떠오른 것은 화재 사건이 일어났던 전날, 평화로운 집 안의 풍경이었다. 소파에 앉아 있는 할머니와, 자신에게 책을 들이밀며 겁을 주는 작은 오빠의 얼굴이 차례대로 떠올랐다. 뉴스에서는 샌드위치 패널을 끼워 만든 가건물의 위험성에 대해 설명했고, 패널이 얼마나 쉽게 불타는지에 대한 실험을 진행했다. 뉴스 속 불길이 어릴 적의 기억에 섞여 들었다. 노지연은 입을 한 손으로 틀어막았다.

그날부터 노지연은 더 이상 '허실동의 아이'이고 싶지 않았다.

허실동을 떠나 서울에 있는 대학에 가겠노라. 노지연이 그렇게 선언하자 가벼운 소동이 일었다. 그때까지 노지연은 한 번도 그런 말을 한 적이 없었다. 노지연은 당연히 허실시에 있는 대학에 가겠지, 모두가 그렇게 여겼다.

"갑자기 서울? 왜?"

노지연의 대답은 간단했다.

"내 첫사랑이 서울에 있는 대학에 다녀."

친구들은 한 번도 들은 적 없던 노지연의 첫사랑 이야기에 집중했다. 노지연이 밝힌 첫사랑 상대는 허실당 대표의 아들, 김성진이었다. 김성진은 고등학교 때부터 서울에서 자취를 하고 있어서 허실동에는 방학 때에만 돌아오곤 했다. 그 해 겨울방학을 맞아 허실당에 아르바이트를 하러 온 김성진은, 영문도 모르고 사람들의 따끔한 시선을 받아야 했다.

노지연의 부모는 노지연까지 서울에 자취시킬 돈이 없다는 이유로 허실시에 있는 대학에 가라고 했다. 그러자 노지연은 기숙사 제도가 있는 대학을 골라 원서를 넣었고, 그중 한곳에 붙었다. 그렇게 '허실동의 아이'는 허실동을 떠났다.

노지연은 대학교 오리엔테이션에서 두 명의 동기에게 고백을 받았고, 그중 한 명과 연애를 시작했다. 노지연은 무엇이든 열심히 했다. 학교생활도, 아르바이트도, 연애도. 아무리 열심히 해도 노지연을 칭찬해 주는 사람은 아무도 없었다.

어느 날, 노지연은 팀으로 공모전 준비를 하다가 멤버들과 크게 싸웠다. 노지연이 짠 프로그램 때문에 오류가 일어나서 준비가 진척되지 않는다고, 멤버 중 한 명의 저격이 명백한 글을 단톡방에 올렸다. 노지연은 프로그램에 오류가 있는 게 아니라고, 저격 글을 올린 멤버가 세팅을 잘못한 거라고 해명했지만 아무도 귀 기울여 주지 않았다. 그날 노지연은 혼자 술을 마시며 중얼거렸다. "괜찮아. 난 허실동의 아이잖아"라고. 그때만은 그 말이 부적이 되어 주었다. 술이 깨고 난 후, 노지연은 그 말을 부적으로 삼은 것에 짙은 자기혐오를 느꼈다.

그리고 방학이 되자마자, 노지연은 허실동으로 향했다.

***

"허실당 귀신? 본 적 있어. 두 번. 문 닫을 시간 가까이 되면 빵 세일하잖아. 그래서 저녁에 자주 가거든. 토요일에 봤어. 여자 귀신이 확실해. 딱 보는 순간 알아. 아, 저건 여자구나 하고. 귀신이라 그런가? 뭐 하나하나 따져서 여자라는 생각이 드는 게 아니라, 그냥 저 귀신은 여자다, 하는 게 느껴져. 참, 밥은 먹었어? 가래떡 지금 막 뽑았는데 먹고 가."

"귀신을 처음 본 사람이 윤석중, 그 양반이야. 허실당 직원. 그 사람이 허실시 소식지에 귀신 봤다고 제보했대. 거기는 뭐 그런 거를 그렇게 정성껏 뉴스처럼 만들어서 올려 가지고 소동을 키웠는지 몰라. 나도 깜짝 놀랐지 뭐니. 그거 카톡 채널 추가해 놨는데 갑자기 귀신 소동, 이런 제목으로 소식지가 날아오니깐. 제보한 게 윤석중인걸 어떻게 알기는. '제보자의 글'이라고 몇 줄 실렸는데 딱 그 사람 말투던데. 증거? 그딴 게 왜 필요해. 그 사람도 허실동 토박이잖아? 그 사람 아버지 대부터 살았으니깐. 윤석중의 아버지, 그 심술통 할아버지. 윤석중하고 그 할아버지, 말투가 판박이야. 글에서 목소리 들린다니깐. 벌써 가게? 땀이나 식히고 가. 아이스크림도 하나 먹고."

"허실시 소식지? 정보교류 페이지 말이지? 보는 사람은 꽤 보지. 나? 나는 별로 안 좋아해. 그거 이외로 어르신들이 많이 봐. 카드 뉴스 형식이라 보기 편하다고. 우리 또래는 별로 안 봐. 그거. 예전에는 그냥 서로 댓글로 피드백하고 그런 재미가 있었는데 시의회랑 협력한 뒤로는 자기들이 골라낸 소식만 카드 뉴스로 만들어서 카톡으로 날리는 거 재수 없어. 구독자 많이 줄었을 걸? 그러니깐 이번 허실당 사건처럼 여름 공포특집 같은 걸 카드 뉴스도 만들어서 날리고 앉아 있지. 엄마, 뭐라고요? 알았어요. 야, 엄마가 너 멜론 하나 주래. 이거 상처 나서 팔지는 못하는데 먹는 데는 아무 이상 없어. 가지고 가라."

"나는 그 사람 싫어. 윤석중. 그 사람 아버지가 윤철구 그 사람 아닌가. 그 사람이 아주 심성이 못돼 처먹어 가지고는. 지연이 너는 기억 안 나냐? 윤석중 걔 큰아들이 너랑 같은 유치원 다녔다. 그 키만 껑충하니 큰 애."

"맞지. 윤철구 그놈이 불나고 무당이 너를 허실동의 아이다, 점지하고 나서 아주 지랄을 떨고 다녔다. 저 쪼끄마한 게 무슨 땅의 기운을 타고 난 애냐고. 애가 엉뚱한 말한 거를 다들 진지하게 받아들이고 지랄이냐고. 그게 어디 할 말이야."

"그 집 손자, 지금 뭐 하지?"

"허실 대학 다녀. 윤석중이 자기 아들 공부 잘한다고, 당연히 서울에 있는 대학 간다고 큰소리 떵떵 치고 다녔는데 다 떨어지고 재수해서 간신히 허실 대학 갔어. 윤철구가 걔 재수할 때 세상 떠나서 기억이 나네."

"허실당 대표, 하나마 말이야. 그 여자 아들…. 그래. 김성진. 걔가 지금 라디오 방송국에서 일하잖아? 성우로. 얼마 전에 방송국 앞에서 윤석중이 김성진 붙잡고 화내고 있는 거 봤어. 왜 자기 아들이 인턴에서 떨어진 거냐고. 일방적으로 혼자 화내고 있던데. 성진이 걔가, 자기 엄마를 닮았어야 하는데. 물렁물렁한 게 성격이 영 달라."

"그나저나 지연이 너, 서울에서 굶고 다니니? 왜 이렇게 비쩍 말랐어. 푹푹 좀 먹어라. 빈대떡 맛있지 않니? 할머니가 식당은 은퇴했어도 솜씨 아직 안 죽지 않았니? 어우, 우리 아기 잘 먹는 거 보니깐 할머니가 한 십 년은 젊어진 것 같네. 그나저나 지연이 너네 할머니도 경로당 좀 오시라 해. 손녀는 이리 붙임성이 좋은데. 옛날 일 때문이면 신경 쓰지 말고 나오라고 해."

"어허. 아직 어린애한테 못 하는 말이 없네. 신경 쓰지 마라. 지연아. 이것도 먹어. 마카롱. 요즘은 이런 달달한 게 막 당기더라."

"지연이도 자기 집 일인데 알건 다 알겠지 뭐 그래."

"알긴 뭘 알아. 아직 아긴데. 서울에서 공부하느라 바쁜 애한테 헛소리 하지 마."

"헛소리는 무슨!"

"허실당 귀신 사건 그거, 윤석중 자작극이란 소문이 있던데."

"자기 직장인데 뭐 하러 그러겠어."

"윤석중, 소인배라 하나마도 싫어하고 김명장도 싫어하고 김성진도 싫어하잖아."

"허실당에서 일하고 있는 게 용하지. 그러면서 가게에는 가장 먼저 출근하잖아. 매일 새벽 허실당 문 여는 거, 윤석중이라며. 하여간 속을 알 수가 없어."

"지연아. 왜 내가 갖고 온 건 안 먹냐. 너 미숫가루 좋아하잖아."

이번 방학에도 다이어트는 망했다. 노지연은 배부름에 끙, 앓는 소리를 내며 걸음을 옮겼다. 떡집과 슈퍼마켓, 과일 가게까지는 그나마 떡 한 조각, 아이스크림 하나로 방어했지만 경로당에서의 집단 공격은 막을 수가 없었다. 경로당에 모인 할아버지, 할머니들은 노지연의 유아기를 함께한 분들이었다. '허실동의 아이'를 사랑하는 사람들. 경로당은 노지연에게는 그 자체로 거대한 '할머니 집'이었다. 노지연은 한 손에 할머니들이 싸준 미숫가루와 떡이 담긴 보자기를 들고 경로당을 나섰다. 집단 방백이 시작될 때 적당히 자리를 피해야지, 그렇지 않으면 두 시간이고 세 시간이고 붙잡혀 있어야 한다는 것을 익히 아는 터였다.

'더워라. 그래도 수확이 꽤 있었어.'

노지연은 휴대폰을 들여다보았다. 동네를 돌며 들은 이야기는 휴대폰 메모로 정리해 놓았다. 이야기는 크게 허실지 소식지와 윤석중으로 압축되었다.

'살펴보면 윤석중, 이 아저씨가 제일 수상해. 귀신 소동을 조작할 이유도 있고.'

허실당에 나타나는 귀신이 진짜 귀신이 아니라면, 윤석중은 귀신을 만들어내기에 썩 좋은 위치에 있는 인물이다. 윤석중은 현재 60대 초반으로, 허실당에서 오래 근무한 베테랑 제빵사인만큼 허실당의 가게 구조도 잘 알고 있을 것이다. 게다가 매일 가게에 가장 먼저 출근한다면, 조작을 위한 장치를 설치하기도 쉬울 터였다.

'미니 빔프로젝터 같은 걸로, 특정 시간에만 거기에 유령 영상이 나타나게 세팅해 놓는다거나. 드라이아이스로 특정 형체를 만들 수가 있나?'

노지연은 횡단보도에 멈춰 서서, 휴대폰으로 귀신 조작 사건을 검색했다. 귀신이 나왔다는 것보다는, 누군가 귀신 조작 사건을 일으켰다는 게 현실성이 있었다.

'철사로 만들기. 이건 패스. 보통은 영상에 조작을 가하는 쪽이네. 이거 어릴 적에 귀신 이야기 다루는 책에서 본 거네. 뭐야. 이것도 조작이야? 와. 거짓말쟁이들.'

거짓말쟁이. 휴대폰 자판을 누르던 노지연의 손이 일순 멈췄다. 윤철구가 했다던 말이 떠올랐다. 어린 것이 관심을 받으려고 엉뚱한 말을 했다고, 거짓말을 한 거라던 그 말.

다섯 살, 캠핑장에서의 기억은 유독 그 장면만이 선명하다. 선생님이 노지연을 향해 묻는 장면이다. "지연아. 불난 거 어떻게 알았어?"라고 묻는 선생님의 얼굴. 선생님의 등 뒤로 들리는 소란스러운 울음소리.

거짓말을 하진 않았다.

거짓말을 하지는 않았지만.

빠앙. 경적이 울렸다. 도보 가까이 커브를 튼 오토바이가 긴 경적의 꼬리를 끌며 사라졌다. 노지연을 뒤에서 끌어당긴 누군가의 손이 아니었다면 사고가 날 뻔한 상황이었다.

"괜찮아?"

노지연은 자신의 어깨를 끌어당긴 사람을 올려다보았다. 김성진이 서 있었다.

경적에 놀란 가슴이 두근거렸다.

***

"윤석중 아저씨? 아냐. 싸운 건 아니었어. 아들이 우리 회사 방송국 인턴을 지원했는데 왜 떨어졌냐고, 이유를 물어보러 왔던 거지. 아저씨가 억양도 강하고 목소리도 커서 오해를 한 모양이네."

"윤석중 아저씨네 아들은 어떻게 되었는데요?"

"다른 곳에 인턴 붙었다던데. 허실지 소식지 있잖아. 그 정보교류 페이지. 거기 페이지 관리 업무를 한다더라."

이걸로 확신범이다. 노지연의 입가에 옅은 미소가 걸렸다.

'허실지 소식지에 귀신 이야기를 제보한 게 윤석중이야. 윤석중의 아들이 지금 그곳에서 페이지 관리 일을 하고 있고. 윤석중이 부탁을 했겠지. 자기가 제보한 이야기를 카드뉴스로 만들어서 업로드 해 달라고. 그렇게 소문을 낸 뒤에 무언가 수를 써서 귀신을 만들어 낸 거지. 계기는 질투. 사람들도 그랬잖아. 윤석중 그 아저씨, 허실당에서 일하고 있는 게 용할 정도라고. 완벽한 이야기 아냐?'

이젠 윤석중이 귀신을 꾸며내는 현장만 잡으면 될 일이다.

'문제는 그 현장을 잡으려면 윤석중이 출근하기 전에 허실당 안에 있어야 한다는 건데. 무슨 수가 없을까. 허실당에 숨어 들어갈 수 있는 방법이….'

있다. 바로 옆에. 노지연은 자신의 옆에 선 김성진의 옆얼굴을 봤다. 허실당 대표의 아들이니, 허실당 열쇠 정도는 가지고 있지 않을까. 아니면 어딘가 개구멍이 있다는 정보쯤은 알려줄 수도 있을 것이다. 어떻게 하면 '가게 안에 숨어

들어갈 수 있나요?'라는 수상하기 그지없는 질문을 수상해 보이지 않게 할 수 있을까를 고민하며 걷는 사이, 횡단 보도는 끝이 났다.

"그럼 난 이쪽으로."

김성진의 말에, 노지연은 다급히 물었다.

"어디 가는데요?"

"나? 촬영. 성우로 취직했지만 방송국이 작으니까 소소한 취재는 직접 하거든. 오늘은 허실동의 특색 있는 가게를 찾아가서, 가게를 소개하는 안내 멘트를 따는 일. 찾아갈 가게는 토스타두라고, 카페야. 너도 알지?"

"…알죠. 가본 적도 있고."

토스타두. 허실동에 있는 카페 중 가장 이상한 곳을 꼽으라면 누구든 그곳을 들 것이다. 카페도 이상하고 카페 주인도 이상하다. 카페는 문이 닫혀 있다가 몇 년에 한 번씩 열린다. 카페 주인의 이름은 진설주. 카페 주인인지 아닌지도 애매한 그의 정체는 향토 연구사라는데, 이게 무슨 일을 하는 직업인지 동네 사람들 대부분이 몰랐다. 그러나 직함만 번드르르하고 실제는 백수인 사람들이 허실동에는 매우 많았기에, 누구도 신경 쓰지 않았다.

"같이 갈래? 혹시 모르잖아. 허실당이 입점한 건물에서 알려지지 않은 살인사건이 일어났던 걸지도. 유령의 정체를 알 수 있을지도 몰라."

전 거기 싫어해요. 그 말이 튀어나오려는 걸, 노지연은 재빨리 삼켰다.

'부탁할 찬스를 노리려면, 조금이라도 더 같이 있어야 해.'

갈 것인가, 말 것인가. 갈등은 잠시였다.

"그러네요. 저도 갈래요."

빵을 지키고 싶은 마음이 불쾌함을 이겼다. 노지연은 김성진과 함께 카페로 향했다.

— 그게 뭐가 나쁘다는 겁니까?

걷는 동안, 나비넥타이를 매고 있던 할아버지의 목소리가 선명하게 머릿속에 울렸다. 나쁘다. 거짓말을 하지는 않았지만, 분명 나쁜 짓이다. 그것이 나쁜 짓이 아니라면, 어째서 나쁘지 않은지 설명해 주기를 바랐다. 그러나 카운터 너머에서 건네준 것은 커피 한 잔뿐이었다. 그때 건네받았던 커피의 쓰디쓴 맛이 떠올라, 노지연은 부르르 몸을 떨었다.

김성진이 카페 토스타두의 문을 열었다.

안으로 들어서자, 커피의 향기가 후각을 자극했다. 갈색 톤으로 통일된 카페의 벽 한쪽에는 책이 가득 꽂혀 있었고, 창가 구석 자리에 놓인 책상에는 지도와 사진들이 잔뜩 쌓여 있었다. 처음 왔을 때와 크게 달라진 것 없는 풍경이었다.

"오랜만에 뵙는군요."

카운터 뒤에 서 있던 남자가 노지연을 향해 미소 지었다. 목에는 나비넥타이를 매고, 바지를 멜빵으로 고정한 진설주와 눈이 마주친 노지연도 웃어 보였다.

'여전히 오덕 같은 차림새. 여전히 싫은 할아버지.'

노지연은 토스타두가, 진설주가 불편했다.

노지연이 진설주를 처음 만난 건 2년 전, 서울에 있는 대학에 가기 직전이었다. 그전에도 토스타두에 대한 소문은 들었지만, 찾아가지 않았던 건 굳이 새로운 카페에 갈 필요가 없어서였다. 허실동에는 노지연이 찾아갈 카페가 얼마든지 있었다. 허실동에 오랫동안 자리 잡고 영업을 해온 카페들이다. 그곳의 주인들은 노지연이 찾아가면 부탁하지 않아도 서비스를 내어 주고, 노지연이 울상을 짓고 있으면 진심으로 걱정해 주었다.

그렇기에 그날, 태어나서 처음으로 허실동을 떠나기 전날에 노지연은 토스타두를 찾아갔다. 문득 깨달은 진실을 털어놓을 상대가 필요했다. 그 상대는 되도록 허실동과 관계없는 사람이어야만 했다. 허실동에 잔뿌리 하나 박고 있지 않은 사람. 어느 날 훌쩍 나타난 데다, 집도 없이 호텔에서 머문다는 소문이 무성한 진설주보다 적합한 상대는 없었다. 카운터 의자에 앉아 죄책감을 고백했다. 노지연으로서는 큰 용기를 낸 일이었다. 그랬는데, 그런 심드렁한 대답이라니.

응어리진 마음은 쉬이 풀리지 않았다.

"오빠. 인터뷰 하는 동안 난 안쪽 구경 좀 할게."

노지연은 카메라를 꺼내 설치하는 김성진에게 그렇게 말하고, 카운터 앞을 벗어나 가게 안쪽으로 향했다. 김성진의 일을 방해할 생각도 없었고, 무엇보다 진설주를 마주하고 싶지 않았다. 노지연은 김성진에게 어떻게 부탁해야 허실당에 숨어 들어갈 수 있을까를 고민하며 가게 안쪽에 설치된 책장 앞을 서성거렸다. 무심히 책장에 꽂힌 책을 훑어 보던 노지연의 시선이, 그중 한권에 멈췄다.

『진설주의 미스터리 · 괴담_허실동 편』

'이런 책이 나왔으면 할머니들이 나한테 알려주지 않았을 리가 없는데.'

노지연은 책을 꺼내 살펴보았다. 두툼한 양장 표지를 넘기자 목차가 나왔다. 손으로 쓴 듯한 글씨였다. 출판사 등의 서지 정보는 적혀 있지 않았다. 책을 뒤집어 뒤표지를 펴 보았지만 마찬가지였다. 안의 내용을 보려고 페이지를 펼쳤다. 안에는 아무것도 쓰여 있지 않았다.

"허실당의 귀신 소동을 알아보고 있다면서요?"

머리 위에서 진설주의 목소리가 들렸다.

'인터뷰나 하지, 왜 아는 척이람.'

노지연은 옆에 다가온 진설주를 본 척도 하지 않고 책만

들여다봤다.

"한국의 귀신 이야기는 한을 기본으로 하고 있다는 걸 아나요?"

진설주는 노지연의 무반응에는 아랑곳하지 않고 방백처럼 이야기를 계속했다.

"한은 응어리진 마음입니다. 억울하고 안타까운 마음이지요. 자신의 힘으로 도저히 어찌할 수 없는 일이 생기면, 사람은 그 응어리를 어떻게든 바깥으로 쏟아내고 싶어집니다. 그런 때에 이상한 무늬라던가, 장소에 맞지 않는 연기 같은 것을 보면 이야기를 만들게 되는 겁니다. 자신의 한이 담긴 이야기를. 그러나 자신이 주인공이어서는 안 되지요. 그래서야 자신의 속내를 들켜 버리니깐요. 그래서 보통의 존재가 아닌 것들을 꾸며냅니다. 많은 귀신들이 그렇게 해서 탄생한 것이 아닐까요."

그렇다면 역시 누군가 귀신을 만들어낸 것이 아닐까. 윤석중이, 혹은 다른 누군가가.

"진짜 귀신같은 건 없다는 거네요?"

노지연은 더 이상 진설주의 말을 무시할 수 없었다.

"그와는 정반대의 가설도 존재합니다. 한을 품은 사람의 부정적인 에너지가 뭉쳐진 것이 귀신이라는 설이지요. 그 덩어리는 비슷한 마이너스 에너지에 이끌리기 때문에, 비슷한 한을 가진 사람 앞에 모습을 드러낸다는 겁니다. 고로 특정한 귀신을 보는 사람은, 그 귀신과 같은 한을 가졌을 확률이 높다는 거지요."

"그래서, 귀신이 있다는 거예요, 없다는 거예요?"

"글쎄요. 제가 말한 건 어디까지나 일반론입니다. 인간이 감히 인간 아닌 것이 있다, 없다는 함부로 단정 지을 수 없다는 게 제 개인적인 소견이군요."

"또 그렇게 애매하게 말하네요. 됐어요. 허실당 귀신 소동은 제가 해결할 테니깐."

"해결한다고요? 어떻게?"

"조작된 거면 범인을 알아내면 되죠. 허실당에 하루 이틀만 아침 일찍 들어갈 수 있으면 분명 알아낼 수 있을 거예요. 지금 그 방법을 고민 중이라고요."

"진짜 귀신이라면?"

"진짜 귀신이면 성불하게 도우면 되죠. 그럴 리야 없지만."

"좋네요. 당신이라면 할 수 있을 겁니다."

"…내가 허실동의 아이니깐요?"

진설주는 노지연이 들고 있던 책의 윗부분을 잡아, 노지연의 손에서 책을 빼냈다. 책은 부드럽게 진설주의 손으로 넘어갔다.

"아니요. 땅의 울음소리가 무엇이었는지, 눈치채는 사람이니깐."

진설주는 책의 앞부분을 펼쳐 보였다. 무엇도 쓰여 있지 않던 페이지와 다르게, 앞부분에는 빼곡하게 글이 쓰여 있었다.

"이 책은 단 한 권밖에 없습니다. 제가 직접 손으로 써서 만들고 있는 책이죠. 허실동에서 지내며 인상 깊은 이야기를 모으고 있습니다. 물론 약간의 각색은 합니다. 어디까지나 제 책이니깐요."

노지연은 진설주가 펼친 페이지를 봤다. 「허실동의 아이」라는 제목이 선명하게 적혀 있었다.

「허실동의 아이」

노지연이 '허실동의 아이'라 불리게 된 것은 어른들의 죄책감과 어린아이였던 노지연의 인정욕구가 어우러진 결과다. 주민들은 노지연의 '땅의 울음을 들었다'는 말과 무당의 말을 결합해 미신적인 요소를 충족, 화재가 자신들의 잘못이 아닌 천재였다는 합리화를 이루어냈다.

당시 사고 현장을 분석해보면, 노지연이 들었다는 '땅의 울음'이 무엇인지는 쉽게 짐작이 간다. 캠핑장은 벽과 천장은 이어놓은 형태였는데, 각 컨테이너를 연결한 양쪽 벽과 천장의 모서리를 샌드위치 패널로 받쳐 놓았다. 패널을 받친 부분을 제외한 바닥과 천장은 2센티미터 정도의 빈 공간으로 떠 있었다.

화재는 1층 C방에서 발생해 벽을 타고 천장, 즉 2층 C방의 바닥으로 타고 올라갔다. 노지연이 들은 '땅의 울음'은 샌드위치 패널을 중심으로 모서리로 모인 열이 비어 있는 중심으로 전해져 가는 소리였을 것이다. 사건에 대해 조금이라도 알아본 사람이라면, 누구든 '땅의 울음'이 초자연적인 현상 같은 것이 아니었음을 쉽게 알아차렸을 것이다. 그 캠핑장에 자녀를 보내어 보험 처리 등을 해야 했던 부모라면 두말할 나위 없다.

그럼에도 그들이 노지연이 허실동의 사랑을 받아 사고를 피했다는 생각에서 벗어나지 않은 것은, 허실동 사람 대부분이 그 캠핑장에 문제가 있음을 알고 있었기 때문이다. 캠핑장을 운영한 것은 허실동의 오래된 건축사인 D사로, D사는 관공서에 로비를 펼쳐 제대로 된 공사가 되지 않은 캠핑장을 각 학교와 공립 유치원의 수련회 장소로 계약하는 데 성공한다. D사는 이 과정에서 마을 주민 70퍼센트의 동의서를 얻었는데, 상대에 따른 대가가 지불 되었다. 예를 들어 경로당은 단체 동의서를 제출하는 대가로 일 년에 한 번의 단체 관광을 약속받았다.

만약 그 화재로 사망자가 나왔다면 그들은 자신의 자식, 혹은 손주를 자신이 허락한 사지에 몰아넣은 꼴이 된다. 화재는 어디까지나 인재. 그 건물의 취약성에서 비롯되었기 때문이다.

그러나 노지연이 특별한 힘을 가지고 있다면, 이야기는 달라진다.

노지연은 허실동이 알려주는 위험의 신호를 듣고 사고를 예방했다. 허실동이 알려주는 위험의 신호는 초자연적인 것이다. 그러니 화재도 초자연적인 것이다.

단순화한 인과관계의 오류다. 어른이라면 누구나 저 명제가 성립되지 않는다는 것을 안다. 그럼에도 그들은 '허실동의 아이'를 믿는 척을 했다. 이 집단화 된 최면이 가능하도록 도운 것은 노지연이 사용한 표현이다. 사람들은 여섯 살짜리 아이가 '땅의 울음소리'라는 표현을 자력으로 생각해 냈을 리 없다고 확신했다. 지극히 에이지즘 Ageism에 입각한 편견이나, 죄책감을 덜어야 했던 사람들에게는 그야말로 신의 계시였으리라.

집단화된 최면은 마을의 전통으로 이어질 확률이 높고, 그것이 세대를 거듭하면 일종의 토착 신앙으로 발전할 수도 있다. 그러나 노지연이 자신이 들은 소리의 정체를 깨달았기에, 이 가능성은 사라졌다.

노지연이 토스타두로 찾아온 것은 그가 19살 때 일이다. 노지연은 뉴스를 보다가 자신이 들었던 소리가 바닥으로 열이 몰리는 소리임을 알았다. 그것이 큰 사고로 번질 수 있었음을, 그때 처음으로 실감했다고 했다. 아래 노지연의 말 중 일부를 인용한다.

… 허실동의 아이라고 불리는 거, 나도 창피해요. 컨셉충이거나, 관종이라고 욕하는 애들은 어릴 적부터 있었어요. 그래도

나는 당당했어요. 그 애들이 말한 것처럼 관심 끌려고 거짓말한 적이 없으니까요. 하지만 뉴스를 보다가 떠올렸어요. 화재가 난 날, 선생님이 물어봤죠. 불난 거 어떻게 알았냐고. 그때 나는 거짓말을 했어요. 불난 건지는 몰랐다고. 사실은 알았어요. 왜인지 모르겠는데 이 소리는 불이 날 때 나는 거다, 라는 걸 알고 있었어요. 그렇지만 불난 건지는 몰랐다고 거짓말을 했죠. 그래야 선생님이 한 번 더 말을 걸어 줄 테니깐. 언제나 선생님의 관심이 고팠거든요. 집에서도 유치원에서도 관심을 많이 받는 편이 아니었으니까.

그러니까 나는 거짓말로 '허실동의 아이'가 된 거예요. 무엇보다 뉴스 보다가 알았거든요. 그 화재가, 잘못되었으면 많은 사람이 죽을 수도 있는 사고였다는 걸. 나는 그런 사고를 이용해서 관심을 끌려고 한 거라고요. 최악이에요. 진짜.

게다가 기억났단 말이에요. 캠핑장으로 떠나기 전날, 작은 오빠가 나한테 겁을 줬어요. 네가 가는 캠핑장에서 불에 타 죽은 귀신 나온다는 소문이 있다고요. 너도 잠자다가 불나서 타 죽을지도 모른다고. 진짜 화재 사고가 일어날 줄은 생각도 못하고 한 말이었겠죠. 나 혼자 놀러 간다고 잔뜩 약이 올라 있었거든요. 내가 오빠 이야기를 듣고 하도 무서워하니까, 할머니가 그랬어요. 걱정하지 말라고. 불이 나기 전에는 땅이 우니깐, 그 소리를 잘 듣고 있으면 된다고. 나는 할머니의 말을 그대로 옮겼을 뿐이에요.

노지연은 허실동을 떠나기 전 누군가에게 고해성사를 하고 싶었다고 말했다. 나는 노지연이 '허실동의 아이'를 그만두지 않기를 바란다. 무언가 이상한 일이 자꾸만 일어나는 이 허실동에, 그런 호칭으로 불리는 존재가 한 명쯤 있어도 좋을 것이다. 혹시 아는가. 200년 쯤 지나면 '허실동의 아이'라는 토착 요괴 전설로 변할지도.

"뭐예요, 이게!"

"노지연 씨가 허실동을 떠났을 때 이 이야기는 끝이구나 싶어 마무리를 지었죠. 하지만 이번 일로 '허실동의 아이'는 시리즈를 이어가도 괜찮겠다고 판단했습니다. 그러니깐 사건을 해결하면 한 번쯤, 이야기를 들려주러 오세요."

노지연은 새빨개진 얼굴로 진설주를 노려보았다.

"남의 이야기를 이렇게 함부로 쓰면 안 되죠! 게다가 요괴라니!"

"단순 기록용입니다. 유통하지 않아요. 하지만 그렇죠. 당사자는 불쾌할 수 있지요. 그러니 사과의 의미로, 제가 노지연 씨의 고민 하나를 해결해 드리죠."

진설주는 노지연의 옆을 떠나, 가게 카운터 쪽으로 다시 사라졌다. 잠시 후, 김성진이 환한 표정으로 나타났다.

"지연아. 오픈조 알바하고 싶었으면 나한테 말을 하지! 빵집 오픈조는 늘 손이 부족하거든. 그런데 진짜 괜찮아? 허실당 오픈조, 아침 여섯 시 출근이야. 모처럼 방학인데 너무 빡세게 알바 하는 거 아냐?"

"…알바요? 오픈조?"

"진설주 씨가 그러던데. 네가 허실당에서 알바를 하고 싶은데, 정식 공고를 못 찾아서 고민하고 있다고. 그래서 나한테 부탁하고 싶은데, 말을 못 꺼내고 있다던데?"

노지연의 입가에 경련이 일었다. 김성진의 어깨 너머로 진설주가 의기양양하게 오케이 사인을 만드는 것이 보였다.

'미친 거 아냐? 누군 아르바이트 생각 못 해서 개구멍이 있나 없나 고민한 줄 알아? 알바 하기 싫었다고! 방학에, 모처럼 본가에 내려와서 빵이나 먹으면서 빈둥거릴 예정이었는데 알바를 하고 싶겠냐고. 일부러 제일 나중으로 미루어 놓은 선택지였단 말이야. 그걸 저 할아버지는 불쑥 남의 앞에 들이밀어 놓고는 뭐 저런 표정을 지어? 흡사 이런 방법은 생각도 못했지, 하는 것처럼?'

그렇구나. 저 사람은 그저 눈치도 없고 배려도 없는, 머리 좋은 자기 자신에 취한 할아버지일 뿐이다. 노지연은 그제야 깨달았다. 근사한 분위기의 카페와 '향토 연구사'라는 그럴싸한 직함. 호텔에서 지내는 외지인이란 타이틀이 주는 신비함. 그 모든 것들이 버무려져 진설주가 진실을 고백할 상대로 적합해 보였을 뿐이라는 사실을. 2년 전 그날, 진설주가 엄청난 의도를 담아 자신의 고백에 그런 말을 했던 게 아니라는 것을 말이다.

누구든 자신의 판단대로 타인을 본다. 자신이 원하는 모습으로. 똑같은 대상이라도 어떠한 관점에서 어떠한 필터를 거쳐 보는가에 따라 완전히 다른 현상이 된다. '허실동의 아이'가 존재하지 않음을 알면서도 마을 사람들이 계속해서 노지연을 그렇게 불렀듯이 말이다.

"오늘 당장 면접 볼 수 있을까요?"

그러니 역시 직접 확인할 수밖에. 노지연은 김성진을 향해 물었다.

아르바이트 채용 결정. 당당하게 영업 시작 전인 허실당에 들어갈 자격을 거머쥐고 집에 돌아온 노지연을 기다리고 있던 건 냉랭한 집안 분위기와, 접시에 가득 쌓인 전이었다. 아버지와 어머니는 거실 소파에 굳은 표정으로 앉아 있었다.

"웬 전이에요? 명절도 아닌데."

노지연은 냉랭한 분위기 따위는 눈치채지 못했다는 듯, 천연덕스럽게 굴었다. 집안 공기가 빙하기로 접어들지 않게 하려면 한 명은 어릿광대가 되어야 하는 법이다.

"왔니. 오늘 제사 지낼 거다."

할머니가 안방에서 위패를 들고 나왔다.

"어머니. 이름도 모르는 사람 제사를 이제와서 지낸다는 게…."

"거창하게 한다는 것도 아닌데 안 될 게 무어야. 신경 쓰이면 너는 들어가 있어라."

"그 여자 때문에 할머니 마음고생하셨던 건 생각도 안 해요?"

"말은 바로 해야지. 그 여자 때문이 아니라 네 할아버지 때문이지."

할머니와 아버지의 언성이 동시에 높아졌다.

"대체 무슨 일이에요?"

노지연은 슬그머니 소파 끄트머리에 걸터앉으며, 어머니에게 작은 목소리로 물었다. 어머니는 손으로 둥근 나팔을 만들어, 노지연의 귓가에 대고 속삭였다.

"어머님이 갑자기 이전에 자기 시아버지…. 그러니깐 지연이 네 증조할아버지 말이야. 그 분하고 바람이 났던 여자의 제사를 치뤄 주겠다고 이 난리야. 전도 혼자 다 부치셨어."

노지연은 경로당에서 들었던 말을 떠올렸다. "옛날 일 때문이면 신경 쓰지 말고 나오라고 해"라던 말. 노지연은 그 '옛날 일'이 무엇인지 전혀 몰랐다. 할머니에게 크게 관심을 가진 적도 없었고, 길게 이야기를 나누어 본 적도 없었다. 집에서 노자연이 막내딸, 그 이상도 이하도 아닌 것처럼 할머니는 그저 할머니일 뿐이었다.

"너희, 덕대골 이야기라는 걸 아느냐."

할머니는 한 손에 위패를 든 채 이야기를 시작했다.

"옛날 옛적에 말이야. 이 씨 부인이 살았어. 남편이 이 씨니깐, 이 씨 부인이지. 남편은 큰 병을 얻어 오랫동안 자리에 누워 있었지. 무슨 약을 써도 차도가 없었어. 어느 날, 지나가던 도사가 이 씨 부인에게 조언을 해. 장사를 지낸 지 3일이 지나지 않은 시체의 다리를 잘라서 푹 고아 먹이면 남편이 나을 것이다, 라고. 대신에 그 다리를 가지고 집으로 올 때, 절대 뒤돌아봐서는 안 된다고. 이 씨 부인은 한참을 고민하지. 남편의 병을 낫게 하는 것도 좋지만, 시체의 다리라니! 하지만 남편을 위해 결심하지. 덕대골에 가기로. 덕대골이 어떤 곳이냐. 부모 없이 죽은 아이들을 대충 묻은 무덤이 모여 있는 곳이었어. 무덤을 돌보는 사람이 없으니 그곳의 시체라면 손을 대기가 더 쉽다 생각한 거지.

이 씨 부인은 깜깜한 밤에 집을 나서. 묘지에 도착해서, 낫으로 시체의 자리를 뚝 잘라 들고 와. 그런데 다리를 자르는 순간, 시체가 벌떡 일어나 외치는 거야. 내 다리 내놔! 내 다리 내놔! 이 씨 부인은 미친 듯이 도망을 쳐. 시체는 뒤쫓아 오고, 이 씨 부인은 달아나지. 간신히 집에 도착한 이 씨 부인은, 시체 다리를 끓는 물에 집어넣어. 그러자 뒤쫓아오던 시체가 그 자리에서 쓰러지지. 이 씨 부인도 기절해. 다음 날 아침 정신이 들어 살펴보니, 끓는 물 안에는 산삼 뿌리가 들어 있었어. 집 앞에는 산삼이 덩그러니 놓여 있었지. 이씨 부인이 남편을 지극정성으로 모시는 것에 감복한 하늘이 상을 준 것이다, 사람들은 그렇게 칭송을 해."

"그게 제사랑 무슨 상관이에요?"

"나한테 이 이야기를 들려준 게 그 여자였어. 자기 성이 이 씨라고. 자기는 이야기 속 이 씨 부인이 남편을 사랑해서 그렇게 한 게 아니라, 살기 위해 그런 것이라 생각한다고. 내가 시아버님 부탁으로 그 여자에게 위자료를 전해주러 간 날이었지. 여자 얼굴에 병색이 완연했어."

그 여자 '이 씨 부인'은 말했다. 덕대골 이야기는 남편이 죽으면 따라 죽어야 열녀 소리를 듣던 시대의 이야기라고. 죽은 후에도 제방에 이름 석 자라도 적히려면 부부 함께 제사상에 오를 수밖에 없었던 때가 있다고. 그러니 이 씨 부인은 남편을 위해 뛴 게 아니라, 자기 자신을 위해 뛴 거라고.

“어쩌면 덕대골 이야기를 남긴 것도, 이야기 속 이 씨 부인일지도 모른다며 웃었지. 나 여기 있었소! 내가 있었다는 것 잊지 말아 주시오! 하는 외침이었을 거라고. 그러면서 그러더라. 자기도 이 씨 부인과 같은 팔자라고. 그러니 혹시 나중에, 한 번이라도 좋으니 자기 제사 한 번만 지내주면 안 되냐고.”

“바람피운 남자 며느리한테 그런 부탁을 했다고요? 그것도 버림받는 마당에?”

“제삿밥을 얻어먹고 싶었다기보다는 잊히고 싶지 않았던 거지. 나 여기 있소! 그렇게 누구에게라도 말하고 싶었던 거야. 그걸 잊어버리고 있었다니, 나도 참 야박하지. 허실당에 귀신 나온다는 소문 말이다. 그걸 들으니 갑자기 생각이 났어.”

“모르겠다. 어머니 마음대로 하세요. 저한테 절 올리라는 말만 하지 마시고요.”

아버지는 그렇게 말하고는 소파에서 일어나 방 안으로 들어가 버렸다. 어머니도 할머니의 눈치를 살피며 아버지를 따라 들어가고, 거실에는 할머니와 노지연만이 남았다. 할머니는 오히려 잘 되었다는 듯, 주방에서 작은 상을 가져와 거실 한복판에 펼쳤다. 바지런히 식탁 위 접시를 상에 옮기고, 밥을 퍼 와 올려놓고, 한가운데는 위패를 놓았다. 위패에는 이름이 쓰여 있지 않았다.

"할머니. 이 씨 부인, 이렇게라도 쓰는 게 좋지 않아요?"

노지연의 말에 할머니는 손을 내저었다.

"아서라. 그랬다가는 이 씨 부인 다 몰려온다. 이름 불러주는 사람 없이 죽은 이씨 부인이 그 여자 한둘이겠냐. 많지. 많고말고. 그 여자 혼이 나를 기억하고 있으면, 알아서 잘 찾아오겠지. 한이 많아서 쉬이 이 동네를 떠나진 못했을 테니깐."

할머니의 말에 노지연은 영상 속 귀신을 떠올렸다. 귀신이 빵의 네임 태그를 어루만지던 모습이 왜인지 자꾸 눈앞에 어른거렸다.

그 귀신이 진짜 귀신이라면, 대체 무슨 한이 남은 걸까.

처음으로 귀신 그 자체가 궁금해졌다.

***

아르바이트 첫날. 노지연은 새벽 다섯 시에 허실당 앞에 섰다.

허실동의 아침은 빠르다. 노령화가 가속화되면서 점점 더 빨라지고 있다. 새벽 다섯 시면 어느 곳에서든 누군가가 베란다에 나와 담배를 피웠고, 곧이어 베란다에서 담배 좀 피우지 말라고 화를 내는 고함소리가 닭의 울음소리처럼 울려 퍼졌다. 식당 대부분이 오전 일곱 시면 문을 열었고, 허실당도 예외는 아니었다. 반죽까지 직접 하는 주방 파트의 오전부 출근 시간은 새벽 다섯 시였다. 노지연이 지원한 홀 파트의 출근 시간은 오전 일곱 시였지만, 윤석중이 귀신 소동을 조작하는 장면을 포착하기 위해서는 가장 먼저 가게에 들어가 몰래 숨어 있을 필요가 있었다.

"미쳤어. 주방 파트 오픈 시간. 새벽 다섯 시가 말이 돼?"

노지연은 투덜거리며 도어 비밀번호를 누르고 가게 안으로 들어갔다. 불이 꺼진 가게 안에는 고요한 어둠이 내려앉아 있었다. 괜시리 발끝으로 걷게 되는, 그런 고요함이었다. 노지연은 귀신이 나온다는, 김말자 빵이 주로 놓이는 코너에 서서 진열대 위아래를 살펴보았다. 아무것도 없었다. 바닥도 살펴보고, 고개를 뒤로 젖혀 천장도 샅샅이 훑었다. 역시나 아무것도 발견할 수 없었다. 노지연은 탐색을 멈추고, 코너 맞은편 진열대에 가지고 온 미니 캠코더를 설치했다. 최대한 보이지 않게 벽 기둥 안쪽에 숨기듯 놓고 녹화 버튼을 눌렀다. 그러고는 진열대 아래로 기어들어가 몸을 구겨 넣었다. 캠코더가 발견될 경우를 대비해 휴대폰으로도 영상을 찍을 작정이었다.

'무언가 장치를 했다고 해도, 그걸 치우지 않고 놔두었으면 금방 들켰을 거야. 허실당에 직원이 몇 명인데. 그러니 윤석중은 매일 아침 장치를 하러 올 확률이 높아.'

노지연은 한 손에 휴대폰을 들고 쪼그려 앉아, 문이 열리기를 기다렸다. 어둠 속에 앉아 있자니 정말로 어디선가 귀신이 튀어나오는 건 아닐까 싶어 몸이 더 움츠러들었다.

'…귀신이라면, 이상한 귀신이잖아. 사람들을 겁주는 것도 아니고, 빵에 뭔가를 하는 것도 아니고.'

왜일까. 그전까지는 허실당에 나타나는 귀신이 진짜일 거라는 생각은 거의 하지 않았는데, 토스타두에 다녀온 후 자꾸만 그런 생각이 들었다. 어쩌면 귀신이 진짜일 수도 있겠다는 생각. 허실동의 아이는 사람들이 과학적으로 증명이 가능한 사건에 미신을 덧씌운 결과물이다. 그렇다면 반대로, 귀신을 조작이라고 믿는 건 증명이 가능하지 않은 현상을 과학으로 덧씌우려 하는 건 아닐까.

'진설주의 말대로라면, 그 귀신의 한과 비슷한 한을 지닌 사람이 그걸 보는 거지? 하지만 허실당 귀신은 여기에 드나드는 모든 사람이 보잖아. 그럼 그 사람들이 다 똑같은 한을 지니고 있다는 거야? 나도? 그렇게나 많은 사람이 공통적으로 가질만한 한이 대체 뭔데?'

노지연이 길게 한숨을 내쉴 때였다. 가게 문이 열리고, 누군가 들어오는 소리가 들렸다. 노지연은 진열대 아래에서 몸을 내밀었다. 윤석중이었다. 윤석중이 두꺼비 집 전원을 올리자 가게 전체가 환해졌다. 노지연은 재빨리, 다시 진열대 아래로 들어갔다. 진열대 아래에서는 주방으로 향하는 윤석중의 하반신밖에 보이지 않았다. 윤석중은 주방과 창고를 몇 번이고 왔다갔다, 바쁘게 움직였다. 주방에서 금속성 물체가 회전하는 소리가 들려왔다.

'되게 바빠 보이네. 반죽장이 반죽 기술자라고 했지. 반죽이 있어야 빵을 만드니깐, 제일 먼저 출근하는 거였구나.'

윤석중은 도통 주방에서 나오지 않았고, 노지연은 점점 다리가 저려옴을 느꼈다. 무엇보다 졸렸다. 평소보다 일찍 일어난 데다 아무리 서늘한 아침이라도 여름에, 좁은 곳에 들어가 꼼짝도 하지 않고 있으니 졸음이 전신을 집어삼킬 듯 몰려왔다.

'졸면 안 돼. 증거를 찾아야지. 증거를….'

굳은 다짐에도 눈꺼풀은 점점 무거워졌다. 쪼그려 앉아 있던 것이 어느 새 책상 다리를 하고 편히 앉게 되었다. 그래도 휴대폰은 손에서 놓지 않고 버티던 노지연의 눈이 일순간 번쩍 뜨였다. 윤석중이 주방 밖으로 나오는 소리가 들렸다. 노지연은 몸을 진열대 밖으로 빼고, 윤석중의 행동을 살폈다. 윤석중은 맞은편 진열대에 무언가를 순서대로 놓고는 다시 주방으로 들어가 무언가를 가지고 나왔다. 김말자 빵이었다. 마니아라면 멀리서 봐도 한눈에 알 수 있는 독특한 생김새와 고소한 냄새. 윤석중이 김말자 빵이 담긴 트레이를 진열대에 놓자, 가게 바닥에서 흰 안개 같은 것이 스멀스멀 피어올랐다.

'잡았다! 조작의 현장! 동영상 녹화 눌러놓길 잘 했어. 녹화 되었겠지?'

빵을 놓기 전, 진열대에 놓은 게 뭔지는 캠코더를 확인하면 알 수 있을 터였다. 이젠 윤석중에게 들키지 않고, 가게 밖으로 나가기만 하면 된다. 노지연은 윤석중이 주방으로 돌아가기만을 기다리며, 쫑긋 귀를 세웠다.

"좋은 아침입니다."

그러나 윤석중이 주방으로 들어가기도 전, 가게 문이 열리며 누군가 또 안으로 들어왔다. 한 명이 아닌 듯, 발소리가 엇박자로 이어졌다.

'이러다 나갈 타이밍을 못 잡으면 어쩌지?'

초조해진 노지연은 고개를 밖으로 내밀어 들어온 사람을 살피려 할 때, 날카로운 목소리가 가게 안에 울렸다.

"뭐야. 이거. 여기 왜 카메라가 있지? 녹화되고 있어요. 누가 몰카 설치한 거 아니에요, 이거? 우리 가게 CCTV있죠? 돌려보자고 해야 할 것 같아요."

걸렸다. 노지연은 마른침을 삼켰다. 어정쩡하게 밖으로 내밀었던 고개를 슬그머니 안으로 집어넣으려는데, 검은 바지를 입은 다리 두 개가 떡하니 노지연의 앞에 와 섰다. 곧 다리의 주인이, 무릎을 굽혀 진열대 안을 들여다보았다.

"여기서 뭐 하나요?"

본 적 있는 무표정한 얼굴이, 노지연의 눈앞에 나타났다. 김명장과 눈이 마주친 노지연은 그저 어색하게 웃어 보였다. 웃는 얼굴엔 침 못 뱉는다. 그때만은 그 말이 세상의 진리이기를 바랐다.

*

허실당 한가운데, 노지연은 세 사람에게 둘러싸인 채, 셔츠 자락만 만지작거렸다. 가게에 몰래 숨어든 데다 캠코더까지 설치했으니 누가 봐도 '수상한 사람'이다.

'취조받는 기분이 이런 거구나.'

어디까지 이야기해야 하는 걸까. 어떻게 이야기하면 믿어줄까. 노지연이 눈치를 살피는데, 윤석중이 먼저 침묵을 깼다.

"됐어. 이러고 있을 시간 없다. 어차피 오픈조 알바라며.

그럼 지금부터 일하면 되겠네. 안다정. 애 유니폼 하나 던져 줘라."

윤석중은 더 이상 말하기 귀찮다는 듯 자리를 뜨려 했다.

"반죽장님. 무슨 말씀을 그렇게 하세요. 아무리 전날 면접을 봤어도 이런 식으로 가게에 몰래 들어오는 사람이 어디 있어요? 몰카는 왜 설치하고? 경찰 불러야 한다니까요."

"몰카 아니에요!"

노지연은 다급히 외쳤다.

"캠코더에 찍힌 거 재생해 보세요. 그럼 제가 이상한 짓 하러 들어온 게 아니란 걸 알 거예요. 저는…. 저는 김말자 빵을 지키러 온 것뿐이라고요!"

"김말자 빵을 지킨다고요?"

안다정은 의아한 듯 되물으며, 손에 들고 있던 캠코더의 재생 버튼을 눌렀다. 김명장과 안다정은 나란히 붙어 서서, 캠코더 액정을 들여다봤다.

"별다른 게 찍히진 않았는데요."

이상한 게 찍히지 않았다니, 그럴 리가. 노지연은 두 사람 사이에 끼어들었다.

"잘 보세요. 윤석중 아저씨가 뭔가를 늘어놓잖아요. 이게 분명, 귀신을 조작하는 장치일 거라고요. 미니 영사기 같은…."

노지연은 윤석중이 손에 든 것이 보이도록 캠코더 화면을 확대했다.

"…네임 태그?"

확대된 화면 속, 윤석중이 진열대에 늘어놓고 있는 건 빵의 이름이 적힌 네임 태그였다.

"네임 태그는 제일 먼저 오는 사람이 놓는 게 허실당 전통이에요. 이전에는 가게가 더 작았으니깐. 좋은 자리에 자기가 개발한 빵을 놓고 싶은 욕심이 있잖아요. 가게 문 여는 대신에 주는 특혜 같은 거였죠."

김명장의 차분한 설명이, 노지연의 귀에는 전혀 들어오지 않았다.

"이럴 리가…. 분명히 뭔가 장치를…."

"장치라니. 대체 무슨 말이야. 역시 경찰 불러야 한다니깐요."

"잠깐만요. 잠깐! 다 설명할게요."

노지연은 크게 숨을 들이마시고 이야기를 시작했다. 김말자 빵을 구하기 위한 자신의 눈물 나는 여정을. 이야기를 듣는 동안 윤석중은 그저 무덤덤했다.

"…그래서 숨어들었던 거예요. 증거를 찾으려고요."

"헛소리."

노지연이 이야기를 마치자마자, 윤석중은 그 한마디를 내

뱉었다.

“빵은 혼자 만드는 게 아냐. 남이 개발한 레시피라도, 그건 내가 힘들게 친 반죽으로 만든다고. 십 년쯤 만들면 그것도 내 자식이야. 내 자식 생명줄 끊으려고 발버둥치는 빵쟁이가 어디에 있어?”

“그럼 김말자 빵은 왜 놔둔 건데요? 그 빵 놓자마자 귀신이 나왔잖아요!”

“고수레에요.”

노지연의 외침에 답한 건 김명장이었다.

“…고수레요?”

“귀신 먹으라고 뿌려주는 음식을 그렇게 불러요. 허실당에 귀신이 나오고부터, 아침 일찍 출근하는 사람 몇몇이 빵 두어 개씩 미리 구워서 거기 올려놔요. 그 귀신, 나오는 시간이 딱 정해져 있거든요. 오전 여섯 시. 저녁 아홉 시. 저녁이야 빵이 진열되어 있으니 허탕을 안 치지만, 오전에는 빵이 없으니깐 나왔다가 기웃기웃하고 사라진단 말이에요. 그러니깐 뭐라도 좀 먹여 보내자 해서.”

김명장이 설명하는 내내, 윤석중은 못마땅한 듯 미간을 찌푸렸다.

“귀신이 아주 싸가지가 없어. 좀 다양하게 먹지. 연습이라도 다양하게 하게. 그건 뭔 귀신이 편식을 그렇게 하는지.”

"제 말이요. 노지연 씨라고 했죠? 탐정 놀이를 하고 싶으면 쓸데없는 일 말고 이거나 밝혀 주세요. 귀신이 왜 김말자 빵만 먹는지."

안다정과 귀신 이야기를 주고받는 윤석중의 모습에, 노지연은 문득 억울해졌다.

"아저씨. 귀신이나 미신, 그런 거 싫어하지 않았어요? 예전에 저만 보면 그랬잖아요. 거짓말하지 말라고. 허실동의 아이니 무당이니 그런 게 어디 있냐고?"

"아, 그거는."

윤석중은 잠시 말을 끊고 노지연을 보고는, 뒤통수를 벅벅 긁었다.

"이젠 너도 애도 아니고, 알 거 다 아는 나이니깐 말해도 되겠지. 그때 그 캠핑장 건설을 두고 주민들 사이에서 찬반 여론이 갈렸어. 난 반대하는 쪽이었고. 누가 봐도 위험했다고, 그건. 화재 사고? 그거 예견된 일이었어. 사고 난 후에, 난 사고 원인 명확히 공표하고, 회사 대표도 사임하고 그 캠핑장 폐쇄해야 한다고 주장했어. 내 아들놈도 그때 거기 있었단 말이야. 몇 푼 받아먹겠다고 양심 팔아치운 놈들 때문에 내 새끼가 죽었을 수도 있다고 생각하니 화가 치밀더라. 그런데 허실동의 아이니 뭐니, 꼬마 하나가 한 말 때문에 그 나쁜 놈들 바람막이가 한 장 생겨 버린 거야. 그러니 내가 화가 안 나고 배겨? 하지만 어린애니 사정을 말해봤자 알아들을 것 같지도 않으니 보면 짜증만 낸 거지."

노지연은 귓불이 뜨거워지는 것을 느꼈다. '허실동의 아이'의 실체를 깨달았던 날, 몰려왔던 부끄러움의 실체가 눈앞에 있었다. 거짓말 아닌 거짓말로 피해를 입게 된 명확한 대상. 노지연은 고개를 숙였다.

"…죄송합니다."

"뭘. 됐어. 지난 일이니깐. 내가 하고 싶은 말은, 그거랑 빵집 귀신은 다르단 거지. 그건 뭐 어떻게 봐도 귀신이야. 나도 처음부터 믿은 건 아냐. 누가 장난질 치는 건가 싶어서 천장이고 어디고 다 뒤졌어. 네가 했던 거 대부분 가게에서도 다 해 봤다고. 하지만 계속 나오는 걸 어째. 보는데 어떻게 안 믿어. 저건 귀신이야."

윤석중의 말에, 김명장과 안다정도 고개를 끄덕거렸다.

"빵 못 먹고 한 쌓여서 죽은 귀신이 아닌가 싶어요. 이해가 가긴 해요. 저도 단 거 못 먹는 시기가 있었는데, 그대로 죽었으면 한 쌓여서 귀신 됐을 걸요."

"노지연 씨는 젊어서 그런 말 못 들어봤을 수도 있는데, 예전에 어르신들이 그랬어요. 음식 하는 데서는 귀신도 굶기는 거 아니라고. 그러니 먹여야죠."

그럼 이걸로 해산! 윤석중은 주위를 환기 시키려는 듯 크게 박수를 두 번 치고는 주방으로 들어갔다. 김명장도 그 뒤를 따라 사라졌다.

"유니폼 줄게요. 따라오세요."

노지연은 안다정의 뒤를 따라갔다. 그러다 문득 물었다.

"궁금하지 않으세요?"

"뭐가요?"

"허실동의 아이가 뭔지."

안다정은 심드렁하게 고개를 가로저었다.

"전혀요. 나랑 상관 있는 일도 아니고. 관심 없어요."

이 빵집 안에서는, 나는 그저 나일 뿐이구나. 한심한 나. 보이는 그대로의 나. 안다정의 대답은 노지연에게 그렇게 말해주는 듯했다. 자신을 뒤돌아보지 않는 안다정의 뒤를 따라가는 노지연의 발걸음은, 허실동 어디에서보다도 홀가분했다.

오전 일곱 시부터 오후 한 시까지는 허실당 아르바이트를 한다. 2층 카페에서 점심을 먹고, 도서관에 들렀다가 저녁에는 세일하는 빵을 사러 온다. 정신을 차려보니 여름방학 내

내, 노지연의 일상은 허실당을 중심으로 빙글빙글 돌고 있었다.

'이러다간 진설주, 그 할아버지가 바라던 대로 요괴가 되겠어. 빵 요괴.'

도서관에서 공부를 마친 저녁, 그렇게 생각하며 허실당의 문을 여는데 가게 안이 소란스러웠다. 카메라를 든 남자 한 명이 가게 안에서 큰 소리로 떠들고 있었다.

"김말자 빵은 왜 김말자 빵일까요! 김이 붙어 있는 것도 아니고, 빵이 롤케이크처럼 돌돌 말려있는 것도 아닌데 말입니다. 이 이상한 이름이 귀신을 불러들이고 있는 것은 아닐까, 의심됩니다. 저기 계신 점원분께 가서 물어보도록 할까요? 직원분. 어떻게 생각하시나요? 김말자란 이름이 재수가 없어서 귀신이 나온다는데 동의하십니까?"

남자가 붙들고 카메라를 들이댄 건 김명장이었다. 김명장은 아무 말 없이 카운터에 붙은 종이를 가리켰다. 촬영 금지. 하지만 남자는 카운터 쪽으로는 카메라도 돌리지 않고 집요하게 다시 물었다.

"허실당 직원으로써 김말자, 저런 이상한 이름을 빵에 붙이는 것엔 동의하셨나요?"

"제 이름입니다."

김명장의 대답이, 가게 안에 나직이 울려 퍼졌다.

"…이름이요? 직원분의 이름?"

"보세요. 명찰. 상품 제안한 사람 이름을 빵에 붙이는 기획이었어요. 부끄럽게도 제 상품으로 결정이 나서, 그런 이름을 가지게 되었네요. 손님 생각에, 제 이름이 재수가 없나요?"

"아니. 저는 그런 뜻이 아니라…."

"제가 주책이었나 봐요. 그런 기획이어도 다른 이름을 붙였어야 하는 건데. 그렇죠?"

남자는 슬그머니 카메라를 내리고는, 꽁무니가 빠져라 가게 밖으로 뛰어나갔다. 가게 안에서 빵을 고르고 있던 손님 중 몇몇이 박수를 쳤다.

"잘했네. 잘했어."

김명장은 사람들의 박수를 받으며, 빈 트레이를 들고 우아하게 주방 안으로 사라졌다.

'김명장 이름이 김말자였구나.'

김명장은 허실시에 있는 빵집을 통틀어 유일한 제과 명장이기에 '김명장'이라 불렸다. 김명장의 본명이 무엇인지 몰랐던 건 노지연만은 아니었을 것이다. 노지연은 빵을 집기 위해 집게를 들었다. 김말자 빵을 집어 들려는데, 건너편에서 있던 동네 할머니가 달려와 손등을 찰싹 내리쳤다.

"아서라. 그 빵은 사지 마."

동네 할머니는 엄청난 비밀 이야기라도 하듯 소곤거렸다.

"지연이 네가 서울 생활하느라 모르나 본데, 그 빵 귀신 들렸어. 내가 이 빵 나왔을 때부터 뭔 일 생길 줄 알았다니깐. 이름이 아니라 모양새부터가 불길하잖아."

"모양새요?"

"그래! 저거 이름표랑 같이 놓인 꼴을 좀 봐. 영락없이 제삿밥이지, 저게."

노지연은 그 말에, 한걸음 떨어져서 트레이에 놓인 김말자 빵을 유심히 바라보았다. 이제까지 사기에 바빠서 한 번도 빵이 놓인 모양새를 그렇게까지 유심히 본 적이 없었다.

'진짜네. 네임 태그가 길쭉하니깐, 위패 앞에 제삿밥 받친 듯이 보이기도 해.'

제삿밥을 얻어먹고 싶었다기보다는 잊히고 싶지 않았던 거지. 식탁에 놓였던 이름 없는 위패와 그 앞에 놓였던 밥그릇이 떠올랐다.

'잠깐만. 혹시 귀신이 김말자 빵 앞에만 나타나는 이유가….'

노지연은 시간을 확인했다. 저녁 8시 55분. 앞으로 5분이 지나면 귀신이 나타날 시간이다. 노지연은 빵을 고르는 척하며 아홉 시가 되기를 기다렸다.

9시가 되기 1분 전, 노지연은 김말자 빵의 네임 태그를 바로 옆에 있는 소시지 빵으로 옮겼다. 드디어 9시가 되고 언제나처럼 귀신이 나타났다. 귀신은 김말자 빵 앞을 기웃거리다가 곧 소시지 빵 앞으로 미끄러지듯 옮겨갔다.

노지연은 아랫입술을 질끈 깨물고 귀신의 옆으로 갔다. 사람들의 시선이 노지연에게로 쏠렸다. 노지연은 귀신의 옆에 섰다. 귀신은 노지연이 옆으로 다가온 것을 눈치채지도 못한 듯 '김말자 빵'이라고 쓰인 네임 태그를 어루만질 뿐이었다. 노지연은 네임 태그로 손을 뻗었다. 귀신의 손과 노지연의 손이 스치듯 맞닿았다. 서늘한 감촉에 부르르, 몸이 떨렸다. 노지연은 재빨리 네임 태그를 소시지 빵 옆의 감자 빵으로 옮겼다. 귀신은 잠시간 네임 태그가 있던 허공을 쓰다듬다가, 스르륵 감자빵 앞으로 이동했다. 감자빵에서 식빵으로, 식빵에서 피자빵으로, 피자빵에서 도넛으로. 사람들은 진열대를 한바퀴 빙 도는 귀신과, 네임 태그 하나로 귀신을 조종이라도 하듯이 이동하게 만드는 노지연을 신기한 듯 주목했다. 그렇게 5분 동안, 귀신은 허실당에 진열된 모든 빵을 한 번씩 마주한 뒤 사라졌다.

"세상에. 역시 지연이다. 괜히 허실동의 아이라 불리는 게 아냐. 어떻게 귀신까지 마음대로 한다니. 네 말 듣는 것 보니 저 귀신도 착한 귀신인가 보네."

김말자 빵을 사지 말라고 말리던 할머니가, 노지연의 등을 두드리며 호들갑을 떨었다. 그 말이 신호탄이라도 된 듯, 가게 안에 있던 사람들이 우르르 노지연 주변으로 몰려들었다.

"그러네. 지연이가 화재 사고도 막았잖아. 저 귀신도 뭐 나쁜 일 일어나지 않게 하려고 나타났던 건가 보네."

"복덩이 귀신인가 봐."

"하긴. 나쁜 귀신이면 허실당이 벌써 망했겠지. 귀신 나타난 지가 언젠데."

"복덩이 귀신이 좋아하는 빵 하나 사 볼까?"

"저 빵 먹으면 영험한 기운이 생기는 거 아냐?"

"나도 하나 사야겠다."

사람들은 너도나도 김말자 빵을 하나씩 집어 들었다.

'혹시 그게 당신의 이름인가요? 오랫동안 아무도 당신의 이름을 불러주지 않아서, 저 작은 네임 태그 하나에 외로움을 달래고 싶었던 걸까요. 가끔씩 옮겨 줄게요. 네임 태그. 맛있는 빵 많이 먹고 성불하세요.'

알 것 같았다. 허실당에 드나드는 사람들 대부분이 귀신을 본 이유. 누군가 나를 알아봐 주고 이름을 불러줬으면 하는 작은 바람. 누군가에게는 특별한 사람이 되고 싶다는 은밀한 소망. 그런 것을 한 번도 품어보지 않았던 사람이 몇 명이나 될까. 그러나 별것 아닌 듯한 그 소망이 현실로 이루어지는 경우는 의외로 적다. 그렇게 이루지 못한 소망은 안타까움이 되어 마음 한편에 맺힌다. 원망이나 억울함까지는 아니라도, 한의 일부를 이루는 요소를 갖추게 되는 것이다.

노지연은 다른 빵에 옮겨 둔 '김말자 빵'이라고 적힌 네임태그를 집어 들었다. 허실동은 소문이 빨리 퍼진다. 아마 내일 쯤이면 '김말자 빵을 먹으면 복이 온다더라'는 새로운 소문이 허실동을 강타할 것이다. 그럼 '김말자 빵'이 단종되는 일은 없을 터이다. 유튜버들이 몰려와도, 복을 부르는 빵을 팔지 말라고 할 사람은 없을 것이다. 자기 눈에 예쁘면 보물이고, 눈에 안 예쁘면 요물인 법이니깐. 노인 인구가 많은 이곳에서 복을 부르는 물건은 특별 취급을 받는다. 다른 곳에서는 찬밥 취급을 받는 목에 걸면 복을 부르고 혈액순환이 좋아진다는 광석 목걸이가 아직도 불티나게 팔리는 것도 그러한 이유이다.

'이 소문을 허실동 소식지에도 제보해야지. 귀신 소동만 특종으로 다루고, 새로운 소식은 다루어 주지 않으면 그 안에 허실당에게 악의를 품고 있는 사람이 있는 건 확실할 테니까.'

윤석중이 범인이 아니라는 것과, 다른 누군가가 허실당에 좋지 않은 방향으로 소문을 만들어냈을 가능성이 있다는 건 엄연히 다른 문제다.

'허실동의 아이란 타이틀을 이렇게 쓸 수도 있구나.'

맛있는 빵 하나를 구했으니, 그것만으로 '허실동의 아이'의 존재는 가치 있지 않을까. 그렇게 생각하자 마음이 조금 가벼워졌다.

'그러고 보니 안다정이 그랬잖아? 탐정놀이하려면 김말자 빵 앞에만 나타나는 이유를 알아내라고. 나 지금 첫 의뢰 해결한 셈이네?'

노지연은 피식 웃고는, 네임 태그를 돌려놓기 위해 김말자 빵을 향해 뒤돌아섰다.

"잠깐만. 내 빵! 아니, 할머니들. 내 빵은 남겨 놓으셔야죠!"

그 사이에 '김말자 빵'의 트레이는 텅 비었다. 김말자는 빵을 한 아름 들고 카운터로 몰려가는 사람들을 향해 외쳤다.

"내 빵 내놔요. 내 빵!"

학교의 흉터

|

박하루

몇 학년 몇 반인지도 모른다. 아니, 이 학교 학생이기는 한지도 모르겠다. 어쩌면 사람인지 아닌지 의심해야 할지도. 도서실에 가면 늘 그 애가 있었다. 창가 늘 같은 자리에 앉아서 노을 지는 햇빛을 등지고 책을 읽던 여학생. 그 애는 학교에서 일어난 이런저런 일들을 알고 있었다.

"나도 수업은 들으니까."

그렇게 말하는 그 애. 나는 아직 이름을 모른다, 새까맣다는 말로는 다 전달할 수 없을 만큼 짙어 마치 공간이 사라진 것 같은 느낌마저 주는 머리카락을 등까지 늘어트린 여자애는 딱히 설명이 충족되지 않는 설명을 했다.

"그 말은 반에서 애들 떠드는 소리를 엿듣긴 한다는 뜻이지?"

나는 그렇게 번역한 말을 확인 차 물어보았다.

"내가 같이 수다라도 떠는 걸 기대했다는 거야?"

"그럴 리가 있겠냐."

나는 어깨를 으쓱했다. 얼어붙은 호수처럼 고요한 그 애의 눈빛 앞에 서면 나는 할말을 잃곤 한다.

"네가 보는 건 나도 보고 있어. 그리고 내가 아는 것도 네가 알고 있지. 그렇지만 구체적인 사실을 보는 건 네 몫이야. 난 여기에서 움직이지 않을 거니까."

"알았어, 알았어. 네가 힌트를 주고 내가 조사한다. 전에 그랬던 것처럼 말이야. 넌 내 상황을 이해하고 있다는 말이지?"

이 책벌레 소녀는 도서실 바깥으로는 한 발짝도 나가지 않기로 악마와 계약이라도 맺었는지 귀찮은 일은 죄 나에게 시키고 있다. 그런데 뭐 어쩌겠나. 늘 이 애가 먼저 도서실에 와 있고 내가 방문하는 꼴인걸.

"네가 범인으로 의심받고 있다는 것?"

그 애는 말했다.

"음, 딱히 의심받는 건 아니야. 아니, 의심 받고 있나? 나 말고 현장 가까이 있던 사람이 없었고, 담임도 조회 때마다 나를 뚫어지게 쳐다보다 나가고."

"의심 받는 거 맞네."

"그런가?"

"그래."

하지만 좀 다르다. 의심이라 하면 자고로 상대를 범인으로 단정할 각오를 수반한 행위를 뜻한다. 내가 보기에 담임에게는 그런 각오가 없다. 진심으로 내가 범인이라 믿는 것은 아니지만 나 말고는 딱히 생각할 수 있는 것이 없다, 이것이 정확한 상황일 것이다.

"알리바이를 고려하면 네가 유력한 용의자다. 하지만 도저히 그 방법을 짜 맞출 수 있을 것 같지 않다. 이 상황이겠지."

그 애는 그렇게 내 처지를 요약해 주었다.

"정확하네."

나는 중얼거리듯 말했다.

그 바람에 나는 도서실을 찾았다. 이 애에게 매달린다고 답이 나올 거라는 보장은 없다. 하지만 나는 막연한 충동에 발걸음을 내맡길 수밖에 없었다.

그 애는 무릎 위에 펼쳐두었던 책을 덮는다. 책갈피도 하지 않고 페이지에 다시 눈길을 보내지도 않는다. 표지에는 『고백록』이라고 적혀 있었다.

"그리고 학생들 사이에서는 귀신 소문이 떠돌고 있고."

"그것도 호랑이 귀신."

나는 말했다.

지금 우리 학교의 가장 큰 화두는 다름 아닌 귀신이었다. 사흘에 걸쳐 사건이 벌어졌고 범인은 귀신 아니면 내가 될 상황이다. 곤란하다. 사건의 당사자가 되어서 곤란하고 차라리 스스로 범인이라 거짓 고백을 하고 싶어질 만큼 이해할 수 없는 사건이라서 곤란하다.

이 일은 사흘 전으로 거슬러 올라간다. 때는 월요일. 나는 밤늦게까지 학교에 남아 있었다.

***

그날은 왠지 할 일이 많았다.

자습실은 늘 밤늦게까지 열려 있었지만 우리 학년에 그곳을 허락된 시각까지 가득 채워 활용하는 녀석은 없었다. 나는 밀린 국어 숙제에 학급위원 잔업까지 해야 해서 텅 빈 자습실에 홀로 남아 있었다.

여기 말고도 자습실로 운영되는 교실은 학년별로 두 개씩 된다. 그런데 오늘따라 야간 자율학습 마감을 지키는 학생이 유난히 없어 보였다. 생각해 보니 시내에 무슨 드라마 촬영을 해서 연예인이 온다고 했다. 다들 그쪽으로 몰려간 것이리라 생각했다.

학교는 그야말로 공포영화 속 유령 나오는 학교 같았다. 내 발소리가 메아리쳐 복도에서 튕겨 다녔다. 나는 그 소리에 쫓기듯 잰걸음으로 학교 건물을 빠져나갔다.

교문에 다다랐을 무렵, 마지막 순찰을 나서는 당직 선생님과 마주치고, 그게 별다른 계기가 된 것은 아니었지만 나는 교실에 숙제 노트를 두고 온 사실을 떠올리고 말았다.

나는 선생님한테 얘기하고 서둘러 교실로 뛰어갔다.

당직 선생님의 임무가 교내 모든 교실을 돌며 남은 녀석이 없는지 확인하는 것이라는 것은 지난 경험으로 알고 있었다. 그러니까 내가 4층의 교실로 달려갔다가 내려오는 동안에도 당직 선생님은 여전히 교내 순찰을 하고 있을 거라는 말이다. 잘하면 계단에서 다시 마주칠 수도 있고.

지금 내가 이 말을 하는 데에는 이유가 있다. 나는 선생님과는 다시 마주치지 않고 9시가 조금 넘어서 교문을 빠져나갔다.

다음 날, 학교를 다시 찾았을 때의 분위기는 심상치 않았다.

아침이면 보통 다들 잠에서 덜 깨 가라앉아 있기 마련이지만 그날은 뭔가 화젯거리라도 있는 듯 삼삼오오 모여 떠들어대고 있었다. 나는 조금 늦었는데 담임은 더 늦게 들어왔다. 떠드는 소리에서 듣기로는 교무회의가 있었다고 했다. 담임은 조금 굳은 얼굴로 말했다. 도저히 예상할 수 없었던 말이었다.

"차우진. 잠깐 교무실에 내려가자."

그것은 내 이름이었다. 아무래도 반 애들이 떠드는 문제와 관련이 있을 것 같았지만 아직 나는 무슨 일이 일어났는지 파악하지 못한 상태였다.

내가 들은 것은 조금 황당한 이야기였다.

담임은 물었다. 평소와 같은 심드렁한 얼굴이었다. 의자에 흘러내리듯이 앉아 다리를 쩍 벌린 모습이 늘 마음에 걸렸지만 굳이 거론해 부스럼을 만들 생각은 없다.

"너, 어제 야자 했지?"

그게 떳떳하지 못한 일은 아니기에 나는 솔직하게 대답했다.

"어제 너보다 늦게 남은 애 있었냐?"

이것도 보통이라면 자신 있게 말하지 못했을 테지만 어제 나는 텅 빈 학교라는 인상적인 광경을 직접 목격했기에 그렇다고 대답할 수 있었다.

"그으래?"

정년을 앞둔 이 남교사는 베테랑 형사와도 같은 눈빛으로 말했다. 그냥 하는 표현이기는 했지만 실제로도 그랬다. 그 뒤로 담임은 나를 추궁하기 시작했으니까.

“당직 직원도 그랬다더라. 그런데 마지막에 다시 학교로 되돌아가는 널 보고 학교에서 아무도 못봤다더군. 그러니까 넌 학교에 남은 마지막 학생이었던 거야.”

그게 뭐 어떻다는 걸까? 나는 여기서는 말을 아꼈다.

“그래서 묻는 거다. 그것들에 대해 아는 게 없나, 이거야.”

그것들? 담임은 분명히 무언가 사건을 언급하고 있었다. 그리고 그것이 조금 전 교실을 어수선하게 한 원인임이 분명했다. 내가 여기에 불려 내려온 이유 역시 알 수 있었다. 내가 그 사건의 당사자라는 의혹을 받는 것이었다.

그렇지만 그때만 해도 나는 그게 무엇을 말하는지 알 수 없었다.

나는 내게 이제 흔적기관처럼 남은 아동기의 순진무구함을 얼굴에 끌어모아야만 했다. 나는 도저히 이해할 수 없다는 표정을 지었고, 그것은 전적으로 사실이긴 했지만 지금 중요한 것이 진실이 아님을 나는 알았다.

내가 받은 의혹은 심각하면서도 황당한 것이었다.

오늘 아침, 운동장에 있는 체육 창고 문이 활짝 열려 있고 그 안의 비품이 헝클어져 있던 데다, 무언가로 온통 찢어지고 부러지고 긁혀 있었던 것.

마치 커다란 짐승의 발톱 같은 것으로 말이다.

***

1교시를 마치고 바로 현장에 가보았다.

벌써 소문이 전교로 퍼졌는지 근처로 다가가기도 힘들 만큼 학생들이 장사진을 치고 있었다. 체육 창고는 스탠드 아래에 있어서 운동장에 직접 면하고 있다. 체육복을 입은 일군의 학생들이 안에서 비품을 열심히 꺼내고 있었다. 1교시가 체육인 반에서 동원된 애들인 것 같았다. 뜀틀이나 각종 공, 평균대 등등. 하나같이 처참하게 망가진 것들이었다.

나는 선생님들이 겪는 곤란을 이해할 수 있었다. 나를 의심하고 싶긴 하지만 그럴 수 없는 이유가 있었다. 과연 내가 저 짓을 할 수 있겠냐는 문제 말이다.

나는 체격도 그리 크지 않고 만성적인 운동 부족을 겪고 있는 평범한 고등학생이다. 나에게 무슨 수단이 있어서 체육 창고를 그렇게 만들어 놓을 수 있다는 말인가? 호미나 곡괭이 같은 농기구를 써서? 도구를 쓴다고 하더라도 어느 정도의 완력은 필요한 법이다. 나무로 된 뜀틀이나 상자 따위를 저렇게 종이 찢듯 부수려면 적어도 체육 선생님 정도의 완력은 있어야 할 것이다.

담임 말로는 어제 마지막으로 쓴 3학년 4반에서 문단속을 제대로 하지 않았다고. 당직 선생님은 창고 문까지 확인하지는 않았지만 닫혀 있는 것은 똑똑히 봤다고 했다. 그리고 학교에 사람이 있을 때 이 난리를 피웠다면 분명히 누군가는 들었을 것이다. 즉, 이 행위는 학교가 빈 밤중에 이뤄졌다는 점도 명백했다. 내가 의심받는 것도 당연했다. 나는 학교에서 마지막으로 목격된 학생이니까.

다시 말하지만 당직 선생님은 마지막으로 모든 교실을 돌며 남은 녀석이 없나 확인하는 것이 일과다.

나 말고 조사할 상대도 마땅하지 않다는 점은 이해하지만 솔직히 너무 범위가 넓은 일이다. 밤중에 누구든 학교로 몰래 숨어들 수 있는 일 아닌가. 체육 창고가 잠기지 않았다는 것만 미리 확인했다면 말이다.

"저거, 발톱 같지 않아?"

"맞아. 저 크기를 봐. 저건 꼭 호랑이…."

여학생 무리가 속닥대는 소리가 귓등으로 들려왔다. 나는 비품을 들고 떠나가는 가여운 학생들 무리 쪽을 돌아보았다. 두 사람이 든 바구니에 담긴 농구공이 눈에 들어왔다. 바람이 빠져 형편없이 찌그러진 농구공. 농구공은 속이 드러나고 실밥이 눈에 보일 정도로 처참히 찢어져 있었다. 사람들 틈을 비집고 창고 안으로 들어가 보았다. 그곳에는 더욱 분명한 자국이 남아 있었다. 벽면을 가로지르는 네 줄의 마치 오선보 같은 긁힘 자국.

나는 생각했다.

호랑이 발톱이 몇 개더라?

다음 날에도 학교는 술렁이는 소리로 가득했다. 이번에는 도발적이게도 교장실이 희생양이 되었다. 문이 박살 나고 책상이며, 그림, 책장이 온통 날카로운 무언가로 긁혀 있었다. 화분은 깨져 있었고 창문의 방범창은 뜯겨져 나가 있었다.

이때까지만 해도 학교는 쉬쉬하며 떠들어대는 학생들을 윽박지르고 일상을 가장할 수 있었다. 그렇지만 그다음 날, 바로 오늘 벌어진 일은 숨길 수 없었다. 발톱 자국은 마치 보란 듯이 복도 여기저기에 나 있었던 것이다. 유리창도 여러 군데 깨진 것 같았고 소화전이나 전등이 뜯겨져 나간 곳도 있었다.

그리고 그 현장을 목격한 사람은 아무도 없었다. 학교의 불이 꺼진 한밤중에 일어난 일이었다.

이제 사건은 장난 수준을 넘어가고 있었다. 선생님들은 약이 바싹 올라 있는 게 눈에 보였다. 어딜 가든 이 발톱 자국 얘기였다. 호기롭게 밤중에 귀신 잡을 파티를 모집하는 녀석도 있었고 티가 나도록 불안해하는 녀석도 있었다.

이건 여타 귀신 소동과 달랐다. 실제로 물건과 벽을 할퀴는 존재는 언제든 사람을 향해 발톱을 겨눌 수 있었다. 그것이 귀신이든, 아님 누군가의 장난이든.

학생들은 이 사건을 '학교의 흉터 사건'이라고 그럴싸하게 부르고 있었다.

나는 조금 구체적인 이야기까지 들을 수 있었다. 책상 주변에서 들리는 소리를 모르는 척 엿들은 것이었다.

"이건 할머니한테 들은 얘기야. 이 동네에 원래 일본의 수출항이 있었잖아. 그래서 일본 놈들이 많이 살았대. 그중에 호랑이 가죽을 수출하던 사람도 있었다는 거야. 일본 놈들이 호랑이 씨를 말렸다잖아. 그런데 이 학교가 원래는 창고였다는 건 알지? 건물은 다시 지은 거지만 예전엔 여기다가 일본으로 가져갈 물건을 쌓아뒀다는 거야. 그중에 호랑이 가죽도 있었대.

그런데 어느 날, 창고에 불이 나서 물건이 홀라당 타버린 거야. 누가 일부러 낸 건지 아님 실수로 난 건지 벼락이라도 떨어진 건지는 아무도 몰라. 아무튼 피해가 막심했고 그중 호랑이 가죽 수십 장도 있었대. 억울하게 사냥당한 호랑이 수십 마리가 한 장소에서 불타버린 거야.

호랑이 한 마리 한 마리의 혼은 사실 힘을 쓰지 못한대. 그런데 그때는 때마침 호랑이의 해. 어, 몇 년인지는 모르겠는데 아무튼 호랑이의 해라고 했어. 그리고 시각도 새벽이었으니까 인시였을 거야. 호랑이의 원한이 묻어 있는 가죽 수십 장이 호랑이의 기운이 겹친 날 한 장소에서 불타니까 그 안에 있던 집념이 포개지고 합쳐져서 하나의 덩어리가 되어버린 거야.

그리고 그 원한의 덩어리는 호랑이의 해마다 이 허실시에 나타나서 돌아다니면서 해를 끼친다고 했어. 그런데 올해가 무슨 해인지 알아?"

복도에서 들은 얘기는 조금 달랐다. 위 이야기에서 호랑이 덩어리는 12년에 한 번씩 나타나는 모양이지만 여기서는 그런 조건은 없었다. 수다 떠는 녀석들 근처를 조금 부자연스럽게 맴돌면서 알아낸 내용은 이랬다.

"옛날엔 이 허실에도 호랑이가 나왔대. 호랑이 피해가 커서 나라에서 사람을 보내 잡으려 한 거야. 그런데 호랑이는 사실 사람이랑 친하게 지내고 싶었나 봐. 사람들은 산중에 미끼를 놓고 호랑이가 나타나기를 기다렸대. 그런데 호랑이는 그게 사람의 호의 표시인 줄로 안 거야. 그래서 미끼를 덥썩 문 순간, 사람들이 총을 마구 쏴서 호랑이는 피 흘리며 죽고 말았어.

그런데 그걸 지켜보던 새끼 호랑이가 있었거든. 동물이라 해도 그런 거 전부 이해하는 거 알아? 사람들이 자기 엄마를 죽였다는 사실 말이야. 그래서 새끼 호랑이는 유난히 인간을 미워하게 됐어. 몇 년이 지나 다 자라서는 다른 동물보다 인간을 주로 해치고 다녔지.

당연히 다시 사냥꾼이 조직됐어. 이제 이 싸움은 서로를 멸하기 위한 처절한 생존 사투가 돼 버린 거야. 누가 이겼냐고? 당연히 사람이 이기지. 총을 들었는데. 이제 다 큰 새끼 호랑이가 죽어가며 우는 소리는 마치 인간을 저주하는 것 같았대. 그렇게 처연하게 울며 죽는 호랑이가 또 없었다는 거야.

인간을 좋아하던 엄마 호랑이, 그리고 엄마의 복수를 다짐하던 새끼 호랑이. 이 둘의 원혼이 지금도 호랑이 사냥터였던 우리 학교 주위를 떠돌고 있대."

캐릭터도 더 분명하고 말이다. 나는 이쪽 이야기가 더 마음에 든다.

그렇지만 한가하게 남들 이야기나 엿들을 때가 아니었다. 나는 5교시가 끝나고 또다시 교무실로 불려 가고 말았다.

"뭘 물을지는 알고 있지?"

담임은 말했다.

"그제랑 어젯밤 알리바이 말이죠? 전 두 날 다 야자 안 하고 바로 집에 갔어요. 증인으로 같이 간 애들 이름도 알려드릴 수 있는데."

담임은 못마땅한 눈으로 나를 올려다보았다. 의자에 앉은 채였지만 등받이가 뒤로 젖혀져 있어서 마치 내려다보는 것처럼 느껴졌다.

"물론 그 뒤에 다시 돌아올 수도 있을 테니 그게 결백을 증명하진 못하겠죠."

나는 어차피 의심받는 상황이라 피차 번거롭지 않게 해주려고 말했지만 말하고 나니 빈정거리는 게 아닌가 하는 생각이 뒤늦게 들었다. 다행히 담임은 별다른 반응을 보이지 않았다.

"너도 별별 소문이 다 도는 거 알지?"

담임은 말했다.

"저도 귀가 있는걸요."

"너희들은 그냥 떠들고 말 일이지만 선생님들은 아주 골치가 아프단 말이야. 우리가 너희만 보는 것도 아니고 3학년들 입시도 이제 코앞이고."

"아무렴요."

"그래서 생각해 봤는데, 내가 널 잘 알잖냐. 넌 평소에도 뚱한 성격이고 무슨 생각 하는지 모르겠고 친구 관계도 모난 데 없고 특별히 친하게 지내는 친구도 없고."

마지막은 약간 상처인데? 청소년들은 예민하다고요 선생님.

"범인은 우리가 열심히 찾고 있어. 언젠가는 꼬리가 잡힐 거야. 그런데 지금 말이 너무 많단 말이야. 학교를 좀 진정시킬 필요가 있어."

"잠깐만요, 그 말은 혹시…."

"이름은 공개하지 않을 거고, 그건 학생 인권 문제니까 진범이 잡혀도 안 밝혀. 그렇지만 누군가로 특정은 해야 한단 말이야. 1학년의 남학생 이렇게 말이야. 아무도 너인 줄 모를 거야. 그냥 선생님들만 그렇게 알고 있을 거고. 하지만 누군지 짐작은 할 수 있게."

"저기요…."

"아무런 징계 기록도 남기지 않으마. 그냥 사건 진정되고 이삼일 쉬기만 하는 거야. 결석 처리도 안 할 테니 걱정 말라고. 너한텐 좋은 일 아니야? 기록에 안 남게 땡땡이치는 거 말이야."

사실 구미가 당기기는 했다. 잠시 머리가 아찔해지면서 휴식의 달콤한 감각과 복귀했을 때 나를 보고 수군거릴 반 애들의 얼굴이 차례대로 스치고 지나갔다.

고민은 길지 않았다.

"제가 쉬는 동안 또 사건이 벌어지면 아무 의미 없는 일 아닌가요?"

"그래서 일이 어느 정도 진정되면 하자는 거야. 장난치는 녀석도 매일 같이 그러긴 어려울 테니. 오늘부터는 선생님들 여럿이서 학교에서 밤샐 테고."

도대체 이게 선생이란 자가 할 말인가? 학생의 학습권은 어쩌고 그런 소리인가. 무엇보다도 불쾌한 일이다. 기록에 남지 않는 결석이야 누구나 꿈꾸는 일이지만 이렇게 음침한 음모의 도구가 되는 것은 사양이다.

나는 대신 제안했다.

사실 조금 후회되는 일이기는 했다. 무슨 수로 내가 이 기묘한 사건의 범인을 잡는다는 말인가!

"『삼국유사』에 김현이라는 사람과 호랑이에 대한 이야기가 나와."

뜬금없이 그 애는 말했다.

"『삼국유사』? 갑자기 그건 왜?"

"그 정도는 교양이야. 어디처럼 기록이 수백 편 되는 것도 아니고 고대사에 대한 우리 자신의 기록이라곤 달랑 두 편밖에 없는데 그것 정도는 읽어줘야 하지 않겠어? 교양이야, 교양."

그 애는 얼려버릴 것 같은 눈빛으로 말했다. 삼국유사는 제목만 아는 게 사실이지만 그거 안 봤을 수도 있지 뭘.

"아니, 갑자기 그 얘기는 왜 하냐고."

그 애는 한숨을 짧게 내쉬더니 말했다.

"호랑이는 단군 신화에도 나오는 우리와 아주 가까운 짐승이야. 한반도에서 호랑이가 멸종하기 전까지는 마치 태풍 걱정하듯, 한파 걱정하듯 호환 걱정하며 살았을 거야. 호랑이는 살아 있는 재앙이니까."

"그래서 그 이야기는 왜? 이번 사건과 무슨 관계가 있는 거야? 설마 이 일을 벌인 게 그 『삼국유사』에 나오는 호랑이 귀신이라는 거야?"

"짧은 이야기지만 넌 이것도 안 봤다고 하니까 내가 더 짧게 축약해 줄게."

하고, 그 애는 제멋대로 이야기를 시작했다.

"신라에는 2월이면 탑돌이를 하는 풍습이 있었는데 거기서 김현이라는 남자와 호랑이가 만나 교미하고 부부의 연을 맺었대."

"잠깐! 이야기가 뭐 그래? 정말 『삼국유사』 맞아?"

갑자기 훅이 들어와서 얼떨떨하다. 호랑이 이야기라더니 그런 막장 전개였냐?

"약간 축약하기는 했지만 맞아. 으슥한 곳에 가서 정을 통

했다고 분명히 나오는걸. 뭐, 여자로 변신한 호랑이였지만."

"아니, 그걸 먼저 말해야지…."

"그래서 축약이라고 했잖아. 불만이면 직접 읽어보든가."

하며, 손가락으로 서가를 가리킨다. 그 방향에 정확히 『삼국유사』가 있을 것이라는 예감이 들었지만 난 확인하지 않을 거다.

"알았어, 알았어. 일단 끝까지 해봐."

그 애는 이야기를 다시 이어갔다.

"김현은 호랑이 여자네 집까지 따라갔어. 그런데 거기서 여자의 세 오빠가 나타난 거야. 오빠들은 사람 냄새를 맡고 입맛을 다셨지. 그런데 그때 하늘에서 목소리가 들려왔어. 너희 호랑이들이 죄를 지었으니 벌을 내리겠다고."

"그래서 김현이 살아난 거야?"

"아니. 그때 여자가 말했어. 오빠의 죗값은 자신이 치르겠다고."

"뭐?"

아니, 진짜 한 치 앞도 예상할 수 없는 전개다.

"그리고 여자는 방법을 알려줬어. 자신이 호랑이로 변해 사람을 해치고 다닐 테니 나서서 자신을 무찌르라고. 김현은 그 말대로 했어. 왕이 토벌 퀘스트를 내리자 김현이 수락해 칼을 들고 나섰지."

"그래서 김현이 여자 호랑이를 죽인 거야?"

"아니. 여자는 자신을 토벌하러 온 김현 앞에서 다시 사람 모습으로 변한 뒤 스스로 목을 찔러 죽고 말았어. 김현은 그 공로로 벼슬을 얻었지."

또 예상을 벗어나고 말았지만 이 결말은 꽤 극적으로 들렸다. 하룻밤의 인연을 위해 스스로 목숨을 끊다니!

"그 뒤 김현은 호원사虎願寺라는 절을 짓고 호랑이를 기렸다고 해. 이 절은 실제로 절터가 남아 있어. 이게 이 이야기의 끝."

그 애는 이야기의 여운을 음미하듯 입을 다물었다. 인상적인 이야기였다. 그렇지만 근본적인 의문은 여전히 남아 있었다.

"그래. 이제 나도 이 이야기를 알았어. 그런데 도대체 이 이야기랑 지금 학교에서 일어나는 일이랑 무슨 상관인 거야?"

그 애는 말했다.

"넌 이 이야기에서 무엇을 읽을 수 있어?"

"읽다니…."

나는 독서감상문이라도, 아니 청취감상문이라고 해야 할까, 써서 제출하라 하지 않을까 하는 두려움에 떨었다.

"역시 아무 생각 없겠지. 짧은 이야기지만 여기엔 많은 게 담겨 있어. 일단 이건 절의 기원 이야기야. 신라에는 이런 절이 많아. 절 하나를 지을 때에도 그냥 짓지 않았던 거야. 물론 허황된 이야기지만 아마 건국설화와 비슷할 거야. 이데올로기적 뒷받침이 필요했던 거지."

나는 고개를 끄덕였다.

"그리고 『삼국유사』의 일화가 그렇듯이 불교적 교훈을 주기 위한 목적도 있지. 사실 여기엔 후일담이 있어. 전혀 상관없는 이야기인 신도징의 호랑이 아내 이야기를 덧붙여서 비교하고 있거든. 신도징의 호랑이는 마지막에 남편을 비웃으며 자식도 내버리고 도망가 버려. 저자인 일연은 이 둘을 비교하며 심성 고운 김현의 호랑이를 칭찬하며 글을 마무리하지."

나는 다시 고개를 끄덕였다.

"그렇지만 그게 중요한 게 아니야."

중요하지 않은 얘기는 생략해도 되지 않을까 하는 의문이 들었지만 나는 잠자코 있었다.

"이 이야기는 무엇보다도 연애담이야. 탑돌이라는 일종의 만남의 장소가 있었고, 눈이 맞은 남녀가 원나잇을 즐겼고, 한번 맺은 연을 죽음까지 가져가는 순정까지 보이고 있어. 그렇지만 뭔가 부당한 연애담이지. 호랑이 여자가 자신을 희생한 것은 숭고한 일이지만 왜 그래야 하지? 벌을 받아야 하는 건 오빠들이잖아. 여자는 그냥 김현과 행복하게 살아도 되는 거잖아.

무엇보다도 우린 이걸 읽어야 돼. 여자는 희생양이야. 만일 이 이야기의 다른 판본이 있다면 왜 여자가 희생 돼야 하는지 구구절절 읊었을 거야. 그게 희생양 설화의 규칙이니까. 그렇지만 그게 본질이 아니야.

본질은, 희생양은 무고하다는 거야. 이 이야기의 불합리하고 개연성 없는 전개가 오히려 가장 중요한 진실을 드러내고 있는 셈이야.

도대체 어느 희생양이 진심으로 희생되는 것을 즐기겠어? 만일 자기가 희생되지 않고 다른 누구도 다치지 않고 목적을 달성할 수 있다면 굳이 희생을 택하겠어?

이 호랑이는 심성이 매우 고운 호랑이야. 누가 더 다치는 것을 바라지 않는다고. 자기가 해친 사람들을 치료하는 약을 알려줄 정도야. 그 결과 죽는 건 호랑이 하나뿐이야.

이 이야기는 착한 호랑이 하나가 일방적으로 희생되고 다른 모두가 행복해지는 매우 불쾌한 이야기라고."

나는, 고개를 끄덕였다. 그럴지도 모른다. 어차피 여자가 희생되는 결말이라면 어떤 이유를 갖다 대든 불합리한 것은 마찬가지다. 그렇다면 아예 적당히 얼렁뚱땅 넘어가는 것이 더 나을지도 모르겠다.

"이렇게 이야기는 저자도 모르는 진실을 드러내기도 해. 그게 이야기의 위대한 점이야. 무언가를 은폐하려고 시도할수록 더욱 더 많은 진실을 드러내고 말거든.

그래. 나도 네 얼굴에 떠오른 불만을 읽을 줄 알아. 내가 지금 뜬구름 잡는 소리만 하는 것으로 보일 테지. 그렇지만 앞으로 하게 될 말을 이해하기 위해서는 반드시 거치고 가야 하는 관문이었어."

어느 순간이었나, 그 애의 말은 처음에 비해 훨씬 빨라져 있었다. 나는 조금 더 인내하기로 했다. 관문은 이제 다 지나갔으니 그 소리를 하는 거겠지. 나는 마치 고양이처럼 나를 꿰뚫어 보는듯한 그 애의 두 눈을 마주 보았다.

그때, 종이 울렸다. 도서실은 방과 후 활동 시간까지, 즉 야간 자율학습 시간 이전까지만 연다. 우린 자리를 정리해야만 했다.

"어, 너 도서위원이야?"

나는 물었다. 도서위원이라면 문단속까지가 임무일 테니까.

"아니. 그냥 고객."

"어? 그럼 아무도 없이 너 혼자 맡겨놔도 돼?"

"글쎄."

"글쎄라니…. 그럼 언제까지 있을 수 있는 거야?"

"너 말하는 거야, 나 말하는 거야?"

그야 우리 둘 다 말하는 거지만 뭔가 대답하기 머뭇거려지는 질문이었다.

"나는 해줄 얘기는 다 했다고 생각하는데. 나머지는 네 몫이야. 하지만 정 모르겠으면 내일 다시 찾아와. 내일은 또 무슨 소동이 일어날지 모르지만."

나는 다급하게 말했다.

"마지막으로 이것만. 그건 정말 귀신이 한 짓이야?"

그 애는 생각하는 듯 조금 뜸을 들이다가 말했다.

"모르지. 내가 현장을 본 게 아니니까."

"아니, 그러면 지금까지 얘기는 왜 한 거야?"

"그건 말이야."

하며, 배시시 웃음기를 올린다.

오늘 본 그 애의 첫 웃음이었다.

"숙제야. 시간 다 됐어. 이제 집에 돌아갈 시간."

그렇게 말하고 그 애는 마치 셔터를 내리듯이 무릎 위에 올려놓았던 책을 펼치고 고개를 아래로 고정했다. 책갈피도 없이, 마치 시청 중이던 동영상 불러오기를 할 때처럼 덮어둔 책 속으로 끼어들어 파고든다. 물어볼 것이 많이 남아 있었지만 더 말을 걸어봐야 소용없다는 것을 나는 알았다.

그러니까 문은 누가 잠그는 거냐고.

＊

등교해 보니 남자애 몇몇이 어젯밤의 무용담을 떠들어대고 있었다. 듣자 하니 귀신을 목격한답시고 자율학습을 한 녀석이 꽤 됐는데, 자율학습 시간이 끝나고도 교실에 숨어 있으려다 생각보다 많이 남은 선생님들에게 하나하나 체포되어 학교 바깥으로 추방되었다고.

새벽까지 남게 된 선생님들이 밤새 번갈아 가며 학교 순찰을 했고 아무것도 발견하지 못했다는 것까지 들을 수 있었다.

아마도 사람이 많아서 귀신도 몸을 사리는 중일 거야, 하며 속닥대는 소리가 꼬리 말려 들어가며 아침 조회가 시작되었다. 담임은 한눈에 보기에도 어제의 순찰조라는 것을 알 수 있었다. 머리는 감은 모양이지만 아직 마르지 않은 상태였고 옷은 다 구겨져 있었다.

"너네, 지금 어디 관심 가 있는지 잘 알겠는데, 이건 귀신도 아니고 몹쓸 놈이 장난치는 거니까 곧 잡힐 거야. 이런 거에 그만 기웃거리고 자기 자리로 돌아가자. 조금 있으면 기말고사다."

내 자리는 창가였다. 담임의 말은 오른쪽 귀로 들으며 아침의 텅 빈 운동장을 나른하게 내려다보고 있는데 움직임

하나가 보였다. 지각생은 아니었다. 양복을 입고 머리에는 중절모를 쓴 남자였다. 외부인임을 숨기지 않는 행색이었다. 그는 운동장을 가로질러 오고 있었다. 그 끝에는 스탠드가 있었고 스탠드의 운동장 쪽에는 체육 창고가 있었다.

남자는 체육 창고 앞에 섰다. 외부인이 교무실이나 교장실도 아닌 체육 창고부터 찾을 이유가 뭐 있을까? 요 며칠 일어난 '학교의 흉터 사건' 말고는 생각할 수 없었다.

기자일까? 아니면 교육청에서 온 사람? 자식한테 재미있는 이야기를 들은 학부모?

나는 그의 움직임을 눈으로 좇았다. 학교 안으로 들어올 생각은 아닌 모양이었다. 그는 진입로 구석에 있는 쉼터로 가 벤치에 앉았다. 운동장에 나오는 학생들을 붙잡고 물어볼 생각일까? 그러기를 바라며 나는 1교시를 마치고 쉼터까지 내려가 보았다.

남자는 그때까지 그 자리에 앉아 있었다.

가까이서 보니 나이가 꽤 있어 보이는 사람이었다. 그는 내가 접근하는 것을 보고 앉은 자리에서 일어났다. 그의 곁에는 노트북 파우치가 놓여 있었다.

"어…."

나는 뭐라 말을 걸어야 할지 몰라 입을 뻐끔거렸다.

"이 학교 학생이지? 이렇게 불쑥 찾아와 미안하지만 뭐 물어볼 게 있어서 말이야."

역시 이럴 땐 어른이 말을 걸어줘야지.

"네. 아까 위에서 봤거든요."

나는 학교 건물을 슬쩍 가리켰다.

"그렇구나. 그럼 얘기가 쉬워지겠네. 난 평소에는 로터리에 있는 카페 토스타두에서 작업을 하거든. 그런데 카페를 찾아온 학생들이 떠드는 소리를 우연찮게 듣고 말았어. 학교에 귀신이 나온다고. 체육 창고와 교장실을 마구 할퀴었다고."

"아 네. 지금 난리죠. 그런데 할아버지는? 기자예요?"

"난 향토사가란다. 이 지역을 연구하고 있지. 혹시 책임 있는 선생님이나 교장 선생님께 이걸 전해주지 않겠니? 본래 공문으로 보내야 하는 일인데 그러면 시간이 걸리고 해서 이렇게 직접 왔단다."

하며 그는 자신의 명함과 함께 편지봉투 하나를 나에게 주었다.

"뭐죠? 이게."

나는 명함은 대충 주머니에 쑤셔 넣고 편지 봉투를 내려다보았다.

"학교에서 일어나는 일을 조사해도 되는지 허락을 구하는 글이야."

"그러죠."

"고맙구나."

나는 조금 머뭇거리다가 이렇게 내려온 목적을 밝혔다.

"전 기자인가 해서 와봤거든요. 어, 사실 제가 좀 의심받고 있어서요. 학교에 가장 늦게 남아 있었다는 이유로요. 그래서 그 부분을 좀 언급해 달라고 부탁하려 했는데, 향토사가면 기사는 안 쓰죠?"

"인터넷 신문에 종종 기사를 쓰기도 하는데 아무래도 일일 기사 같은 것보다는 느리게 올라갈 거야."

"그렇군요."

나는 조금 실망했지만 애시당초 큰 기대를 할 수 없던 일이었다.

"지금 떠도는 말이 많지?"

"네. 별의별 소문이 다 있어요. 조선시대 호랑이 이야기부터 삼국유사 이야기하며."

"『삼국유사』? 「김현감호」 이야기 말하는 거지?"

"김현… 네. 그 호랑이랑 결혼하는 이야기. 아시네요?"

정말 그게 다 알아야 하는 교양 같은 이야기였나?

"알기야 알았지. 하지만 대번에 떠올릴 만큼 상세히 기억하는 건 아니야. 내가 이걸 아는 건 카페에서 떠들던 학생들이 그 이야기를 해서야."

"네? 학생들이?"

이런 한눈에 보기에도 학자로 보이는 사람이 『삼국유사』의 한 꼭지를 아는 건 오히려 어색하지 않다. 그런데 도서관의 그 애도 아닌 평범한 학생들이 이걸 꿰고 다닌다고? 혹시 내가 대한민국 평균에 한참 못 미치는 게 아닐까 하는 생각이 잠깐 머리를 휘감는다.

"그런데 종이 울린 것 같구나. 빨리 들어가 봐야 하지 않겠니?"

나는 황급히 주위를 둘러보았다. 잠깐의 쉬는 시간을 이용해 몰려다니던 애들도 이미 말끔히 교실 안으로 들어간 뒤였다.

"어, 조금 늦었네요. 이건 믿을만한 선생님한테 전해줄게요!"

하고 나는 교실을 향해 달려야만 했다.

그런데 「김현감호」라고. 그 애도 다른 애들이 떠드는 얘기를 듣고 나에게 말을 꺼낸 걸까? 그런데 그렇다고 하면 왜 그런 소문이 돈다고 하지 않고 설화의 의의 같은 것을 말해줬을까.

아직 나는 뭐가 뭔지 도저히 알 수 없었다.

***

그 애가 왜 나한테 『삼국유사』 이야기를 해줬을까? 분명히 학교에는 여러 소문이 떠돌고 있었다. 내가 정확히 엿들은 것만 두 개고 건너 건너 형태를 알아볼 수 없는 것이 몇 개 더 되었다. 여러 소문 중 굳이 그 소문이어야 할 이유가 있었을까?

어쩌면 소문과 상관없이 우리가 가진 신화의 신비한 힘 같은 것을 알려주고 싶었던 건 아닐까? 그렇다고 하더라도 왜 김현 이야기란 말인가. 호랑이가 나오는 이야기라 하면 단군신화도 있고 그 유명한 호질도 있다. 그중에서 이 이야기를 선택했다는 것은 어떤 관련성이 있기 때문이라고 봐야 하지 않을까?

점심시간, 나는 휴대폰으로 관련 정보를 더 찾아보았다. 「김현감호」. 그 애는 풀어서 얘기해 줬지만 제목이 이렇게 돼 있는 모양이었다. 정말 짧은 이야기인지 백과사전에도 내용이 거의 다르지 않게 요약돼 있었다. 다만 해석에 대해서는 그 애의 관점과 조금 달라 보였다.

그런데 나는 이내 중요한 사실을 알아내고 말았다. 백과사전이나 학습자료 따위가 중요한 게 아니었다. 힌트는 뉴스 기사에 있었다. 이번 달 초에 작성된 6월 모의평가 관련 기사였다. 이것이었다.

기사에서는 이 사실을 전하고 있었다. 국어 모의평가 고전 지문으로 다름 아닌 「김현감호」가 실렸다고. 조금 억울한 생각이 들었다. 1학년인 내가 어떻게 3학년이 치르는 모의평가까지 생각해볼 수 있다는 말인가.

정리해보자.

6월 모의평가는 지난주에 있었다. 평소 보는 모의고사보다 훨씬 중요한 시험이라는 얘기를 들어오는 선생님마다 거론하던데 나는 잘 와 닿지 않았지만 3학년이면 허투루 넘겨듣지 않았을 것이다. 어떤 지문이 출제됐나 기사가 알려줄 만큼 중요한 시험이다. 이 시험을 치른 학생이라면 출제된 문제나 지문이 기억에 강렬히 남을 수밖에 없을 것이다.

그 애가 이 작품을 언급한 것은 그 때문이라고 보는 게 맞을 것이다. 다른 이유를 찾을 수 없으니까. 발톱 자국이 생겨나고 각자 그것에 대해 이야기하면서 자연스레 호랑이 관련 이야기가 퍼져 나가고 3학년 위주로 김현감호 이야기도 전파되었을 것이다.

그것이 그 애가 나에게 이 이야기를 해준 이유였다. 그렇지만 이대로는 아무것도 달라지지 않는다. 이것으로 숙제가 다 해결되었을까? 아니다. 더 본질적인 이유, 이 이야기에 담긴 의미를 알아내야 한다. 그리고 이 사건의 진상까지.

그것이 그 애가 의도한 질문이었을 테니까.

“본질은, 희생양은 무고하다는 거야.”

불현듯 그 애가 한 말이 떠올랐다. 오빠들이 지은 잘못 때문에 억울하게 죽는 호랑이에 대한 불합리한 이야기.

이 키워드에 이르자 나는 움직일 수밖에 없었다. 내가 생각한 게 그 애가 생각한 것과 같을까? 그런데 그 애는 3학년이 본 시험은 어떻게 알고 있었을까? 3학년이라고는 생각해보지 않았는데. 그렇다면….

아니, 중요하지 않은 잡념은 옆으로 밀어두자. 나는 수업 시간이 시작된 줄도 모르고 생각에 잠겨 있었다. 정신 차리고 시계를 보니 이미 5교시가 끝나가고 있었다.

다음 갈 곳은 교무실이었다.

“뭐냐? 뭐 알아낸 게 있어?”

담임과는 교무실 입구에서 만났다.

“아뇨. 조사 중인데요, 사건의 진상 규명을 위해서 협조를 좀 해주셔야겠습니다.”

괜히 이런 말을 해보고 싶었다. 담임은 어쭈? 하는 표정을 지으며 문을 열고 안으로 들어갔다. 나는 쪼르르 뒤따라 당당히 책상 앞에 섰다.

"그래. 뭘 묻고 싶은 거냐? 내가 뭘 말해주면 범인을 잡을 수 있어?"

"그건 모르지만, 어, 뭐 그럴지도요?"

"뭐가 그리 애매해?"

애매한 게 맞으니까 그렇다. 나는 바로 본론으로 들어가기로 했다.

"3학년 중에 최근 징계 받은 사람이 있나요?"

담임은 이 학교에서 나름 떵떵거리는 위치에 있고 대소사 결정에 관여하고 있다. 징계위원회가 있었다면 적어도 그 내용 정도는 들어두었을 것이다.

"징계? 그건 왜?"

담임은 의자를 살짝 밀어 허리를 일으키고는 말했다.

"있는 거죠? 그것도 중징계."

사실 조마조마했다. 나는 탐정도 경찰도 아니고 생각한 것을 대뜸 떠볼 만큼 뻔뻔하지는 못하다. 그렇지만 달리 생각나는 방법이 없었다. 헛짚었다면 다시 도서실로 돌아가면 되는 일이다. 어차피 담임도 큰 기대를 하지 않을 테고.

"그걸 네가 어떻게 아는 거냐?"

담임은 경계하는 기색이 분명하게 말했다.

꼭 아슬아슬한 트랩 사이를 지나가는 것 같은 기분이다. 나는 한 발짝 더 나가보기로 했다.

"조사를 좀 했죠. 제 생각이 맞다면 그 누나가 이번 사건과 깊은 관련이 있을 텐데 말이에요."

처음으로 나는 성별을 특정했다. 담임의 눈동자가 요동치고 있었다. 이 맛에 저 밤하늘의 별처럼 무수한 탐정이 똑같이 잘난 척을 하는구나.

"그것도 어떻게…."

"조사했다니까요. 그런데 그게 누구인지는 몰라요. 그걸 알면 확실히 범인을 찾을 거 같은데, 알려줄 수 있나요?"

원래는 원칙상 안 될 것이다. 하지만 우리 학교는 사립학교고 원칙 따위는 종종 허실당 앞에 떨어진 빵가루처럼 여긴다.

담임은 윗몸을 스윽 일으켜 무릎에 손을 짚고 앉고서는 나에게 가까이 다가오라고 고갯짓했다.

"이거 아무한테도 말하면 안 된다."

나는 가까이 다가갔다.

"지금 나이론 3학년이겠지만 그 일이 있던 건 작년 말이야. 그러니까 그 애가 2학년일 때."

나는 침을 꿀꺽 삼켰다.

"징계받을 만한 애면 어떤 애인지 네가 더 잘 알겠지? 공부는 안 하고 밤늦게까지 몰려다니고 들어가면 안 되는 가게에 들어가고."

암요, 그렇겠죠, 라는 말은 굳이 하지 않았다.
"징계도 원칙에 따라 교칙에 정하는 딱 그만큼만 줬다고. 그런 학생도 선생 생활하면서 한두 명 본 게 아니고, 당연히 해야 할 절차 정도였단 말이야."
말이 길어진다. 마치 무언가를 에둘러 변명하는 것 같다.
"그런데 징계 기간에 그렇게 될 줄 알았나? 사실 몸조리라도 하고 남들 눈 피해 얌전히 지내라는 의미도 있었단 말이야. 그런데 그새를 못 참고 미친년처럼 밤에 오토바이를 타다가 그만…."
담임은 어울리지 않게 말을 흐렸다. 하지만 전하는 바는 명확했다. 누가 들어도 곤란한 말일 것이다. 내가 그리는 그림대로의 사람이 있을지도 모르겠다는 생각은 했지만, 정말로 있다고 하니 놀랍기 그지없었다. 그런데 이미 세상을 떠났다니. 그야말로 뒤통수라도 얻어맞은 느낌이다.
나는 정신 차리고 담임이 말하는 행간 사이에 빠트린 것을 지적해야만 했다.
"그 선배 죄목이 뭐였죠? 정학을 받은 이유요."
"임신. 정확히는 학생의 품위유지의무 위반."
역시.
"상대는요?"
"몰라. 끝까지 안 밝히더라. 같이 몰려다니는 놈팽이 중 하나겠지.”

“자기 때문에 임신한 사람이 죽었는데 앞에 나서지도 않은 거예요?”

“그럴 심지가 있는 놈이면 애초에 일을 저질렀겠냐.”

“흐음.”

“이름은요? 작년에 몇 반이었죠?”

“너 정말 이거 어디 가서 말하면 안 된다. 소문이라도 돌면 너 때문인 줄 알 거다.”

“물론이죠.”

“신지혜. 작년엔 2학년 3반.”

신지혜. 쉽고 흔한 이름이다. 가명이 아닌가 의심될 정도다. 우리 학교는 선택과목에 따라 반을 나눈다. 입학하자마자 각 과목 선생님들이 한 번씩은 브리핑하고 가는 바람에 잘 알게 된 사실이다. 2학년 3반이라면 문과반일 테고 4반과 함께 어문 선택반일 것이다. 그리고 이 구분은 3학년 때까지 이어진다. 기본적으로 학급을 섞기는 하지만 중학교 때처럼 마구 뒤섞이지는 않는단다.

한 마디로 지금 3학년 3반 혹은 4반에 가보면 작년에 신지혜와 같은 반이었던 사람을 만날 수 있다는 말이다.

나는 알겠다고 하며 교무실에서 물러났다.

이제 어쩌지. 탐문을 해볼까? 3학년 반에 들어가는 건 조금 부담스럽다. 그런데 여기까지 알아냈으면 그 애도 칭찬해주지 않을까? 아니, 딱히 칭찬을 바라는 건 아니지만, 그래도 할 만큼은 했다고 큰소리칠 수는 있을 것이다.

그래, 이 정도면 충분하다고. 어차피 아직 신지혜가 이 사건과 관련 있는지 없는지도 모르는 일이잖아. 나는 이제 교실로 돌아가 수업에 참여하고 방과 후에 다시 도서실에 가보기로 했다.

* * *

"그래서, 답은 찾았어?"

그 애는 어제와 똑같은 창가 자리, 똑같이 허리를 꼿꼿이 세우고 똑같이 책은 무릎 위에 올려놓은 채로 나를 맞이했다.

"아니. 그런데 대충 어떻게 설명할지는 알아."

그 애는 의문형으로 흐응, 하는 소리를 냈다. 우습게 본다 이거지. 나는 그 애 앞에 한 발짝 나서며 말했다.

"첫 번째 사실. 지난 6월 모의평가 3학년 시험 국어 과목에는 「김현감호」 이야기가 실렸다. 두 번째. 이 설화는 억울하게 희생양이 된 호랑이 이야기가 나온다. 세 번째. 작년에 부당하게 정학당했다가 정학 기간에 사고로 사망한 학생이 있다."

'부당하게'라는 말에는 설명이 더 필요할 것이다. 이 애도 이 사건을 알고 있다면 뭔가 딴죽을 걸어오지 않을까 하는 생각을 했다.

하지만 아니었다.

"그거까지 알아냈구나. 제법인데?"

아무래도 이 애는 내 전제에 동의하는 것 같았다.

신지혜의 죽음은 억울하다.

여기서 합의가 안 되면 이야기 진행이 안 된다. 품위유지 의무 위반이라니. 세상이 아직도 이런 시대에 뒤떨어진 교칙이 있단 말인가. 한때의 불장난이든 뭐든 임신이 죄가 되어야 할 이유는 없다. 학교가 할 일은 학생이 출산을 하든 낙태하든 제대로 수습하고 나머지 학업을 마칠 수 있게 도와주는 것 아니겠나.

그렇게 떠나가야 할 목숨이 아니었다. 뱃속의 아기까지도. 신지혜는 억울하게 죽었다. 그리고 그것을 가장 깊게 느낄 사람이 누구겠는가.

"가장 친한 친구들."

나는 말을 이었다.

"신지혜의 가까운 친구들. 부모한테도 털어놓지 못할 말을 하고 서로 위로하고 감정을 나누는 친구들. 그 친구들도 마찬가지 아니겠어?

부당하게 느꼈을 거야. 어차피 어른 되면 다 하는 거 미리 했다고 정학 받고 그 기간에 사고로 죽었어. 직접적인 연관 관계는 없지만 정학이 심리적으로든 아니면 시간적으로든 영향을 줬다는 건 분명해. 그리고 그 친구들이 6월 모의평가를 본 거야. 그리고 그 지문을 봤지. 그러면 그 친구들은 뭘 느꼈을까?

동병상련 아닐까? 호랑이의 죽음이 억울하다는 생각이 들지 않았을까? 호랑이도 단지 사랑을 했을 뿐이잖아. 그 대가가 죽음이라니. 똑같은 이야기로 읽었을 거야. 자기들의 친구 신지혜의 사연과."

사실 그것은 내가 몰입하는 가정이기도 했다. 지금 내가 이 사건에 나서게 된 것도 범인으로 몰린 '억울함' 때문이었으니까.

잠시 숨을 고르며 머릿속을 정리했다. 내가 옳게 말하고 있는 건가? 뭐 빼먹은 건 없을까?

"그래서 그 친구들이 천 년 전 호랑이를 불러온 거야. 범인은 여러 명이야. 학교에 숨어 있다가 나와서 일을 저지른 거지. 힘을 합치면 못할 것도 없었을 거야. 당직 쌤을 마크하는 사람 한 명, 감시하는 사람 한 명. 공구 같은 것을 가져와서 체육창고 벽에다 상처를 내고 비품을 부쉈어. 호랑이가 연상되게 발톱 자국을 만들면서 말이야.

다음 날, 다다음 날은 더 쉬웠어. 교장실은 엉망으로 만들면 충분했고 복도에는 발톱 자국만 내면 됐거든. 어쩌면 긴 자루에 갈고리를 연결해 도구를 만들었을지도 모르겠네. 그리고 감시가 심해진 어제는 당연히 하지 못했지. 더 할 필요도 없을 거야. 이미 교내를 떠들썩하게 하고 선생님들을 피곤하게 하는 거로도 충분하니까.

이게 사건의 전말이야. 증거? 조금 약하지만 찾아왔어. 내가 이미 알고 있던 사실이야. 바로 체육 창고 문 말이야. 월요일 마지막으로 체육창고를 쓴 반이 3학년 반이라고 했거든. 그래서 내가 그게 몇 반인지 알아봤어. 그게 바로 3학년 4반.

우리 학교 시스템상 2학년에서 3학년으로 넘어갈 때는 선택과목에 따라 반을 배정해. 그래서 2학년 때 3반이었다면 3학년 때는 3반 혹은 4반이 될 가능성이 매우 높지. 신지혜는 작년에 2학년 3반이었대. 그렇다면 친구들 몇 명은 3학년 4반이 됐겠지?

마지막으로 체육 창고를 쓰고 문을 잠그지 않은 3학년 4반의 누군가. 그 사람이 범인이야. 그날 밤 일을 저지르기 위해 미리 준비해 놓은 거지."

그 애는 나를 빤히 바라보았다. 의자에 앉은 채로. 나는 오디션을 보는 아이돌 지망생처럼 마른침을 삼키며 그 애의 말을 기다렸다.

"너."

그 애는 말했다.

"정말 게으르구나."

"어… 어?"

"오늘 하루 조사해서 알아낸 게 그거야? 그 정도는 내가 이 자리에서 사건이 일어나자마자 알 수 있던 거야."

"범인을 구체적으로 말하지 못해서 그러는 거야? 그래도 상대는 3학년이고, 아무리 선생님이랑 말을 했어도 하나하나 캐묻고 다니는 건…."

"네가 보는 것은 나도 보고 있어. 내가 아는 건 너도 알고 있지. 그래서는 새로운 사실에 접근할 수 없어. 넌 그 이상을 알아봐야 했어. 그런데 지금 얘기한 건 여기 도서관 한구석에서도 떠들 수 있는 말이야. 그런 말은 얼마든지 만들어낼 수 있어."

맞는 말이라서 나는 대꾸할 수 없었다. 그렇지만 공격 빌미가 없는 것은 아니었다.

"그럼 말야. 너도 결국 진상은 모른다는 말이야? 넌 이렇게 학교 끝나고 도서실에 처박혀 있고 직접 조사하지는 않으니까 말이야. 대체 삼국유사 이야기는 왜 해준 거야?"

그 애는 아무런 미동 없이, 아무런 표정 변화도 없이 한숨도 쉬지 않고 물끄러미 나를 바라보았다.

그러다가 말했다.

"김현 이야기에서 느낀 건 그게 다야? 그것도 내가 다 말해준 거로."

"음, 글쎄. 여기서 뭘 더 느껴야 할지."

그런데 지금 말 돌린 거 아닌가. 내 불만 따위는 개의치 않고 그 애는 계속 말했다.

"너는 그것을 이해하기 전까지는 진상에 다다를 수 없어."

"아니, 똑바로 말해줘. 넌 범인을 아는 거야, 모르는 거야? 범인이 누군지 알면 나한테가 아니라 학교에라도 말해서 대책을 세우게 하든가 해야 할 거 아니야? 이 일로 신나서 떠드는 애들도 있지만 무서워하고 불안해하는 애도 있다고. 장난할 때가 아니란 말이야."

"넌 내가 장난하는 거로 보이니?"

싸늘하게 식은 목소리였다. 갑작스럽게 심장의 온도가 5도 정도 떨어지는 것 같아 할 말을 잊어버릴 수밖에 없었다.

"그, 그게 아니라…."

"예언하자면, 범인은 언젠가 찾아낼 거야. 학교에서 밤새 선생님들을 동원해서 순찰하고 있고 증거품도 언젠가 발견되겠지. 그렇지만 그게 진실로 데려다주지는 않을 거야."

범인이 아닌 진실. 그것이 그 애와 내 주안점의 차이였다. 내 목표는 어디까지나 범인을 잡는 것이었다. 그렇게 해서 내 억울함을 푸는 것이 가장 중요한 동기였다. 진실을 밝히는 것은 부차적인 문제였다.

그런데 그게 뭐 어떻다는 말인가. 중요한 것은 범인을 잡고 대가를 치르게 하고 다시는 이런 일이 일어나지 않게 하는 거지 사건의 진실 따위 무슨 상관이란 말인가.

"뭔가 생각이 다르다는 눈치네."

그 애는 말했다. 역시 내 속을 꿰뚫어 보는듯한 눈이다. 그 눈으로 이 사건의 진실까지 꿰어보고 있다는 말일까.

"뭐, 답만 원한다면 내가 가장 빠른 길을 알려줄게. 오늘 학교에 남아 봐. 지금까지 아무런 해도 입지 않은 장소를 찾아. 굳이 해를 끼칠 필요 없을 것 같은 장소. 아무도 신경쓰지 않는 장소."

"야, 그런 델 내가 어떻게 알아."

그 애는 어깨를 으쓱했다.

"이게 내가 도와줄 수 있는 한계야. 선택은 네 자유. 지금 내 앞에 엎드리면서 빠트린 게 없나 하고 지혜를 구할지, 아니면 성급하게 답지부터 들춰보러 갈지."

도발하듯 말했지만 좋게 좋게 얘기했어도 내 선택은 당연히 후자다. 나는 건성으로 고맙다는 말만을 던지고서 도서실에서 나왔다.

그 애가 말한 장소, 사실 짐작 가는 곳이 딱 한 군데 있었다.

***

그 애는 이 장소를 어떻게 알았을까? 정말 거기에 뭐가 있기는 한 걸까?

하는 의문은 불필요하다는 것을 나는 알았다. 그 애는 그냥 알고 있었다. 그것은 내가 지난 사건에서 얻은 교훈 중 하나였다. 어떻게? 라는 말은 불필요하다. 나는 유용한 것만을 취할 뿐이다. 나는 탐정도 뭐도 아니기 때문이다. 내가 원하는 건 그저 이 귀찮은 일이 한시 빨리 마무리 지어지는 것 하나뿐이다.

나는 야자를 마치고 1층 화장실에 숨어 있었다. 그곳은 교사용 화장실이라서 순찰 대상에 들어가지는 않을 것이라는 계산이었다. 예상은 맞아떨어졌다. 어수선한 소리가 몇 번 오가기는 했지만 순찰이 대략 끝나는 밤 아홉 시 반까지도 나는 들키지 않고 숨어 있을 수 있었다.

밤중의 학교는 깊은 동굴 속 같다. 내 발소리가 복도를 타고 메아리쳐 되돌아오는가 하면 끝없는 어둠에 나도 모르게 빨려 들어가 버릴 것 같은 기분이 들기도 한다.

물론 오늘은 나만 있는 것이 아니다. 어제에 이어 야간 순찰 선생님들이 주기적으로 학교 전체를 한 바퀴 돌아볼 것이다. 미리 순찰 시간표를 알아둘 걸 하는 생각이 뒤늦게 들었다. 모르긴 해도 교대 순번 같은 것은 있지 않겠나. 어차피 늦은 일이지만.

나는 내 발소리, 그리고 무방비하게 다가오는 순찰조의 발소리에 주의하며 목표로 한 곳을 향해 나아갔다. 출입문은 역시 잠겨 있었다. 그럴 줄 알고 나는 출구를 미리 만들어 놨다. 복도에 있는 2층 창문이다. 학교 뒤편으로 한 층의 돌출 구조가 나 있었고 2층에서는 바로 그곳에 발을 딛을 수 있었다. 일종의 발코니 같은 구조다.

그 위에 서면 발딛을 곳이 많아서 쉽게 학교 뒷마당으로 내려설 수 있다. 그곳은 다름 아닌 쓰레기 소각장이었다.

엄밀히 말하자면 대과거를 써야 할 것이다. 예전엔 여기서 교내 발생한 쓰레기를 태웠다고 했다. 하지만 연기나 화재 등 문제가 발생해서 이제는 폐지 등 분리수거 쓰레기를 잠시 모아두는 장소로 쓴다. 한 달에 한 번 정도 차가 와서 쓰레기를 싣고 간다.

지금까지 해를 입지 않고 아무도 신경쓰지 않은 장소라면 여기밖에 없겠지. 나는 낡아빠진 철문을 당겨 열어보았다. 녹슬고 비틀어진 쇳소리가 기분 나쁘게 울려 퍼졌다.

그 안에 범인이 안광을 빛내며 서 있었다.

나는 그가 누구인지 알고 있었다. 올해 처음 부임해 온 젊은 영어 선생님이었다.

그는 나를 보더니 천천히 문 가까이 걸어 나왔다.

"아, 들키고 말았구나. 그런데 얘기를 좀 들어보렴. 도구는 이 안에 다 있어. 난 문제를 일으키려 한 게 아니야. 그냥 내 동생의 억울한 죽음을 알리고 싶었을 뿐이야.

어디서부터 얘기해야 할까. 내 동생은 아주 착한 애였어. 하지만 조금 순진했지. 주변의 나쁜 친구들이 꼬드기는 것도 순순히 믿을 만큼. 그래서 이런저런 학생으로서 책임질 수 없는 짓을 벌이고 말았어.

그런데 그 바람에 내 동생은 징계받게 되었고 사고로 목숨을 잃게 됐어. 얼마나 불쌍하니. 징계가 아니었으면 밤중에 오토바이를 타지 않았을 거고 사고를 당하지도 않았을 거야.

그렇지만 누굴 탓하겠니. 누가 이 사건에 책임을 질 수 있겠니. 징계를 내린 학교가? 아니면 나쁜 일에 끌어들인 친구들이? 너도 이제 어른이니 그럴 수 없다는 걸 알 거야. 불행한 사고에 이런저런 책임을 물리자고 소리 지르는 사람들은 의도가 불순한 사람들이야. 이건 그저 불행한 사고일 뿐이야.

하지만 유족 입장에서 억울한 마음이 들지 않는 건 아니잖니. 이 마음을 누군가는 알아줘야 하지 않겠니. 나는 우연히 학생들이 호랑이 이야기를 하는 것을 들었어. 그 이야기를 내 동생과 연결 지어 말하더라고. 나는 생각했지. 그래. 이거야. 이야기의 힘을 믿어보자. 학교에서 기이한 일이 일어나면 사람들은 거기에다 살을 붙여 이야기를 만들어내. 그건 사람의 본능이니까.

만일, 이렇게 하면 내 동생은 앞으로도 학교에 영원히 남게 되지 않을까? 어느 여름날 호랑이 발톱 사건을 떠올리면서 억울하게 사고로 죽은 여학생이 있었다는 것을, 너희가 졸업하고도 대대로 기억해주지 않을까?

그걸 알아줬으면 좋겠어. 오빠의 마음, 하나뿐인 동생을 잃은 이 오빠의 마음을 말이야."

그는 왜 나에게 이런 얘기를 했을까? 나중에 생각해 봤는데, 그는 언제든 들킬 각오를 하고 있었고 상대가 누구든 처음 만난 사람에게 이 이야기를 해주어 자신에게 유리한 소문을 내줄 장기말로 삼으려던 것이 아니었을까?

그것이 무엇이었든 그의 의도는 이뤄지지 않았다. 그 순간 바람이 불어오면서 문가에 서 있던 그는 휘청거리며 소각실 안으로 자빠졌고 나도 그 자리에 주저앉고 말았다. 건물과 산비탈로 막힌 이 그늘진 공간에 그런 바람이 어디서 불어온 건지 의아해하던 찰나, 철문이 쾅 소리를 내며 닫혔다.

문 안쪽에서 절규하는 듯한 비명이 들려왔고 문을 쾅쾅 두드리는 소리가 이어 들여왔다. 나는 영문을 알 수 없었지만 황급히 다가가 문을 당겨 열려고 했다. 하지만 낡은 철문은 어디에 끼었는지 꼼짝도 하지 않았다.

비명이 더욱 커졌다. 나는 믿을 수 없었다. 소각실 안쪽에서 불빛과 함께 불길이 타오르고 있었다. 잔뜩 쌓여 있던 폐휴지와, 호랑이 귀신 소동의 원흉이 함께 불타고 있었다. 철문은 점점 뜨거워져 갔고 나는 더 이상 아무것도 손쓸 수 없다는 것을 알았다.

나는 소리 지르며 학교 뒤쪽 현관문으로 달려갔다. 마침 순찰 중이던 선생님들의 플래시가 이쪽을 비추고 있었다. 선생님들과 마주하고 나서야 나는 내 얼굴이 눈물과 콧물로 범벅이 돼 있고 이가 쉬지 않고 맞부딪히고 있다는 사실을 깨달았다.

매캐한 연기가 낡은 소각로 바깥으로 퍼져나가고 있었다. 문이 닫히기 전 마지막 순간, 찰나의 시간 동안 내 눈에 들어온 그의 얼굴이 내 망막에 강하게 남아 있었다. 그는 내 뒤편을 보고 있었다. 마치 이루 말할 수 없는 공포스러운 존재를 보는 것 같은 얼굴을 하고서. 그보다 끔찍하게 일그러진 표정을 나는 본 적이 없었다.

***

내가 그날 이후 치른 곤혹을 다 설명해야 할까.

영어 선생님은 그대로 소각장에서 불타 죽었고 나는 또다시 현장에 있던 유일한 사람이 되었다. 이번에는 담임과의 면담 정도로 넘어갈 수 없었다. 당연하다. 사람이 죽었기 때문이었다.

갑자기 바람이 불어와 문이 닫히고 갑자기 안에서 불길이 일었다는 내 설명은 나라도 쉽게 믿어주지 않을 거다. 그렇지만 경찰은 생각보다는 일찍 나를 놓아주었다. 소각로 안에서 직접 만든 듯한 범행도구와 인화물질이 발견되었고 무엇보다 순찰조 선생님 중에 돌풍을 목격하고 증언해준 사람이 있어서 내 말에 신빙성이 더해졌다.

그의 바람이었는지 아닌지 확신할 수는 없지만, 나는 범인에게서 들은 것을 경찰에게 전달했다. 경찰은 대체로 그 동기를 받아들이는 것 같았다. 참고로 그의 이름은 신지환. 사건은 신지환의 장난과 사고로 마무리 되어가는 듯했다.

신지환의 죽음은 불행한 사고였다. 본인이 말한 그대로.

그렇지만 나는 그렇게 믿지 않는다. 학교가 내려준 비징계성 특별 휴가 기간이 끝나자마자 나는 도서실부터 찾았다.

“알고 있었어?”

나는 그 애를 보자마자 다짜고짜 물었다.

“뭘?”

“영어 쌤이 범인이라는 거. 소각로에서 다음 일을 꾸미고 있던 거.”

그가 무슨 일을 벌이려 했는지는 이제 영영 알 수 없다. 다만 이제 교내에서 일을 벌일 수 없다는 점, 인화물질을 가지고 소각실에 숨어 있었다는 점을 보아 뭔가 불을 이용한 장난을 꾸미려 하지 않았나 추측할 수 있을 뿐이다.

“그걸 내가 어떻게 알겠니.”

그 애는 천연덕스럽지도 않게 말했다. 여느 때와 같은 무표정에 꼿꼿한 자세다. 대화가 길어지리라 예상했는지 무릎 위 책은 진작 덮은 채다. 기가 질릴 정도로 두꺼운 책인데 『모방범』이라는 제목을 보니 범죄소설인가 싶었다.

"그럼 왜 나를 그날 학교에 남아보라 한 거야? 뭘 알고 말한 게 아니야? 아니면 그것도 다 너의 그 놀라운 예측력이야?"

그 애는 잠시 나를 노려보다가 대답했다.

"반반이야."

"뭐?"

"반반. 무 반 양념 반."

지금 농담한 건가?

"아니, 그러니까…."

"대뜸 알 수 있다고 하면 네가 믿겠니? 오늘이라는 건 알았어. 부정적인 기운이 최고도였거든. 어디인지는 당연히 몰랐지. 그런데 당연한 거 아니야? 한번 범행 저지른 장소는 택하지 않을 거고, 순찰 돌만한 곳도 아닐 테고."

음. 추론조차 아닌 당연한 말이었다. 그런데 앞엣 말은? 부정적인 기운이라니?

"내 체질이거든. 념이 떠도는 것을 읽어. 나한테 말을 걸거나 하는 건 아니야. 그냥 거기에 뭐가 막연히 있다는 것만 알지. 그것만으로는 아무것도 알 수 없으니까 이런저런 이야기를 빌리는 거야."

"그, 그건 귀신이야?"

"몰라. 귀신일 수도 있고 아닐 수도 있겠지. 내가 아는 건

강한 념뿐이야. 그건 애매하고 때로는 바람이 실어오는 기척처럼 덧없는 것이기도 해.

귀신이 인간에게 이런저런 참견을 하던 시대는 지났어. 귀신의 일은 귀신에게, 인간의 일은 인간에게 묻는 것이 순리. 물론 가끔 그 순리를 거스르려는 녀석도 있지만."

나는 여전히 그의 마지막 얼굴을 잊지 못한다. 그는 분명히 내가 아닌 내 뒤편을 보고 있었다. 그가 본 것은 무엇일까. 아니면 그저 내 착각인 걸까.

그 애는 이어 말했다.

"자, 난 내 밑천을 다 말해줬어. 이건 다 네가 내 생각보다 험한 일을 겪어서 위로 차 해주는 거야. 그렇다면 내 입장에서 넌 평범하기 짝이 없는 고등학생인데 뭘 먼저 얘기해 주는 게 좋을까?"

신랄한 말투였지만 목소리는 그렇지 않았다. 그보다는 어리석은 학생을 차근차근 가르치려는 선생님 같다는 느낌이었다.

"미안해. 내가 성급했어."

나는 해야 할 말을 했다.

"나한텐 미안할 거 없지."

그것도 맞는 말이었지만.

"그때 못한 말을 해줘. 내가 뭘 이해하지 못했던 거야? 난 그때 뭘 해야 했던 거야?"

그 애는 곧바로 본론으로 들어갔다.

"정말 호랑이 여자가 무고할까?"

그래도 이건 너무 갑작스런 질문이잖아. 전에는 희생양은 무고하다는 말을 해놓고.

"호랑이잖아. 아무리 사람으로 변신한다 하더라도 고기를 먹어야 살 수 있는 육식동물이잖아. 과연 그 호랑이는 한 번도 사람을 해치지 않았을까?

일연이 설정 놀이를 즐기지 않았다는 것은 명백하지만 조금 깊게 파보는 게 문제는 아닐 거야. 호랑이는 언제부터 사람으로 변할 수 있을까? 새끼 때부터? 그건 아닐 거야. 만일 그렇다면 호랑이 입장에서는 애당초 인간으로 변해 인간 사회에 숨어 사는 편이 나으니까.

호랑이가 살던 옛날이라 하더라도 자연보다는 사회가 안전하고 풍요롭겠지. 그런데 인간과 섞여 살지 못하고 적대시해야 했다면 이미 호랑이의 습성이 베어 있기 때문일 거야.

여기서 우리는 호랑이가 인간으로 변신하기 위해서는 어느 정도의 시간과 노력이 필요하다는 추론을 할 수 있어. 즉, 인간 모습이 되기 전에는 야생 호랑이 생활을 필수적으로 거쳐야 한다는 말이야. 아무리 인간의 윤리에 심취하고 금욕적인 삶을 사는 호랑이라 하더라도 그 이전 어느 순간까지는 호랑이의 죄로부터 자유로울 수 없었다는 말이야.

호랑이의 죄. 이거까지 생각해 봐야 해. 과연 희생이라는 개념을 아는 호랑이가 이걸 생각 안 해봤을까?"

가만히 듣고 있자니 그렇다. 그럴 수밖에 없다. 호랑이는 고기를 먹어야 사는 육식동물이다. 오늘날처럼 야생성을 완전히 제거하고 인간에게 길들여지는 게 아니라면 호랑이는 존재하는 한 인간에게 피해를 끼칠 수밖에 없다. 그게 어떤 형태든.

"우린 이 이야기에 심취한 사람이 신지혜 본인이 아니라는 걸 알아야 돼. 희생양은 근본적으로 무고하고 억울하지만 아무 트집 없이 지목되어 희생되지는 않아. 어떤 희생양이든 거기엔 구실이 있어. 단지 그 구실이 희생을 정당화하지 못할 뿐이야. 문제는 이 양면적 성격 중 어느 쪽에 주목하는가지.

지혜의 친구들은 이 이야기를 접하고 억울한 호랑이에 꽂혔어. 그래서 친구들끼리 그 얘기를 했지. 영어 쌤. 신지환은 그 얘기를 엿듣고 이 일을 꾸몄다고 했지?"

"그래."

"효과는 생각보다 대단했어. 호랑이라는 키워드를 얻은 3학년 신지혜의 친구들은 아마 적극적으로 소문을 퍼트렸을 거야. 그 와중에 원래 이 동네에서 떠돌던 호랑이 설화도 함께 퍼진 거지.

그런데 생각해 본 적 있어? 신지환에게 그걸 해야 할 동기가 과연 성립하는지."

"그야, 동생의 억울함을 알리기 위해서…."

"그런 거라면 대놓고 공론화하는 게 낫지 않아? 몰래 글을 올린다든가, 학교 상대로 소송을 한다든가, 언론사에 찌른다든가."

"그러네, 그건."

"더군다나 신지환은 좀 이상한 말도 했어. 이것은 불행한 사고일 뿐이다. 누군가에게 책임을 물리는 것은 부당한 일이다. 맞지?"

아니, 이 얘기는 경찰한테 밖에 하지 않았는데. 대체 어떻게 아는 거야?

"동생이 죽은 일에 누군가의 책임을 물릴 인과는 전혀 없어. 그렇지만 세상 일이 그렇게만 돌아가는 건 아니야. 인과적 책임이 없다 하더라도 세상엔 누군가가 책임져야 할 일이 있어. 사회적 참사라는 것이 그런 것이고 우리 같은 학생들이 겪는 일이 그런 것이야. 우리는 어른의 책임하에 어느 정도 책임을 경감받는 존재야. 서로 책임을 나눠 갖는 것. 그게 사회라고.

그런데 신지환은 그런 생각을 전혀 못하고 있어. 그건 그 사람의 정치관 문제지만 여기선 중요한 게 아니야. 중요한 건 그런 사람이 굳이 억울한 동생을 위해 뭔가 귀찮고 말이 안 되는 일을 벌인다는 거야."

그렇다. 그때는 경황이 없어서 미처 의문을 갖지는 못했지만 조금 위화감을 느끼기는 했다. 이건 확실히 모순적인 행동이다.

"뭐, 나는 그가 누군지도 모르는 단계에서 생각한 거지만. 이 짓을 저지른 것이 사람이라고 가정한다면 아무 것도 얻을 수 없는 일이거든. 왜 호랑이일까. 귀신 소동을 벌이는 것도 그래. 학교에 그런 물리적인 발톱 자국이 남는다면 보통 귀신보다는 실제 야생동물을 걱정해야 하는 거 아니야? 그런데 범인은 명확히 호랑이 귀신을 유도했어. 모의평가가 아니면 생각할 수 없는 문제고 신지혜 사건이 아니면 생각하기 어려운 문제. 그런데 여기서 뭔가 말이 되는 메시지를 만들어낼 수는 없다 이거야.

그래서 나는 생각했어. 이 설화에서 더 생각해볼 여지는 없는 걸까. 여기서 다른 걸 느낀 사람은 없는 걸까. 그래서 생각해낸 것이 호랑이의 원죄였지.

여기서 질문. 김현 이야기에 나오는 호랑이에 빗대지는 사람이 누구였지?"

"신지혜."

물으나 마나 한 물음. 대답하나 마나 한 대답.

"그렇다면, 신지혜에게 원죄가 있다고 생각할 만한 사람은 누구지?"

"그건…."

"학교 측? 물론 선생님들은 애들이 잘못한 거라고 생각할 거야. 진심으로. 하지만 선생님들은 이제 일이 잊혀지기를 기다리면 돼. 그러니까 아니야. 남은 사람은 누굴까? 이 사건에서 끝끝내 꽁지를 드러내지 않은 사람이 한 명 있었지? 대답할 수 있겠어?"

나는 무겁게 끈적이는 입을 간신히 열어 대답했다.

"신지혜를 임신시킨 사람."

이런저런 불쾌한 시나리오가 떠오른다. 그는 분명히 책임지려 하지 않았고 이 문제를 온전히 여자에게 떠넘겼다. 미성년자를 임신케 한 남자가 책임 회피를 하려 한다. 그렇다면 그는 그 책임을 여자에게 전가하려 할 것이 분명하다. 구실. 핑계. 이건 너 때문이야. 이 일은 네가 몸 함부로 놀린 것에 대한 대가야.

"그 사람이 범인이라고 가정하면 동기를 찾을 수 있을까? 호랑이 귀신에 대한 소문이 나고 자신의 아이를 임신하고 사망한 사람에 대한 이야기가 돌아다닐 때 그 사람이 얻는 이득."

나는 시간을 들여 생각하다 대답했다.

"소문에 자기 존재가 드러나는지 아닌지 알 수 있겠지. 신지혜가 친구한테 자기 이야기를 했는지 안 했는지…."

"설령 드러나더라도 증거는 없고 소문은 소문일 뿐이고. 그것도 귀신이 섞인 해괴망측한."

여기까지가 그 애가 추론한 범인의 실체였다. 이제야 그 애가 장황한 설화 해석으로부터 에둘러가려 했던 이유를 알았다. 당연히 범인은 거짓말을 하고 나를 이용할 것이다. 어쩌면 내가 위험에 빠졌을지도 모른다. 멍청한 것은 나였다. 진실이 때로는 내 앞을 가로막을지도 모른다는 것을 뻔히 알면서도.

"그리고 그 범인의 정체는…"

"거기까지는 당연히 나도 알 수 없었지. 나도 좀 놀랐어. 친오빠였다니. 그것도 같은 학교 교사였다니. 가까이에서 지켜볼 수 있는 사람이라고는 생각했지만.

부임 첫해부터 학생 중에 가족이 있다는 게 알려지면 업무에 지장이 많았을 거야. 만일 네가 아니었다면 영원히 알 수 없었겠지."

그것이 이 사건의 진실이었다. 아마도 이 진실은 이 애와 나 두 사람만이 안고 가겠지. 세상에 알릴 방법이 없는 건 아니었지만 내가 총대 매고 감당할 자신이 없었다. 그리고 그것을 알리는 게 죽은 사람에게 무슨 도움이 될까 싶기도 했다.

"그런데 그 바람은, 난 이해할 수 없어. 그때 갑자기 바람이 불고 문이 안 움직이고…. 그게 과연 우연일까?"

그 애는 어깨를 으쓱하더니 말했다.

"모르지."

하며, 무릎에 올려놓은 두꺼운 책을 다시 펼쳐 든다. 어떤 표지도 접은 흔적도 없었지만 용케도 읽던 부분부터 찾아 곧바로 빠져든다. 우리의 대화가 끝났다는 신호다. 나는 조금 시무룩해져서 도서실 문밖으로 나갔다.

하지만 아무래도 야릇한 기분이 드는 것은 어쩔 수 없다. 무슨 념 같은 것을 느낀다면서. 불길함을 느끼고 나를 그곳에 보냈다면서. 그 바람에 불길함이, 념이 실려 있던 거라는 말은 왜 하지 못하는가?

나는 복도를 걷다가 다시 되돌아갔다. 인명사고 때문에 학교에서는 가급적 학생을 늦게까지 남기려 하지 않는다. 야자는 전부 금지됐다. 방과 후 활동 시간이 끝나가는 지금 학교의 복도는 한밤중처럼 휑하다.

다시 도서실 문을 열었을 때, 그 안은 텅 비어 있었다. 닫히지 않은 창문으로 들어오는 바람에 커튼만이 노을빛으로 물들어 나풀거리고 있었다.

사굴기담

정마리

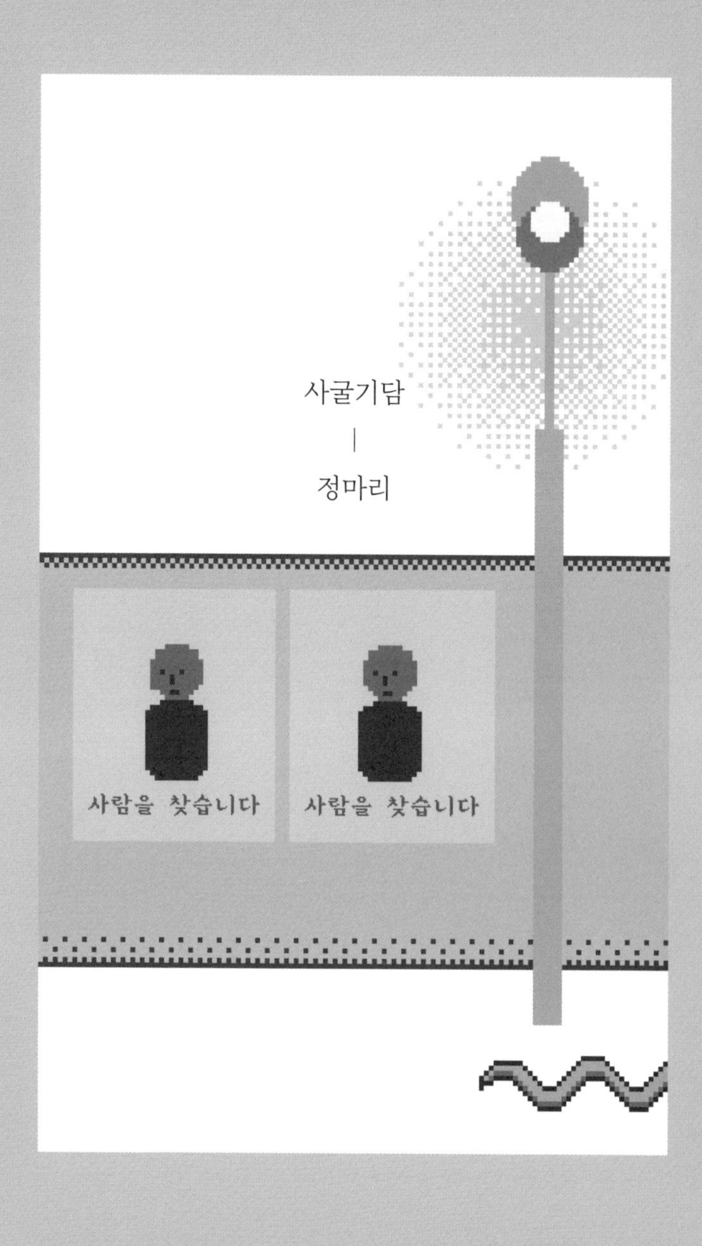

"이 나이에 혼자 지내는 게 뭐 특이한 일이라고 유난이야."

—걱정되니까 그러지. 의사 선생님이 허리에 무리 안 가게 조심하랬잖아.

복학을 위해 서울로 올라간 동희가 걱정스레 말했다. 오늘따라 조카의 잔소리가 끝이 없었다.

"너 내일 개강 아냐? 오전 수업 없어?"

힐끗 벽시계를 확인했다. 시곗바늘이 열한 시를 가리키고 있었다.

—딴소리 하지 말고. 진짜 조심해, 이모.

"알았대도."

대꾸하면서 슬쩍 휴대폰 음량을 줄였다. 옆에 있을 때는 말수가 없던 녀석이 무슨 바람이 불었는지 잔소리꾼이 따로 없다.

―선화 아줌마가 꼬셔도 식당 나가지 마. 알았지?

"돈 떨어지면 나가서 일하는 게 당연한 걸, 웬 억지야."

―일을 해도 이모한테 맞는 일을 하라고. 나 때문에 괜히 다른 일 찾지 말고.

"…알았어, 생각해볼게. 짐 푸느라 피곤할 텐데, 얼른 자."

수화기 너머 동희는 끊을 생각이 없는지 의사에게 들은 주의사항을 다시 반복했다.

"평소에는 대답이나 겨우 하면서, 오늘따라 왜 이렇게 말이 많아? 오늘은 거기까지만 하고 다음에 이어서 해."

너스레를 떨자 동희가 한숨을 쉬며 인사했다.

―알았어. 잘 자, 이모.

동희가 마음을 바꿔 다시 잔소리를 시작하기 전에 얼른 전화를 끊었다.

무음으로 바꾼 전화기를 배낭에 넣고 신발장에서 등산화를 꺼냈다. 오랜만에 신은 등산화가 발을 조였다.

배낭을 둘러메고 서둘러 길을 나섰다. 약수통과 옥수* 그릇이 가방 속에서 덜그럭거렸다.

경칩이 코앞인데 허실동의 밤공기는 아직도 겨울처럼 차

* 신령님께 올리는 맑은 물.

다. 껴입은 등산복 지퍼를 목 끝까지 올리며 목적지를 올려다보았다. 허실초등학교 뒷산이 달빛 아래 우뚝 서 있었다. 산 중턱에 위치한 기도터는 말만 기도터지, 찾는 사람이 없어 공터나 마찬가지였다.

허실동 출신인 신어머니가 귀띔해 준 곳으로, 사람들 눈에 띄고 싶지 않은 나 같은 사람한테 안성맞춤이었다. 이 밤중에도 약수터로 향하는 사람이 드문드문 있었다. 손에 든 큰 약수통과 대충 껴입은 등산복 봐도 행선지를 알 수 있었다. 나도 늦은 밤 약수를 떠다 마시는 이상하게 성실한 사람 중 하나로 보이길 바라며 재게 걸었다.

졸졸졸. 약수가 매가리 없이 조금씩 나왔다. 전보다 물줄기가 약했다. 옥수 그릇을 채울 만큼만 물을 받고 약수통을 뺐다.

물 냄새가 예전만 못했다. 확실히 요즘같이 산성비가 내리는 시대에는 편의점에서 산 500밀리리터 페트병 물이 더 깨끗할지도 모르겠다. 다음 기도 때는 물 한 병을 따로 챙겨 와야 하나, 쓸데없는 생각을 하며 닦인 흙길을 벗어났다. 날카로운 나뭇가지들을 이리저리 피하며 걸었다. 웃자란 풀이 바지 자락을 스쳤다.

사람 하나가 겨우 지나갈 좁은 샛길을 따라 걷다가 걸음을 멈췄다. 기도터에서 말소리가 들렸다. 선객이 있을 거라고는 예상치 못했다.

둥치가 두꺼운 나무 뒤에 몸을 숨겼다. 가로등이 없어 보이지 않을 것 같았다. 나무에 바짝 붙자 밤의 습기를 머금어 짙어진 나무 향이 코로 들어왔다. 풀과 나무가 흔들리며 내는 스산한 소리 사이로 말소리가 버럭 커졌다.

"술 냄새 풍기는 것도 눈감아 줬는데, 졸기까지 해?!"

"그게 아니고, 기도하느라 눈만 감고 있은 건데…."

"너는 코 골면서 기도를 해? 코로 기도 외우냐?"

목을 빼고 기도터 안쪽을 살폈다. 기도터에 온 선객이 보였다. 여자 두 명이 제단을 향해 무릎을 꿇고 앉아 있었다. 한복 치마가 달빛을 받아 반질거렸다.

"이번 굿판에 끼워 달라며? 돈 벌어서 엄마 호캉스 시켜 드릴 거라며? 그럼 노력하는 시늉이라도 해야 할 거 아니야. 응?"

"죄송합니다…."

고개를 푹 숙이며 웅얼거리는 옆얼굴이 달빛에 드러났다. 드러난 얼굴이 뽀얬다. 동희 또래로 보이는 앳된 얼굴에 숨기지 못한 억울함이 묻어났다.

"모레 삼안 아파트 굿판엔 못 낄 줄 알아."

신어머니로 보이는 무당이 단호하게 말했다. 여자 입에서 나온 익숙한 이름에 몸이 절로 움찔했다. 삼안 아파트라면 방금 지나온 곳이었다. 허실초등학교 건너편에 위치한 오래된 아파트로, 동희가 일하던 피아노 학원도 그 아파트 상가에 있었다.

두 사람의 대화를 엿듣느라 자꾸만 몸이 앞으로 쏠렸다.

무당은 고개를 푹 숙인 제자를 내버려두고 벌떡 일어났다. 눈썹 문신을 한 지 얼마 되지 않았는지 멀리서도 숯검정색 눈썹이 선명하게 보였다.

무당은 어리바리하게 눈치를 보며 허둥거리는 제자를 내려다보며 끌끌 혀를 찼다. 그리곤 걸음을 돌려 성큼성큼 기도터를 나왔다.

가까워지는 걸음 소리에 서둘러 나무에 등을 대고 숨을 죽였다. 사부작거리는 무복 소리가 귀를 간질렀다. 동희의 말이 떠올렸다.

'이모한테 맞는 일 하라고. 나 때문에 괜히 다른 일 찾지 말고.'

그 말을 듣고 얼마 안 가 무당과 마주치다니, 우연치고는 묘했다. 괜히 잡생각이 들고 속이 시끄러워졌다. 무당이 나와 비슷한 연배로 보여서 더 그랬다. 내가 무당 일을 그만두지 않았다면 나도 저렇게 제자를 키우고 있었을지도 모를 일이다.

무당이 걷는 발소리가 등 뒤로 가까워졌다가 빠르게 멀어졌다.

슬쩍 고개를 돌리니 혼자 저만치 걸어간 무당의 뒷모습이 보였다. 비녀로 고정한 쪽머리가 내 신어머니가 하던 것과 꼭 같았다. 나도 모르게 멀고 흐린 기억을 불쑥 꺼내들게 될 만큼 비슷했다.

새끼무당이 입을 비죽대며 뒤늦게 기도터를 나왔다. 무릎을 오래 꿇고 있느라 다리가 저린지 걷는 폼이 어정쩡했다. 여자 손에 들린 마트 다회용 가방에서 쩔그렁쩔그렁 의례 용기들이 부딪히는 소리가 났다. 온갖 소리 사이로 방울 소리도 작게 들렸다.

오랜만에 듣는 소리에 나도 모르게 주먹을 꽉 쥐었다. 단어며 기억은 하루하루 바래 가는데, 굿판에 섰을 때의 감각은 몸에 새겨진 듯 잊혀 지지 않았다. 묻어둔 기억을 떠올리기만 했는데 손발에 피가 돌고 몸이 후끈해졌다.

짤그랑. 귓가에 여전히 그 방울 소리가 들리는 것 같았다. 나는 두 사람이 사라진 어둠 속을 잠시 바라보다가 빈 기도터로 걸음을 옮겼다.

큼지막한 바위 위에 옥수 그릇을 올리고, 약수터에서 뜬 물을 부었다. 제단 앞에 무릎을 꿇고 앉아 벌 서는 마음으로 비손*을 시작했다. 모시던 신령님들의 이름을 차례로 외웠다. 형체도, 목적도 불분명한 신들은 기댈 곳 없는 사람이 찾게 되는 마지막 구제처였다.

찬바람이 등산복 안으로 파고들었다. 마른 가지들이 몸을 비볐다. 나는 어둠 속에서 바람에 흔들리는 촛불처럼 몸을 흔들며 같은 말을 주문처럼 외웠다. 동희만은 무탈하게 살펴 주시라고, 더는 아프지 않게 봐주시라고. 벌써 십수 년 동안 반복한 기도였다. 느릿하게 떠오르는 해가 어둠을 다 거두어 갈 때까지 나는 하염없이 같은 말을 중얼거렸다.

찬물을 맞은 사람처럼 몸을 움찔거리며 잠에서 깼다. 바닥에 깐 요가 식은땀으로 축축했다. 또 그 꿈이었다. 품에 안겨오는 작은 몸의 서늘한 온도가 생생했다.

식은땀을 훔치며 시간을 확인했다. 오전 열 시. 앓는 소리가 절로 나왔다. 불안한 마음을 달래려 새벽까지 한 기도 때문인지, 사나운 꿈자리 때문인지, 몸이 천근만근이었다.

* 두 손을 비비며 신에게 소원을 비는 일.

억지로 몸을 일으키고 땀으로 축축하게 젖은 요를 뭉쳐서 들었다. 마음이 불안할 때는 몸이라도 바쁘게 움직이는 편이 나았다. 침구를 욕조에 넣고 바지를 걷어 올렸다.

휴대폰으로 노래를 틀자 동희가 추가해 둔 아이돌의 노래가 흘러나왔다. 거세게 둥둥 울리는 소리가 꼭 굿판 북소리 같았다.

이불에 닿은 발이 뿌연 물속으로 푹푹 잠겼다. 발을 내딛을 때마다 이불이 아래로 꺼지며 발을 휘감았다.

띵동. 난데없이 초인종이 울렸다. 수건으로 발의 물기를 닦고 나갔다. 화질이 나쁜 인터폰 화면에 얼굴을 들이대고 인사를 하는 선화가 비쳤다.

"미령 언니, 우리 왔어!"

그 옆에 선 옥련이도 작게 손을 흔들었다.

문을 열자마자 신발을 벗고 들어온 선화가 빈방을 기웃거렸다.

"뭘 하기에 있으면서 문을 늦게 열어? 남친이라도 숨겨둔 거 아냐?"

"또 잡소리 한다. 이불 빨고 있었어."

내 대답에 옥련이가 큭큭 웃으며 손에 든 봉투를 건넸다. 초록색 마트 로고가 박힌 다회용 가방이 어젯밤 본 것과 같았다. 묵직한 가방을 받아 들며 지난밤의 기억을 털어냈다.

"둘 다 가게는 어쩌고 왔어?"

"양념이랑 육수 다 있는데 뭐. 나 없다고 동태찌개 맛이 변하는 것도 아니고."

제집처럼 자연스럽게 부엌에 들어간 선화가 찬장에서 원두를 꺼냈다.

"나도 애들 하교 시간 전까진 한산해서 괜찮아."

허실동에서 내가 친구라 부를 만한 사람은 이 둘이 다였다. 눈치 빠르고 곰살궂은 선화와 유쾌한 옥련이.

선화는 허실초 근처 사거리에서 큰 식당을, 옥련이는 삼안아파트 상가 1층에서 조그만 분식집을 운영했다.

"지난주에 동희 서울 올라갔잖아. 언니 혼자 심심할까 봐 놀러 왔지."

"참나, 네가 심심해서 옥련이 꼬셔서 온 거 아니고?"

괜히 민망해 툭툭거리는 나를 보며 선화가 짓궂게 웃었다.

"이건 다 뭐야?"

이것저것 든 봉투를 뒤적거리자 옥련이 턱짓했다.

"검은 봉지에 든 건 동생이 보내준 달래랑 더덕이고, 페트병에 든 건 선화가 사온 곰탕."

"곰탕? 갑자기 웬 곰탕이야?"

내 물음에 그라인더로 원두를 갈던 선화가 고개를 들

었다.

“우리 가게 앞에 인테리어 공사하던 데서 사 왔어. 인테리어가 온통 하얘서 카페가 들어오나 했는데 웬걸, 곰탕 파는 식당이더라고. 먹어 보니까 국물이 괜찮기에 언니도 맛 좀 보라고 사 왔지.”

우리 집 냉장고가 칸칸이 차 있는 건 전부 열심히 음식을 가져다 나르는 두 사람 공이었다.

“선화 얘, 그 곰탕집 오픈날 경쟁자니 뭐니 하면서 벼르고 가더니, 상가 번영회 초대해 준다고 거기 사장님 번호 따 왔잖아.”

“아니, 알고 보니까 우리가 아는 사이더라고. 얼마 전에 삼안 아파트 부녀회장 된 영화 있지? 왜, 전에 가게 왔을 때 소개해 준 늦둥이 엄마 있잖아. 걔네 새언니가 차린 가게래.”

아아. 그래? 하고 고개를 끄덕였지만, 사실 영화가 누군지 기억나지 않았다. 허실동 토박이인 선화는 밝고 사람을 잘 챙겨 발이 넓었다. 선화 입에서 나오는 이름을 다 기억하려면 안 쓰던 건망증 약을 먹어야할 것이다.

“연고 없는 사람이 와서 가게까지 차릴만한 동네는 아니긴 하지.”

옥련의 말에 일전에 본 선화네 상가 번영회 장면이 떠올랐다. 형제PC방, 이모네LA갈비, 김씨네김밥, 커피마마…

등 상가 내 가게 사장들이 선화네 가게에 모여 술판을 벌이고 있었다. 누구 하나 남인 사람 없이 테이블마다 형제, 사촌, 사돈에 팔촌까지, 한 다리 건너 연결된 사람들로 테이블이 꽉 차 있었다.

커피포트에서 수증기가 올라왔다. 선화가 원두 가루를 필터에 털어 넣고 뜨거운 물을 붓자 따뜻한 커피 향이 퍼졌다.

"맞다, 언니. 선화 가게 확장할 것 같아."

옥련의 말에 선화를 돌아보았다. 걱정거리가 있는지 썩 밝은 얼굴은 아니었다.

"잘됐네. 근데 왜 표정이 그래?"

"그냥. 괜히 일 키우는 걸까 봐 걱정이 돼서."

먹방을 하는 유명한 인플루언서가 식당을 방문한 뒤로 줄줄이 방송을 탄 선화의 동태찌개 식당은 밥 때면 가게를 한 바퀴를 두를 정도로 손님이 줄을 섰다. 몰려드는 손님을 감당할 수가 없어서 확장을 하네 마네 소리가 계속 나오더니 드디어 결심이 선 모양이다.

"뭐 하러 아직 일어나지도 않은 일을 걱정해?"

"걱정 안 해도 될까?"

선화는 불안과 기대가 뒤섞인 목소리로 물었다.

"결심했으면 걱정 말고 잘할 생각만 해."

선화 얼굴이 조금 밝아졌다.

"응. 고마워."

힘든 티를 거의 안 내는 선화지만 최근 들어서는 종종 얼굴에 서린 그늘을 숨기지 못했다. 삼 년 전 암 판정을 받은 남편의 병세가 악화된 것을 선화의 안색을 보고 짐작했다. 방사선 치료를 받고 차도를 보인다고 했던 게 마지막으로 전해 들은 근황이었다. 그 후로 선화는 먼저 남편 얘기를 꺼내지 않았다.

커피에 설탕을 한 스푼 넣고 휘휘 저었다. 나도 모르게 선화의 손을 빤히 보았다. 선화의 손에는 그간의 고생이 고스란히 녹아 있었다. 액세서리라고는 약지에 낀 얇은 결혼반지가 다였다.

"나 가게 확장하면 붙이게 가게 잘 되는 부적 좀 써주라. 운 트이는 부적 같은 거 없어?"

선화가 대뜸 저답지 않은 부탁을 했다. 내가 무당이었다는 걸 아는 것도 허실동에서 이 두 사람뿐이었다.

"이제 무당도 아닌 사람 부적은 받아서 뭐하게."

딱딱한 거절에도 선화는 아랑곳하지 않고 우겼다.

"그럼 사인이라도 해줘, 기운 받게. 아니, 진작 받아둘 걸. 생판 남인 연예인 사인도 받아다 거는데. 우리 가게에 언니 사인 없는 게 말이 돼? 언니 말 듣고 식당 차린 덕에 지금껏 입에 풀칠하고 사는 건데."

잊을만 하면 꺼내는 옛날얘기였다. 차라리 식당을 하라는 내 조언에 선화는 그날로 파리만 날리던 옷 가게를 접고 식당을 차렸다. 가게가 잘 풀릴수록 선화는 나를 살뜰히 챙겼다.

“또 그 소리야? 네 팔자가 그런 걸 왜 내 공으로 돌려.”

괜한 공치사가 민망해 퉁명스럽게 답하자 옥련이와 선화가 눈짓을 주고받으며 웃었다. 옥련이가 갑자기 한숨을 쉬었다.

“기왕 인심 쓰는 김에 나도 부적이든 사인이든 좀 해 줘. 요즘 장사가 안 돼서 죽겠다.”

”갑자기 왜? 얼마 전까지 괜찮았잖아.”

방학이 끝나 등하교 시간마다 눈코 뜰 새 없이 바쁘던 옥련의 한숨에 고개를 갸웃했다.

“애들끼리 와서 사먹는 매출이 반절인데 그게 뚝 떨어졌거든…. 매상이 반토막이야.”

“갑자기 왜? 근처에 새로 분식집이라도 생겼어?”

내 물음에 선화가 눈을 동그랗게 뜨고 물었다.

“언니 몰라? 삼안 아파트 상가에서 사람 실종됐잖아.”

나도 모르게 헛숨을 들이쉬었다. 마음처럼 간사한 게 없다더니, 실종된 사람에 대한 걱정보다 동희가 일했던 상가에서 그런 변고가 생겼다니 찜찜한 마음이 먼저 들었다.

"그 작은 건물에서? 거기 입구에 CCTV 있지 않아?"

"맞아. 작년에 2층 학원 다니는 애 아빠가 자꾸 찾아와서 건물주가 입구 CCTV 새 걸로 싹 갈아 줬어. 근데 이번에도 상가에 들어가기는 것만 찍히고 나오는 게 안 찍혔다더라고."

동네에 모르는 소식이 없는 선화가 제 일처럼 답했다.

낡은 2층짜리 상가 입구가 떠올랐다. 동희가 드나들던 문이었다. 사라진 게 동희였다면. 생각만 해도 등골이 오싹했다.

이 년 전부터 허실시에서 해마다 일어난 기묘한 실종 사건은 동네 소식과 거리가 먼 나조차 지역 뉴스를 통해 접할 정도로 떠들썩한 사건이었다.

"사람들이 또 뱀 귀신 짓이라고 수군거리던데."

"건물 지하에 커다란 뱀이 지나간 것 같은 흔적이 있었대. 바닥에 젖은 물기가 구불구불 이어져 있었다더라고."

스트레스 때문인지 무리한 탓인지, 두통이 몰려왔다. 머리가 지끈거려 길게 숨을 내쉬었다. 선화와 옥련이는 이런저런 얘기를 하다가 최근에 실종된 여자의 신상에 대해 떠들기 시작했다. 삼안 아파트 거주, 삼십 대 초반, 여자, 남편 회사 발령 때문에 허실동에 내려온 지 삼 개월 차.

"못 찾으면 어째."

옥련이의 떨리는 목소리에 근심과 걱정이 묻어났다. 남의 일도 제 일처럼 걱정하는 옥련이다웠다.

"저번에 보니까 남편이 귀신같은 몰골로 와이프 찾겠다고 온 동네를 들쑤시고 다니더라고. …그 새댁, 임신 3주차였다 더라."

옥련이 잔뜩 질린 얼굴로 말했다.

"그런 건 다 어디서 들었어?"

선화와 옥련의 대화를 듣고 있던 내가 불쑥 물었다. 옥련이 숨을 고르는 사이 선화가 답했다.

"친한 지인들한테도 듣고, 우리 동네 커뮤니티에서도 보고. 가게 장사하려면 동네 커뮤니티는 필수거든. 언니도 앱 깔고 동네 소문에 귀 좀 열라니까."

"소문 잘 알아서 어디다 쓰게."

온 동네 소문을 다 쓸어 모으는 게 취미이자 특기인 선화가 어깨를 으쓱했다.

"모르는 것보단 아는 게 좋지. 요즘 세상에 정보가 힘이잖아."

"난 너한테 듣는 것만으로 이미 필요 이상이야."

진심이었는데 선화와 옥련이는 농담이라도 들은 것처럼 작게 웃었다.

선화가 무거워진 대화 주제를 자연스럽게 바꾸었다. 누구네 집 애들이 날을 잡았다더라, 허실초 급식이 부실해졌다더라, 등등. 빠르게 바뀌는 주제를 따라가기를 포기하고 주전부리로 내놓았지만 아무도 손대지 않은 한과를 와작거렸다.

대화 주제가 아무리 바뀌어도 내 머릿속에는 여전히 그 생각뿐이었다. 사라진 여자. 머릿속에서 그게 만약 동희였다면, 하는 가정이 반복되었다. 나는 뒤섞이고 흐릿해진 지난 사건에 대한 기억을 더듬었다.

첫 번째 사건의 실종자는 24세 대학생이었고, 두 번째 사건의 실종자는 고2였다. 둘 다 홀로 상가 건물에 들어가는 모습을 마지막으로 사람이 연기처럼 사라진 특이한 사건이었다.

특히 두 번째 사건은 피해자가 미성년자여서 경찰들이 초동 수사*에 열을 올렸으나, 별다른 흔적을 찾아내지 못해 주민들의 공분을 샀다.

허실동에서 특이한 사건이 벌어지면 늘 그래왔듯이, 허실동의 호사가들은 이 두 사건이 귀신 짓이 아니냐고 쑥덕거렸다.

"아. 내일 삼안 아파트에서 하는 굿도 그 실종 사건 때문이

* 범인을 찾거나 증거를 확보하기 위해 사건 발생 직후에 하는 수사 활동.

구나?”

내 중얼거림에 다른 얘기를 하고 있던 두 사람이 고개를 돌렸다.

“뭐라고?”

“언니가 삼안 아파트에서 굿하는 걸 어떻게 알아?”

좁디좁은 내 인간관계를 아는 두 사람은 몹시 놀란 얼굴이었다.

“약수터에 물 뜨러 갔다가 우연히 들었어.”

정확히는 ‘엿’들었지만 꼭 그렇게 자세히 말할 필요는 없을 것 같았다.

“…멀쩡한 정수기 두고 약수터를 왜 가, 허리도 안 좋은 사람이?”

선화가 눈을 부릅떴다. 괜히 더 아는 체하다 새벽 기도 간 걸 들킬까 싶어서 말을 돌렸다.

“넌 어디서 들은 건데?”

“나는 영화한테 들었지. 걔가 그 아파트 부녀회장이잖아.”

“요즘 부녀회에서 성금 모으기니, 이웃 사랑 행사니 별 거 다하고 난리야. 집값 떨어지기 시작하니까 발등에 불 떨어진 거지.”

이웃 눈에서 떨어지는 눈물보다 자기 주머니에 든 아파트 매매가 하락이 더 인심을 흔드는 게 현실이었다. 입에 남은 커피가 씁쓸했다.

띵동. 초인종 소리에 상념에서 빠져나왔다.

“택밴가?”

반사적으로 고개를 돌려 인터폰 화면에 비친 창백한 얼굴을 확인했다. 화면에 비친 얼굴이 낯익었다. 선화에게 가게를 임대해 주고 있는 건물주이자, 나와 영 어색한 사이인 경희 언니였다.

“너네가 불렀어?”

획 돌아 묻자 선화와 옥련이 난처한 얼굴로 눈을 피했다. 다시 한번 초인종이 울렸다. 누르는 간격이 점점 줄어드는 초인종 소리에서 조급함이 느껴졌다.

“그게, 도착하기 전에 얘기하려고 했는데….”

선화가 대답을 얼버무렸다. 인터폰 가까이 가자 흐릿한 화면 속에서 불안하게 눈을 굴리는 경희 언니의 모습을 조금 더 자세히 볼 수 있었다.

“잠시만요.”

인터폰에 대고 말했다. 집에 초대할 만큼 편한 사이는 아니지만 문전 박대할 정도로 미운 사이도 못 되었다. 오래 봐왔지만 어색한 사이. 그게 다였다. 오지랖이 태평양인 선화가 기를 쓰고 자리를 만들어도 살아온 환경, 성격, 관심사까지 다른 언니와 나는 좀처럼 가까워지질 않았다. 이 나이나 되어서 서로에게 맞추려 애쓸 이유를 찾지 못했기 때문이기도 했다.

문고리를 잡아 돌렸다.

"선화 안에 있어요."

내 첫인사에 경희 언니는 움찔했다. 문가에서 살짝 비켜섰는데도 여전히 문에서 조금 떨어져 선 채로 머뭇거렸다.

"들어오세요."

거듭 권하자 언니는 그제야 쭈뼛거리며 발을 집 안으로 들여놓았다. 늘 아쉬움이라곤 모르는 얼굴로 당당하게 고개를 들고 다니던 경희 언니였기에 그 모습이 낯설었다. 꼿꼿하게 세우던 허리는 약간 구부정했고 어깨도 말려 있었다.

차림새도 평소와 약간 달랐다. 손에 든 명품 가방이나 남색 캐시미어 코트는 평소 스타일대로였지만, 화장기 없는 맨얼굴이나 잔머리가 잔뜩 뻗친 정돈되지 않은 머리는 처음 보는 모습이었다.

나는 발소리도 없이 식탁으로 미끄러지듯 걸어가는 경희 언니의 뒷모습을 보다가 고개를 내렸다. 경희 언니가 벗은 굽 낮은 구두 안쪽에 반질거리는 실크 라벨이 붙어 있었다. 한때 내가 좋아했던 명품 브랜드 로고다.

사실 나는 이래서 경희 언니가 불편했다. 언니를 보면 채 버리지 못한 욕심이 불쑥 고개를 들어서.

경희 언니가 우리 집 식탁 의자에 반듯하게 앉은 모습이 꼭 잘못 끼워맞춘 퍼즐 조각 같았다.

"언니, 왔어요? 오늘날이 좀 춥죠, 얼굴이 파리하네."

선화가 커피잔을 내려놓으며 살갑게 말을 걸었다. 경희 언니는 하얀 손가락으로 따뜻한 잔을 감싸 쥐었다. 선화의 두툼하고 단단한 손과 대비되는 고생을 모르는 부드럽고 연약한 손이었다.

"고마워."

경희 언니는 예의를 차리듯 커피로 마른입을 축였다. 마신 게 맞나 싶을 만큼 조금씩 줄어드는 걸 보니 썩 입맛에 맞지는 않는 듯했다. 그렇게 급한 듯 초인종을 눌러놓고 경희 언니는 무릎에 올려둔 양손을 꽉 쥔 채 말이 없었다. 오는 길에 깨물기라도 했는지 아무것도 바르지 않은 손톱 끝이 지저분했다.

경희 언니는 입을 달싹거리다 꾹 다물기를 반복했다. 침묵 속에 흐르는 긴장감이 점점 팽팽해졌다. 다들 눈치만 살피며 입을 열지 않기에 내가 먼저 침묵을 깼다.

"수다나 떨자고 오신 것 같진 않고. 무슨 일인지 몰라도, 할 말 있으면 말씀하세요."

커피를 마시던 옥련이 사레가 들렸는지 잔기침을 뱉었다. 선화와 경희 언니도 동시에 움찔했다.

"…잠깐 둘이 얘기할 수 있을까?"

겨우 입을 연 경희 언니의 말은 좀 의외였다. 넷이 있으면 계속 묵언 수행을 하고 있을 듯싶어 선선히 고개를 끄덕였다. 선화에게 눈짓하자 비켜 달라는 신호를 알아들은 선화가 나와 경희 언니를 번갈아 보다가 손가방을 어깨에 멨다. 옥련이도 기다렸다는 듯 휴대폰을 쥐고 일어났다.

"얘기 잘하고, 나중에 연락해."

선화가 속삭였다. 띠리리릭. 현관문 도어락이 잠기는 소리가 났다.

"이제 말씀하세요."

내 말에 경희 언니의 밤색 눈동자가 빈 테이블 위를 방황했다.

"…내, 내가 이상한 일을 겪었는데…. 얘기할 곳이 없어서."

경희 언니가 서둘러 말을 덧붙였다.

"선화가 너는 무슨 얘기를 듣던 아무한테도 말 안 할 거라고 하더라고."

나도 모르게 얼빠진 얼굴로 눈을 끔벅거렸다. 경희 언니가 침을 꼴깍 삼켰다.

"아무래도 나한테…, 귀신이 붙은 것 같아. 꿈자리가 뒤숭숭하고 자잘하게 나쁜 일들이 이어지더니, 최근에는 다시,"

나는 손을 들어 이야기를 쏟아내려는 경희 언니의 말을 멈췄다.

"잠시만요. 그런 얘기를 왜 저한테 하세요?"

난데없이 사람을 '임금님 귀는 당나귀 귀'에 나오는 대나무 숲처럼 이용하는 경희 언니에게 황당한 얼굴로 물었다.

"어?"

언니는 전혀 생각지 못한 얘기를 들은 것처럼 되물었다. 사람은 원래가 제 사정만 보이고 아는 법이라지만, 당하는 입장에서 기분이 썩 좋지 않았다.

"저희가 친한 것도 아니고. 난데없이 남의 집에 와서는 좀 황당하네요."

경희 언니가 입술을 꾹 다물었다. 표정 관리에 꽤 능한 사람이라 표정은 큰 변화가 없는데, 얼굴이 화르르 불타오르듯 붉어졌다.

"…미안. 내가 요즘 잠을 잘 못 자서…. 네 입장을 생각을 못하고 내 얘기만 쏟아냈네."

수치심에 붉어진 얼굴로 경희 언니는 차분하게 사과했다.

"왜 전데요? 저보다 선화랑 친한데 왜 선화 아니고 저한테 얘기를 하려고 그러시는 거냐고요."

"네가 워낙 소문 같은데 관심도 없고, 입도 무거우니까…."

"선화가 애가 밝아서 안 그래 보일지 몰라도 입 무거워요."

무당이었던 내 과거도 십 수 년을 비밀로 지켜준 애였다.

"알지."

망설임없이 대답하는 경희 언니의 목소리는 나긋하고 건조했다. 저만의 풍파를 겪은 사람이 감정을 빼고 사실만을 말하는 버석거리는 말투가 귓속을 간질였다.

"믿을수록 배신이 더 무섭더라고."

"저는 안 믿는다고 대놓고 얘기하시는 거예요?"

"너를 안 믿으니까 믿어."

"네?"

"…지금도 봐. 이 동네 사람들은 죄다 나한테 좋은 소리만 하는데, 넌 싫은 티 잔뜩 내잖아. 그렇게 솔직한 너를 믿어."

학부모 모임에서 경희 언니를 처음 만난 때가 떠올랐다. 선화 때문에 얼떨결에 낀 자리였다. 경희 언니는 모임의 식사가 끝나고도 한참 뒤에야 나타났다. 그럼에도 나는 내내 언니와 함께한 기분이었다. 자리에 없을 때도 모임 내에서 경희 언니의 존재감은 남달랐다.

사람들은 쉴 새 없이 자리에 없는 언니에 대해 얘기했다. 덕분에 나도 경희 언니가 도착하기도 전에 언니의 나이와 재산 규모, 가족관계, 타는 차와 본가 위치 등 온갖 세세한 정보들을 알게 되었다. 사람들은 제 자식 얘기할 때만큼 열성적으로 경희 언니의 아들이 어느 학원을 다니고 누구한테 개인 과외를 받는지, 무슨 과를 희망하는지 줄줄 읊었다.

경희 언니에 대한 사람들의 집착적인 관심에 내가 질색하자 선화는 깔깔거리고 웃었다. 선화는 내게 경희 언니의 집안의 역사를 짧게 요약해 주었다.

경희 언니는 삼 대째 내려오는 허실동의 유지였다. 조부인 신경욱은 제주에서 올라와 서울로 가던 길에 무슨 이유에선지 허실동에 자리를 잡았다. 그리고 일제강점기와 6·25전쟁, IMF까지 거칠게 요동치는 역사의 흐름 속에서 단 한 가지를 집착적으로 모았다. 땅. 선구안이라 해야 할지, 욕심이라 해야 할지 모를 그의 땅에 대한 집착은 그가 모은 땅과 함께 외아들 신경찬에게 그대로 물려졌다.

신경찬은 그의 아버지보다 더 독하게, 허실시 너머의 땅까지 야금야금 사들였다. 그 땅 위에 청사가 들어섰고, 도로가 들어섰고, 건물이 들어섰다.

선화는 신 씨네 집 땅을 밟지 않고서는 허실시에서 살 수 없다는 우스갯소리가 진실에 가깝다며 웃었다.

아들을 보아 신 씨 가문의 대를 이으려던 신경욱의 갖은 노력이 무색하게, 신경욱은 딸자식 하나를 보았다. 어떤 이유에선지 신경희에게는 2대째 내려오던 땅에 대한 집착이 물려 지지 않았다. 신경욱은 이를 몹시 못마땅해하며 신경희가 스물이 되자마자 적당한 집안의 데릴사위를 들여 아이를 가지도록 재촉했다. 하지만 아이를 점지하는 것은 신의 영역이었고, 신경희는 십 년도 더 지난 후에야 신경욱의 염원을 들어줄 수 있었다. 삼 년 전 폐렴으로 사망한 신경욱의 재산을 고스란히 물려받은 경희는 자타가 공인하는 허실시 최고의 부자였다.

"사람들이 나 볼 때 어떤지 알아? 눈이 번질거리는 게 꼭 잘 익은 감 떨어지길 기다리는 사람 같아. 저게 언제 익어서 떨어질까, 호시탐탐 기다리는 것 같다고."

늦게서야 도착한 경희를 일어나 맞이하는 사람들 얼굴에 덧씌워지던 그린 듯한 미소는 확실히 어딘지 섬뜩한 데가 있었다.

"나 고꾸라지기만 바라는 사람들한테 씹기 좋은 이야깃거리 되고 싶지 않아."

미용실만 바꿔도 누가 누구랑 싸웠느니, 소문이 도는 말 많은 동네에서 나쁜 말이 없는 것만 봐도 언니가 얼마나 열심히 평판을 관리했는지 알 수 있었다.

"다른 사람들이 뒤에서 쑥덕거리는 소리가 얼마나 사람 피를 말리는지 겪어본 사람만 알지."

조카가 생각나 입을 다물었다. 유일한 보호자가 무당 이모라는 이유만으로 소문에 갇혀 버린 열한 살짜리 꼬마애.

"뭔데요."

"응?"

"들어나 보자고요. 귀신 얘긴지 뭔지."

퉁명스러운 어투에도 언니 얼굴이 환하게 밝아졌다.

"고마워."

"낯간지러운 말은 넘어가요. 도움이 될지 안 될지도 아직 모르니까. 대체 무슨 일이기에 얼굴이 며칠은 못 잔 사람 같아요?"

"어머. 티 많이 나니?"

경희 언니는 약간 민망한지 놀란 얼굴로 해쓱한 뺨을 손으로 더듬었다. 밤색 눈동자 주변으로 붉은 실핏줄이 거미줄처럼 뻗어 있었다.

"얼마 전에 일어난 실종 사건 알지?"

좀 전까지 하던 얘기였다. 고개를 끄덕였다.

"그 상가, 차명이긴 한데 내 거거든. 지금까지 일어난 이상한 연쇄 실종 사건, 다 내 상가에서 일어났어. 첫 번째 건물은 내 명의였고, 다음 두 개는 차명이었는데…."

처음 듣는 얘기였다. 조곤조곤 자신의 범법 사실을 말하다가 아차 싶었는지 언니는 말을 멈추고 내 눈치를 살폈다.

한때 재산 축적을 위해 돈 보따리 싸 들고 오는 건실한 범법자들을 꽤 접한 터라 차명 건물 정도는 놀랍지도 않았다. 하지만 세 건의 기묘한 실종 사건이 전부 경희 언니가 소유한 건물에서 일어났다는 사실은 꽤 놀라웠다. 허실동의 호사가들이 알면 물어뜯기 좋은 정보였다. 내 덤덤한 얼굴에 경희 언니는 안심했는지 한숨을 길게 뱉고 성토를 이어갔다.

"나쁜 운이 든 게 틀림없어. 뱀 귀신이 붙은 거라니까."

"뱀 귀신이요?"

이것도 아까 들은 얘기였다.

"거기 지하에 뱀 지나간 것처럼 물 자국 나 있던 거 알아? 큰 뱀이 지나간 것처럼."

나는 선화에게 들은 이야기를 떠올리며 고개를 끄덕였다.

"내가 열두 살 때쯤 친구들 따라 해망산에 갔다가 혼자 길을 잃은 적이 있어. 하늘은 어두워지는데 아무리 불러도 사람은 안 오고, 방황하다가 커다란 회색 뱀을 보고 까무러쳤는데…. 다행이 애들 찾으러 온 어른들이 발견해서 데리고 왔지."

해망산은 허실동과 진실동 사이 외곽에 위치한 야트막한 산이었다. 산 전체가 신 씨네 집안 땅이었는데, 풍경이 좋은 숲 곳곳에 저택 여러 개를 지어 분양해 지금은 부촌으로도 유명했다. 경희 언니의 본가도 그곳에 있다고 들었다.

"그 후로 내가 뱀이라면 경기를 일으키니까 아버지가 땅꾼들을 불러다가 해망산에서 잡은 뱀을 비싸게 사준다고 했대. 삼 개월 만에 산에 뱀이 씨가 말랐지. 일 년이 지나도록 사람까지 써 가며 찾았는데, 내가 처음 봤던 그 커다란 뱀은 못 잡았어."

언니가 진지한 얼굴로 말했다. 번들거리는 눈이 그 이야기에 얼마나 몰두해 있는지를 보여 주었다.

"…그 뱀이 원한을 품고 내 건물에서 사람들을 잡아먹는 것 같아."

언니는 자신이 내린 비약적인 결론을 진심으로 믿고 있는 눈치였다. 나는 핏발 선 눈을 잠시 마주하고 있다가 고개를 모로 살짝 기울였다.

"수십 년 전 일을 이제 와 원한을 풀어요?"

내 미지근한 반응에 언니가 눈에 띄게 당황했다.

"지금 내 말 안 믿는 거야?"

"그게 아니라…,"

"내가 그냥 자잘하게 재수 없는 일 좀 생긴 걸로 이러는 것 같니? 침대 아래에서 밤마다 쉭쉭 거리는 뱀 소리가 들리고, 겨우 잠들었는데 팔 위로 뱀이 기어 다니는 느낌에 깬 적도 있어."

언니는 허점을 찔린 사람처럼 과하게 반응했다.

"그때 일에 죄책감이 있는 것 같네요."

"…당연하지. 나 때문에 애꿎은 뱀 수백 마리가 죽었는데."

"그게 실종 사건이랑 무슨 상관이에요?"

"사람들이 눈이 벌개 져서 찾던 세 실종 사건의 공통점이 내가 그 상가들 주인인 거니까!"

뭐 때문에 그렇게 걱정했는지는 알 것 같았다. 하지만 석연치 않은 느낌이 들었다. 연결고리가 어색한 단서들이 이상하리만치 딱 맞게 잘 연결되어 있었다.

"…언니, 성당 다니지 않았어요?"

내 말에 말문이 막힌 얼굴로 나를 쳐다보던 언니는 곧 숨을 씩씩거렸다.

"지금 그런 거 물을 때니? 얼마 전에는 밤중에 집 마당에서 커다란 구렁이까지 나왔어!"

경희 언니가 신경질적으로 말했다.

"언니, 일단 좀 진정해요."

"…내 말 못 믿는 거지? 그때 부른 119에 전화해서 확인시켜 줄까?"

휴대폰을 꺼내 번호를 누르는 경희 언니를 말렸다.

"아뇨, 그게 아니라."

"선화 얘기만 믿고 너한테 온 내가 바보지. 아무리 내가 싫기로서니, 죽겠는 사람한테 부채질하니?"

경희 언니가 벌떡 일어났다. 나는 따라 일어나 말했다.

"제가 허리가 안 좋아서 멀리 못 나가요. 일 있으면 전화해요."

언니는 돌아보지도 않고 허, 하고 기가 차다는 듯 콧바람을 불더니 문을 나섰다. 방금까지 겁에 질려있던 사람치고는 꽤 기운찬 모습이었다. 쾅 닫힌 문 너머로 또각거리는 구두 소리가 들렸다. 나는 그제야 일어나 베란다 창 아래를 내려다보았다.

언니가 성난 걸음으로 1층 현관으로 나가는 모습이 보였다. 검은 세단 앞에 기대 있던 백발의 기사가 급히 뒷문을 열어주었다. 뒷문을 닫은 기사는 운전석으로 뛰어가며 내가 있는 위쪽을 잠깐 보았다.

주차장을 빠져나가는 검은 차의 뒤꽁무니를 쳐다보다가 커튼을 휙 쳤다.

소파에 털썩 앉아 시계를 보았다. 아직 점심시간이었다. 휴대폰을 꺼내 들고 잠시 목을 가다듬었다. '윤영숙'이라고 저장된 연락처를 눌렀다. 전화를 걸자 연결음이 몇 번 울리더니 익숙한 목소리가 답했다.

—웬일로 먼저 전화를 다 했어.

신도 몸이 건강해야 오래 계신다며 규칙적인 생활을 강조

하던 신어머니였다. 돈뭉치를 싸 들고 와도 밥때만큼은 손님을 받지 않았다.

“바쁘시잖아요. 방해될까 그랬어요.”

—핑계 좋다. 이제 뒷방 늙은이 신센데 방해는 무슨.

신어머니의 호통에 작게 웃었다.

“앞으론 더 자주 할게요.”

—웃기는. 밥 떠 놨으니 본론만 얘기해. 뭐가 필요해서 전화했어?

“여쭤볼게 있어서요. 최근에 허실시에서 좀 이상한 실종 사건이 일어났는데,”

—그 동네에 이상한 일이 한둘 일어나? 무슨 일인데?

“벌써 삼 년째 매년 한 명씩 사람이 상가 건물에서 감쪽같이 사라졌어요. 다 다른 건물이었는데 알고 보니 건물 주인이 같았더라고요.”

수화기 너머에서 끌끌 혀 차는 소리가 들렸다.

“건물 주인은 어릴 때 자기가 해망산에서 커다란 뱀을 봤다고, 그 뱀 귀신이 벌이는 일 같다는데…. 벌써 사십 년도 더 된 일이라 알아볼 만한 곳이 마땅치 않아서요. 혹시 해망산 뱀 귀신에 대해 아실까 하고요.”

—그 산을 예전부터 뱀골이라고 부르기는 했지. 그 거기 뱀이 워낙에 많이 나오기도 했고, 그 동네가 옛날에 뱀신을

모셨거든.

"그래요?"

처음 듣는 얘기였다.

—내가 태어나기도 전 일이지. 나도 어릴 때 신어머니께 들은 얘기야. 조선시대 때 그 동네에서는 풍년을 뱀신한테 기원했는데 일제강점기 때 일본 놈들이 밀고 들어오면서 사람들이 신심을 잃었다지. 풍년 이어봐야 여문 곡식을 죄다 빼앗기니 어느 농부가 풍년을 기원하겠어. 그렇게 자연스럽게 잊혀진 것 같은데…. 내가 아는 건 이게 다야.

"감사해요. 혹시 또 생각나시는 거 있거든 말씀 부탁드려요."

—알았다. 너는?

"저요?"

—아직도 돌아올 생각 없는 거야?

"…또 그러신다."

—억울해서 그런다, 기껏 가르쳐 놨더니 홀랑 나른 게.

"죄송해요."

—됐다. 얼른 밥이나 챙겨 먹어. 사람이 밥 거르면 못 쓴다.

나는 뚝 끊긴 전화에 웃으며 무릎을 짚고 일어났다. 선화가 준 곰탕 맛을 봐야겠다.

**🔍

나는 숨이 턱 끝까지 찼다. 속 깊은 곳에서 자꾸만 울음이 터져 나와 호흡이 가빠졌다.

"동희야!"

어두운 학교 복도는 고요했다. 내 목소리만 웅웅 울렸다.

"진정하세요, 이 위는 옥상이에요. 문이 잠겨서 애들은 못 들어가요."

손전등을 들고 뒤따라오던 경비원이 복도 끝 계단으로 올라가려는 나를 말렸다.

"다른 데 갈 만한 데는 없어요? 친구네 집에 놀러 갔거나…."

경비원의 말에 입을 꾹 다물었다. 학원 말고는 생각나는 곳이 없었다. 조카에 대해 아는 게 없었다. 조그만 게 혼자 구석에 웅크린 채로 어른들 눈치를 보는 게 눈에 밟혀 데려와 놓고, 밥 먹이고 재우는 걸로 도리를 다한 줄 착각했다.

돈은 남고 시간은 부족하기에 남들 다 보낸다는 학원을 줄줄이 끊어줬다. 애 키우는 게 그리 어렵지도 않은 것 같았다. 안일한 각오로 시작된 만큼 안일한 양육관이었다.

"학원에 있어야 하는데…, 거기 있어야 하는데."

"아직 한 곳 남았는데 기왕 보는 거 거기까지 확인해 봅시다."

경비원이 모자를 고쳐 쓰며 말했다. 경비원의 말에 퍼뜩 고개를 끄덕였다. 경비원을 따라 가운데 계단을 올라가자, 방음문이 나왔다.

"음악실인데, 역시 문이 잠겼네요."

경비원이 손전등으로 방음문의 양쪽 문고리에 걸린 자물쇠를 비췄다. 다리 힘이 풀렸다. 등 뒤 난간을 붙잡고 겨우 바로 섰다.

손에 얼굴을 묻고 흐느끼다가 울음을 멈췄다. 경비원을 쳐다보았다. 머리는 산발에 두 눈은 잔뜩 충혈된 모습이 섬뜩해 보였는지 경비원이 눈을 피했다.

"저것 좀 열어주세요."

나는 자물쇠를 가리켰다.

"예?"

"안에서 소리 들리잖아요!"

마음이 급했다. 경비원이 내 보챔에 숨을 죽였다. 닫힌 문 안쪽에서 흐릿한 소리가 들렸다. 방음문이 작게 들썩였다.

"이모! 이모!"

물속에서 부르는 것처럼 작게 들리는 목소리는 분명히 동희의 것이었다. 경비원이 황급히 열쇠 꾸러미를 꺼내 들었다. 찰그랑거리며 열쇠들이 흔들렸다.

문이 열리자마자 넘어지듯 튀어나온 동희를 받쳐 안았다. 드러난 피부가 몹시 찼다. 서늘한 체온에 가슴이 선뜩해졌다.

"…왜 이제 와. 왜 맨날 늦게 와."

먹이고 입히기만 하면 되는 줄 아는 어설픈 이모에게 불평 한마디 못 하던 조카의 진심을 처음 들었다. 늘 쭈뼛거리며 몇 걸음 멀리서 다녀오셨어요, 하고 작게 인사하던 동희가 품에 안겨 목 놓아 울었다. 옷깃을 쥐고 흔드는 작은 손에 정신이 번쩍 들었다.

칭얼거리며 뱉어내는 원망에 고개를 숙였다. 점사, 굿, 기도. 정년이 보장된 직업이 아닌 만큼 벌 수 있을 때 바짝 벌어두려고 했다. 동희 학원이 끝나는 시간에 맞춰 집에 가려고 했지만 밤늦게 집에 가기 일쑤였다.

"미안해, 이모가 미안해. 너무 늦어서 미안해."

꽉 끌어안은 동희에게서 아이에게는 어울리지 않는 향냄새가 났다.

당희. 동희의 교과서마다 또박또박 잘못 쓰여 있던 이름이 떠올랐다. 실수인가 싶어 일부러 모른척한 오자가 아이의 실수가 아닐 거라는 생각이 번뜩 들었다.

안심한 동희의 울음소리가 점점 커졌다. 그 소리가 폐부를 찔렀다. 있는 줄도 몰랐던 연민과 애정이 끓어오르는 울분으로 존재를 드러냈다. 나는 누구인지 모를 신에게 맹세했다. 다시는 동희가 이런 일을 겪지 않게 하겠다고.

***

또 그 꿈이었다. 다사다난 고달픈 인생에서 가장 다시 겪고 싶지 않은 날. 제 부족함을 온전히 마주한 날이었다.

그날 조그만 주먹을 꽉 쥐고 새벽까지 옷소매를 쥐고 버티는 동희를 달래 재운 뒤, 신어머니에게 전화를 걸어 퇴송굿*을 준비해 달라고 했다. 그 결정을 후회한 적은 없었지만, 때때로 무료하거나 무력할 때면 그런 것들이 떠올랐다. 사람들이 나를 찾고, 온 마음을 다해 믿고 비는 모습이 주는 충족감 같은 것들. 문득 떠오르는 기억까지 막을 수는 없었다. 식당 일까지 그만둔 후로는 거의 매일 그랬다.

휴대폰을 확인했다. 씩씩거리며 떠난 경희 언니는 그 후로 연락이 없었다. 여러 통 와 있는 선화의 문자를 확인했다. 이것저것 생각할 게 많아서 답하는 걸 잊었다.

[경희 언니랑 얘기 잘했어?]

* 무속인의 몸에 내린 신을 다시 돌려보내기 위해 하는 무속의례.

[미안해. 내가 생각이 짧았어. 언니한테 먼저 얘기하고 경희 언니를 불렀어야 했는데.]

[내가 너무 오지랖을 부렸다. 한 번만 봐줘. 응?]

[잠깐 전화돼?]

잠시 고민하다가 답장을 쳤다.

[별 얘기 안 했어. 얘기 시작하기도 전에 싸워서 말하다 말고 집에 갔어.]

나는 첫 만남 때 저장만 해두고 연락은 해본 적 없는 경희 언니의 번호를 꾹 눌렀다. 통화음이 두 번 울리고, 곧 퉁명스러운 경희의 목소리가 들렸다.

—여보세요.

"언니, 오늘 일 없죠?"

—뭐?

"좀 봐요. 언니 집에서."

***

"감사합니다."

뒷문을 열어주는 기사에게 고개를 살짝 숙여 인사했다. 나이가 지긋해 보이는 기사가 사람 좋게 웃었다. 지난번에 창밖으로 봤던 머리가 희끗한 기사였다. 나이가 지긋해 보였지만 자세가 곧고 몸놀림이 정정해 보였다.

차에 타려다가 멈칫했다.

"언니!"

뒷좌석에 미리 타 있던 선화가 고개를 빼고 인사했다.

"네가 왜 여기 있어?"

"경희 언니가 같이 오라던데? 둘만 만나면 또 싸울 것 같다고."

차문을 닫아 주고는 운전석으로 돌아온 기사가 벨트를 맸다.

"저희 때문에 주말에 근무하시는 거 아닌가 몰라요. 죄송해요."

"아이고, 최근 들어 사모님이 손님도 거의 안 들이시고, 외출도 드무셔서 공으로 월급 타가기 민망했는데 오히려 다행입니다."

기사가 시동을 걸고 부드럽게 핸들을 돌리며 답했다.

매끈한 검은 세단이 굽이 길을 달렸다. 드문드문 보이던 버스 정류장이 더 이상 보이지 않았다. 잘 정돈된 아스팔트 길 양옆으로 늘어선 가로수가 예뻤다.

"갑자기 무슨 바람이 불어서 경희 언니네 집엘 다 간다고 한 거야?"

선화가 기사가 신경 쓰이는지 목소리를 낮추며 물었다.

"어제 기껏 찾아온 사람을 싸우고 보낸 게 신경 쓰여서."

"왜 싸웠는데?"

선화가 몸을 기울이며 물었다. 말없이 선화를 보자 선화는 손을 내저었다.

"아유, 알았어. 오지랖 그만 부릴게. 오늘 날이 왜 이렇게 흐리대."

선화가 구름이 잔뜩 낀 하늘로 말을 돌렸다.

"그러게. 뒤에 산이 있어 그런가 더 흐리네."

"집이 외져도 너무 외져. 암만 터가 좋아도 이 정도면 너무 하지 않아?"

"네 집도 아니고 남의 집 외진 게 뭐가 문제야."

"치. 듣기로는 여기 터가 좋다는데 내 보기엔 영 으스스 해."

쉬지 않고 조잘거리는 선화의 수다에 내 반응이 점점 줄어들자 기사가 눈치껏 대꾸했다.

"사모님 아버님께서 이쪽 부지를 통으로 사서 개발하기 전까지만 해도 이쪽 땅에 아무것도 없었죠. 저 어릴 때는 여기를 뱀골이라고 불렀어요. 사람은 없고 뱀이 많이 나와서. 애들이나 놀러 오는 숲이었는데, 지금은 서울 돈 많은 분들이 별장 수십 채가 들어섰네요."

기사가 코너를 돌아 보이는 집 하나를 가리켰다. 길게 이어진 높은 담 뒤로 한옥도 지붕이 얼핏 보였다. 절의 본당이나 궁을 지을 때 올리는 팔작지붕이었다. 뒷산으로 이어지는 높다란 담벼락은 성곽을 떠오르게 했다.

"저기 보이시죠? 저 집에는 옛날에 무슨 장관인가 지낸 분이 내려와 산대요."

"어머, 정말요? 무슨 장관이었는데요?"

선화가 눈을 반짝이며 몸을 앞으로 기울였다. 둘이 죽이 잘 맞았다. 나는 자연스레 이어지는 대화를 흘려들으며 창밖으로 시선을 돌렸다. 풍경이 빠르게 스쳐 갔다.

***

슬라이딩식 자동문을 지난 차가 정원 옆에 멈춰 섰다. 선화는 벨트를 풀고 차에서 내렸다. 내리자마자 보이는 건물들을 눈으로 훑었다.

드넓은 정원 뒤로 건물 세 채가 조르르 붙어 있었다. 가운데는 터를 높여 지은 커다란 한옥집이, 왼쪽에는 그보단 작은 붉은 지붕의 벽돌 주택이, 오른쪽에는 현대식으로 지어진 회색 주택이 있었다. 여러 세대가 뒤섞인 듯한 풍경이었다. 세 가족이 사는 집치고 건물들이 몹시 컸다.

너른 마당을 둘러보았다. 일정한 높이의 잔디밭과 조경이 잘 된 나무들이 조화로웠다. 숲에서 내려오는 찬 공기가 생각보다 서늘했다. 자신의 팔을 손으로 살짝 쓸었다. 의자 끄는 소리가 들렸다. 포근해 보이는 밝은 회색 캐시미어 숄을 두른 경희 언니가 다가왔다.

"왔니?"

"초대해 주셔서 감사해요."

내 인사에 경희는 대놓고 콧방귀를 뀌었다.

"내가 초대한 거니? 네가 온다고 우긴 거지."

눈은 여전히 충혈되어 있었고 안색은 파리했지만, 전보다 혈색이 나아 보이는 건 빈말이 아니었다. 방문을 썩 반기는 기색은 아니었지만, 경희의 경직되지 않은 어깨와 차분해진 어투에서 심경의 변화를 읽을 수 있었다. 그 사이 트렁크에서 기사가 꺼내 준 김치 통을 받아든 선화가 다가왔다.

"언니!"

"넌 또 뭘 그리 싸 왔어."

"별거 아냐. 물김치가 맛이 잘 들어서 맛 좀 보라고 한 통 챙겨왔어. 언니 입맛 없을 때 이거 잘 먹잖아."

"고마워. 잘 먹을게. 들어가자."

경희 언니 뒤에 있던 진한 남색 유니폼을 입은 여자가 선화가 건네는 김치 통을 받아들었다. 삼십 대쯤으로 보이는 젊은 여자였다.

나는 경희 언니를 뒤따라가다가 잠시 뒤를 돌아보았다. 오른쪽 회색 건물로 향하는 기사의 뒷모습이 보였다.

"뭐 봐?"

선화가 내 시선을 따라 기웃거렸다.

"아. 건물이 다 다른 게 신기해서."

"저 회색 건물은 일하는 사람들이 쓰고, 저 한옥은 옛날에 언니네 아버지 때 지은 집이래."

선화가 내가 보고 있던 현대식 건물과 한옥을 차례로 턱짓했다.

"얼른 와."

열린 문가에 선 경희 언니의 부름에 다시 걸음을 옮겼다.

***

가사도우미가 경희 언니 앞에 찻물과 다기, 찻잎을 부지런히 세팅했다. 언니가 손짓하자 가사도우미가 조용히 밖으로 나갔다.

"얼마 전에 선물 받은 우롱찬데 향이 괜찮아. 오는 길은 괜찮았니?"

"그럼. 장 기사님 운전 기가 막히게 하시잖아. 내가 차 몰고 올 때랑 같은 길인데 덜컹 한번을 안 해."

"그럴 만도 하지. 나 어릴 때부터 일하셨으니 우리 집에서만 사십 년쯤 되셨네. 그 긴 세월, 같은 길을 매일같이 다니셨는데 너보다 운전 못하면 이상하지."

경희 언니가 푸스스 웃었다.

"듣고 보니 그러네."

"그래도 연세가 있으신데 이제 집에서 손주들이랑 쉬셔야지. 진즉 새로 사람 뽑으려고 했는데 은근 고집이 있으셔. 올해까지만 더 일하기로 하셨어."

경희가 우아하게 차를 마셨다. 평소 톤을 되찾은 모습이었다. 찻잔을 내려놓은 경희가 민망한 듯 웃었다

"딴소리하다가 잘못 우렸나, 평소보다 차가 좀 쓰네."

"괜찮은데요. 우롱차는 처음이라 쓴 줄도 몰랐어요."

경희 언니가 너무 민망하지 않게 부러 차를 한 모금 더 마셨다.

"언니, 이거 어디 거야? 너무 맛있다."

선화는 가사도우미가 내온 레몬 파운드케이크를 먹으며 엄지를 올렸다.

"허실당 거라던데, 이따 좀 챙겨 달라고 할게. 그나저나 갑

자기 우리 집엔 왜 온다 그랬니?"

경희가 미심쩍은 얼굴로 물었다.

뒤에서 들리는 발소리에 홱 뒤돌아보았다. 예쁜 그릇에 다과를 가지고 온 가사도우미가 갑자기 눈이 마주쳐서 놀랐는지 주춤했다. 아까 본 젊은 여자와 다른 사람이었다. 다가와 그릇을 테이블 위에 놓는 가사도우미에게 경희가 말했다.

"우리끼리 편하게 수다 떨고 집 구경하게 잠깐 집 좀 비워 줘요. 한두 시간쯤? 다른 사람들한테도 전하고."

"네, 사모님."

문이 닫히는 소리가 난 뒤에 입을 열었다.

"마당에 나온 뱀, 어떻게 생겼어요?"

다짜고짜 묻자 경희 언니는 선화를 힐긋 보았다. 선화가 눈을 동그랗게 뜨고 깜박거렸다.

"마당에서 뱀이 나왔어요? 봄이라 겨울잠 깨서 잘못 온 건가?"

"…실은 내가 직접 본 건 아니고. 정원사가 보고 신고해서 경찰이 잡아갔어. 엄청 크고 꼬리가 가는 구렁이였대."

"구렁이요?"

"응. 분명히 그랬어. 회색 구렁이라고. 내가 어릴 때 봤던 커다란 뱀도 짙은 회색이었는데…."

"왜요? 뭐 생각나는 거라도 있어요?"

말을 멈춘 경희에게 선화가 물었다.

“아니, 내 입으로 말하면서도 너무 황당무계하다 싶어서. 이제 보니 내가 대체 왜 그 옛날 일을 이번 실종 사건이랑 연결했나 싶어. 어제는 미령이 반응에 화가 났는데, 곰곰이 생각해 보니까 이해가 되더라.”

선화가 양껏 먹었는지 포크를 내려놓았다.

“그냥 내가 요즘 잠을 잘못자서 예민했던 것 같아. 어제 너랑 싸우고 병원 가서 수면제도 타오고, 속 썩이던 건물들 싸게 내놨거든. 속이 다 시원한 거 있지? 악몽도 안 꿨어.”

“뭔지 몰라도 언니 맘이 좀 편해진 것 같아서 다행이에요.”

선화가 제 일처럼 반겼다.

“고마워. 내가 이성적이질 못했던 것 같아. 컨디션도 안 좋았고. 요즘 안 좋은 일들이 몰아닥쳤거든. 워낙 헐값에 내놔서 건물도 곧 팔릴 것 같아.”

언니는 조그만 찻잔을 만지작거렸다.

“남편이랑 따로 산 지는 꽤 됐는데, 얼마 전에 서류를 보냈더라고. 이혼서류. 애지중지 키운 아들놈은 사업한다면서 서울 올라가서는 돈 필요할 때나 연락하고….”

경희 언니가 애써 입꼬리를 올렸다. 언니의 SNS 프로필에 걸린 단란한 가족사진과 실제가 좀 다른 모양이었다.

"남편 변호사는 재산 분할로 난리지, 건물에선 그런 일이 생기지, 잠도 못 자고. 자꾸 악몽에 시달리더니 마당에서 뱀까지 나오니까 고릿적 일을 꺼내다가 그거 때문이라고 끼워 맞춘 것 같아. 못난 모습 보인 것 같아 부끄럽다."

"우리 사이에 무슨."

선화가 손사래 쳤다.

나는 잠시 생각에 잠겼다. 기도터에서 무당을 보고 다시 무당 일을 하라는 계시인가 생각했던 내 모습이 떠올랐다. 사실은 내가 다시 무당 일이 하고 싶어서 작은 우연들에 그런 의미를 부여한 걸지도 몰랐다. 경희 언니가 실종 사건을 사람 짓이 아니라 귀신 짓으로 믿고 싶은 것처럼.

경희 언니의 휴대폰이 울렸다.

"나 잠깐 전화 좀."

언니가 전화가 오는 휴대폰 화면을 보여주었다. '이 실장(건물 관리)'라고 저장된 번호가 떴다. 선화가 얼른 받으라는 듯이 손짓했다. 나도 고개를 끄덕였다.

언니는 정원이 보이는 큰 창가로 가서 전화를 받았다. 선화는 경희 언니의 뒷모습을 보며 말했다.

"경희 언니 얼굴이 확 폈네. 다행이다. 그치?"

"글쎄."

나는 그렇게 답하며 짧게 진동이 울린 휴대폰을 확인

했다.

[안 간지가 하도 오래 돼서 까먹고 있었는데, 해망산 정상 근처에 기도터가 있어. 거기에 뱀 모양을 한 커다란 바위가 있었어. 혹시 어릴 때 본 게 그거 아닌지 확인해 봐.]

신어머니가 보낸 문자였다. 통화 중인 언니 목소리가 조금 커졌다. 얼핏 통화 내용이 들렸다.

"벌써요? 아네요. 그대로 계약 진행해 주세요. 네, 수고해요."

전화를 끊은 경희가 밝은 얼굴로 돌아왔다.

"벌써 건물 산다고 연락이 왔다네. 이제야 운이 다시 트이나 봐. 건물 내놓고 나니 다 술술 풀리는 것 같아."

"언니. 어릴 때 봤다는 그 뱀이요. 해망산 정상에서 봤어요?"

"글쎄, 어디쯤이었는지는 잘 모르겠네. 갑자기 그건 왜?"

"좀 이상하다 싶어서요. 그렇지 않아요? 귀신인들, 복수를 하려면 언니한테 해야지 왜 애먼 사람들을 잡아가요? 게다가 언니가 가진 건물이 몇 챈데 고작 그 세 채 값 떨어뜨리는 걸로 한이 풀려요?"

"그건…."

경희 언니가 눈을 껌벅였다. 순진한 표정 때문에 순간적으로 나이보다 훨씬 어려 보였다.

"건물 산다는 사람이 누구래요?"

"몰라? 안 물어봤어. 그건 왜?"

"산다는 사람이 누군지 확인부터 해봐요. 아직 계약하지 말라고 하고요."

"알았어."

다급히 재촉하자 경희 언니가 테이블 위에 내려놓았던 휴대폰에 손을 뻗었다. 언니 손이 닿기 전에 다른 손이 막아섰다.

"따라오길 잘했지. 이래서 사람이 함부로 방심하면 안 된다니까."

선화가 경희 언니의 휴대폰을 뺏어들고 말했다. 익숙한 얼굴에 걸린 조소가 낯설었다.

선화가 내 뒤쪽을 향해 눈짓했다. 황급히 돌아보았다. 머리에 둔탁한 통증이 일었다. 눈이 감겼다. 가물거리는 시야로 기사가 입고 있던 검은 정장이 보였다.

***

미식거리는 속에 헛구역질을 참으며 눈을 몇 번 깜박였다. 감각이 온통 둔했다. 입에는 재갈이 물려 있었고 결박된

팔다리는 꿈쩍을 안 했다.

나는 깜깜한 사위를 둘러보았다. 소리를 내지 않고 눈을 굴렸다. 바로 옆에 누워 있는 경희가 보였다. 상처나 피는 보이지 않았으나 창백한 얼굴은 눈을 감은 채였다. 우리는 비탈진 흙바닥에 누워 있었다. 울퉁불퉁한 땅에 등이 배겼다. 신발이 벗겨져 있어 발이 시렸다.

두런거리는 대화 소리가 들렸다. 대화에 귀 기울였다. 하나는 익숙한 선화의 목소리였고, 하나는 좀 더 앳된 목소리였다.

"내일 근육통 진짜 심할 것 같아."

"저 파스 있는데 드릴까요?"

"이따가. 근데 삼촌은 뱀을 대체 어디 둔 거야?"

"고모부가 분명히 여기 둔다고 하셨는데, 연락드려 볼까요?"

"휴대폰도 두고 왔는데 연락을 어떻게 하게?"

"아…."

"쉭쉭 거리는 소리라도 내 봐. 반응할 수도 있잖아."

나는 눈을 가늘게 뜨고 선화의 곁에서 무언가 찾는 듯 바위 아래를 기웃거리는 여자를 보았다. 머리를 질끈 묶은 젊은 여자는 차를 가져다준 가사도우미였다. 두 사람은 마대자루 위에 서 있었다. 두 사람이 입은 두꺼운 검은 우비가 펴

덕거렸다.

“그냥 둘 다 추락사하면 안 돼요?”

“그렇게 대충 넘기면 빈틈이 생긴다고 내가 몇 번을 말하니? 경찰이 나중에 이 근처에서 케이지에 든 뱀 발견이라도 해 봐. 백 프로 타살로 몰리지. 십 분 아끼려다가 십 년 감옥에서 썩을래?”

여자에게 눈을 부라리며 낯선 단어를 뱉는 선화의 얼굴에 푸른 달빛이 깃들었다. 이 상황보다 그 낯선 얼굴이 털을 삐죽 서게 했다. 나는 공포를 억누르며 손목을 단단히 감싼 부드러운 재질의 천을 풀려 애썼다.

양쪽으로 손목을 비틀다가 그만 바닥의 돌부리를 툭 쳤다.

“잠깐만, 방금 무슨 소리 들렸지.”

선화의 말에 입으로 쉭쉭 소리를 내던 여자가 고개를 갸웃했다.

“못 들었는데요?”

저벅저벅 다가오는 발걸음 소리에 눈을 감았다. 심장이 튀어나갈 것만 같았다.

“깼나?”

눈을 감고 있음에도 무언가 얼굴 근처로 다가온 게 느껴졌다. 선화가 혀를 끗 차는 소리가 들렸다.

"언니, 오늘 이 집에 오지만 않았어도, 우리 다 행복할 수 있었는데 왜 그랬어요. 우리는 헐값에 건물 사서 기쁘고, 경희 언니는 마음의 짐을 덜어 기쁘고, 언니는 세상일에 관심이라곤 없는 척하면서 평소처럼 하릴없이 집에서 동희 걱정이나 하면서 지낼 수 있었을 텐데. 모아둔 돈이나 야금야금 아껴 쓰면서."

나는 선화가 조곤조곤 속삭이는 말에 아무런 반응도 하지 않으려 애썼다.

"계약은 잘 된 거죠?"

여자가 걱정스러운 목소리로 물었다. 따갑게 느껴지던 선화의 시선이 거두어지는 것 같았다. 내 얼굴 바로 앞까지 다가왔던 인기척이 멀어졌다. 완전히 멀어진 소리에 실눈을 떴다. 아까보다 가까워진 선화와의 거리에 선화가 신은 신발이 보였다. 내 운동화였다.

"그럼. 아까 옥련이가 남편이랑 가서 도장 찍었댔어."

익숙한 이름에 눈을 질끈 감았다. 옥련이까지 한 패일 줄은 몰랐다.

믿을수록 배신이 더 무섭더라고.

경희 언니의 말이 매섭게 속을 헤집었다.

"혹시 소문 때문에 건물 가격이 더 떨어지거나 그러진 않겠죠?"

여자는 불안한지 재차 확인했다. 선화가 귀찮은 듯 한숨을 쉬었다.

"허실시청 주택정책계장이 이쪽 재개발 다시 진행될 거라 그랬다니까? 삼 년만 지나 봐. 실종 사건 같은 건 다 까먹고 건물은 배로 값이 뛸걸? 찾았다."

플라스틱이 부딪치는 달그락거리는 소리가 들렸다. 실눈으로 보니 선화가 바위틈에서 반투명한 플라스틱 박스를 꺼내는 게 보였다. 하얀 박스가 어스름한 달빛을 반사했다. 안에 있던 뱀이 똬리를 풀며 쉬익 거리는 경고음을 냈다.

"넌 얼른 바닥에 발자국이나 지워."

선화의 말에 여자는 가방에서 접힌 포대 자루 하나를 꺼내 들었다. 원래 밟고 있던 포대 자루 옆에 새 포대를 약간 떨어뜨려 놓은 여자는 그 위에 엎드려 바닥을 기듯이 다니며 구불구불한 흔적을 냈다.

선화는 플라스틱 박스를 톡톡 쳤다. 뱀이 점점 똬리를 깊게 말며 쇳소리 비슷한 쉭쉭 거리는 소리를 냈다.

"겨울잠에서 깬 지 얼마 안 돼서 예민하구나?"

달칵. 플라스틱 용기를 여는 소리가 났다. 선화가 다가오는 소리가 들렸다. 아까 느꼈던 둔탁한 머리의 통증 때문인지 머리가 멍했다. 이 상황을 타개할 방법이 떠오르지 않았다.

아까와 달리 선화는 내 앞이 아니라 경희 언니 앞에서 멈췄다.

"언니, 너무 억울해하지 마. 원래 불행이라는 게 죄 안 지어도 오는 거야. 노력하고 열심히 살면 나도 언젠가 금팔찌 하나쯤은 하고 살 줄 알았지. 근데 장사가 아무리 잘 돼도 남편 병원비에, 오르는 대출 이자에, 물가에. 온 관절이 닳도록 일하는데 계속 제자리인 기분 모르지? 언니는 가만히 앉아 있어도 돈이 불어나잖아."

선화는 혼자 주절거렸다. 평소보다 훨씬 낮은 목소리 톤 때문에 꼭 다른 사람 목소리 같았다.

뱀이 선화의 장갑 낀 손에 머리를 잡혀 쉬익거리며 몸을 비틀었다. 허공에서 몸을 휘젓는 뱀의 그림자를 똑똑히 볼 수 있었다. 카악거리던 뱀은 선화의 손아귀를 벗어나지 못하자 몸을 선화의 팔목에 칭칭 감았다. 선화는 다른 한 손으로 그리 크지 않은 뱀의 몸을 팔에서 떼어냈다. 흙과 비슷한 갈색 뱀 머리를 경희 언니의 드러난 발목에 가져다 대는 모습이 보였다.

"안 돼."

나는 결국 참지 못하고 입을 열었다.

"역시 깨어 있었네."

선화는 예상이라도 한 듯 자연스럽게 나를 돌아보았다. 눈이 마주친 순간 등줄기에 식은땀이 흘렀다. 검은 우비 모자를 쓴 탓에 동그랗게 얼굴만 드러난 선화의 모습이 악귀보다 무서웠다.

"차도 얼마 안 마셨는데 꽤 오래 기절해 있다 했어."

바닥을 기듯이 다니던 여자가 놀라서 하던 일을 멈추고 그들을 보았다.

"뭐해? 하던 거 해."

선화는 뱀을 케이지에 넣고 뚜껑을 닫았다. 반찬통 뚜껑을 닫을 때처럼 평온한 얼굴이었다. 나는 몸을 일으키려 애쓰며 묶인 팔을 버둥거렸다.

선화는 뱀이 든 케이지를 바닥에 두고는 내게 다가왔다.

재갈 때문에 비명이 밖으로 새어 나가지 않았다. 온몸을 뒤틀며 반항했다. 다가오지 못하도록 묶인 발로 선화를 차려 애쓰자 선화가 다가오다 말고 혀를 쯧 찼다.

"괜히 피곤하게 하지 말자. 그래 봤자 아무것도 안 바뀌어. 여기 사유지야. 이 시간에 누가 여기 올 것 같아? 은퇴한 돈 많고 몸 무거운 노인네들이?"

선화는 안개와 달빛만 깔린 고요한 숲을 둘러보며 말했다. 나는 이곳이 해망산임을 깨달았다. 차를 타고 오는 내내 창밖으로 보였던 물푸레나무가 보였다.

묶인 팔다리를 비틀며 소리를 내려 애썼지만 재갈 탓에

목에선 끓는 소리만 났다. 목이 잡힌 뱀처럼 온몸을 펄떡거렸다. 선화가 마음대로 되지 않는 상황에 짜증스럽게 한숨을 내쉬었다.

"안 되겠다. 와서 좀 잡아."

여자가 우스꽝스러운 자세로 바닥을 기다 말고 일어나 다가왔다. 2대 1까지는 자신이 없었다. 희망을 잃은 몸에 절로 힘이 빠졌다. 동희한테 인사라도 해 둘 걸 그랬다. 젊은 여자가 내 몸 위로 무릎을 올렸다.

순간, 챙, 하고 높은 금속 부딪치는 소리가 울려 퍼졌다. 갑작스런 굉음에 여자가 움찔 놀라며 균형을 잃었다. 나는 옆으로 구르듯이 몸을 휙 뒤집으며 여자를 밀어냈다. 여자가 울퉁불퉁한 바닥에 나동그라지며 신음을 흘렸다.

"뭐 하는 거야?!"

선화가 여자에게 쏘아붙이며 주위를 두리번거렸다. 자신들의 존재를 확인 시켜주듯이 채챙, 하고 같은 소리가 다시 울렸다. 익숙한 리듬감이었다. 나는 그 높은 금속음이 무슨 소리인지 깨달았다.

"여기예요!"

사부작거리는 한복 소리와 함께 앳된 여자 목소리가 들렸다. 목소리가 우렁찼다. 꽹과리를 든 채로 손을 흔드는지 절그럭절그럭 소리가 났다. 여자는 다시 꽹과리를 세게 쳤다.

멀리서 사람들이 웅성거리는 소리가 들렸다. 컹컹 크게 짖는 개 소리도 들렸다. 누군가 우리를 찾으러 온 게 분명했다.

"어, 어떡해요?"

나동그라졌던 여자가 말을 더듬으며 선화에게 매달렸다. 선화는 예기치 못한 상황에 당황했는지 굳어 있었다. 웅성거리는 소리가 점점 가까워졌다. 미동이 없는 선화를 보채던 여자는 흔들던 선화의 팔을 밀치듯 놓고 어둠 속으로 달아났다. 달빛에 의지해 그림자 속으로 숨어드는 여자의 발치에 무언가 채여 굴러갔다.

"다 왔는데, 벗어날 수 있었는데…. 너희만 희생하면 최소한 수십 명은 더 행복해 질 수 있는 일인데…!"

선화가 중얼거리는 소리가 귓전에 울렸다. 지옥의 문턱에서 동아줄을 놓친 사람처럼 허망한 목소리로 고장 난 기계처럼 같은 말을 반복했다.

선화가 희번덕 눈을 돌렸다.

"아직 안 늦었어."

선화가 손을 치켜들었다. 손에 언제 주웠는지 모를 주먹만 한 돌멩이가 들려 있었다. 끝이 날카롭고 울퉁불퉁했다. 선화는 치켜들었던 돌멩이를 아래로 내리찍었다. 계속 선화를 주시하고 있던 나는 몸을 굴려 피했다. 바닥의 돌부리가 뺨을 스쳤다. 통증이 느껴지니 순간적으로 정신이 번쩍 들었다.

"악!"

바닥을 돌로 내려찍은 선화가 비명을 질렀다. 멀어지려 두어 번 더 구른 뒤에 선화를 쳐다보았다. 선화의 팔을 무언가 감싸고 있었다. 꿈틀거리는 가느다란 그림자. 뱀이었다. 바닥에 뚜껑이 열린 플라스틱 케이지가 보였다. 도망가던 여자의 발에 채여 구르다 헐거운 뚜껑이 열린 듯했다.

"저리 가!"

떼어내려는 선화의 억센 손아귀를 피해 뱀은 순식간에 검은 우비 소매 안으로 들어갔다. 선화는 팔을 조이며 올라오는 뱀의 꼬리를 잡으려 애썼다.

멀리서 들리던 어수선한 웅성거림은 점점 말소리로 바뀌었다.

"흩어져서 움직여!"

이리저리 움직이며 어른거리던 흰 빛의 테두리가 선명해졌다. 손전등을 비추는 경찰의 목소리가 들렸다.

순간적으로 얼굴을 비친 불빛에 눈이 부셔 눈을 찌푸렸다. 우리 모습을 보고 놀란 숨을 들이쉰 경찰이 서둘러 다가왔다. 호루라기 소리가 들렸다.

"이쪽입니다!"

"무기 버리고, 손들어!"

손전등의 빛이 뱀을 떼어내려 검은 우비를 벗어던지는 선화를 비췄다.

경찰들이 달려오는 발소리가 들렸다. 안도감과 함께 온몸의 힘이 빠졌다. 급히 다가온 경찰 중 하나가 입에 물린 재갈을 풀어주었다.

"괜찮으십니까?"

떨어진 선화의 검은 우비 속에서 기어 나온 뱀은 혀를 날름거리며 소동 속에서 조용히 바닥을 기어 어둠 속으로 사라졌다.

나는 그 유유한 움직임을 눈에 담고 까무룩 정신을 잃었다.

"의사 선생님이 안정 취하라고 하셨는데, 꼭 지금 얘기를 하셔야겠어요?"

동희가 못마땅한 얼굴로 눈치를 줬다. 뱃심으로 말을 하는지 소리가 틈도 없이 단단했다. 형사 둘이 민망한 얼굴로 뒷목을 쓸었다. 나는 동희의 옆얼굴을 보았다. 처음 듣는 낯선 목소리로 말하는 동희가 낯설었다.

"됐어. 어차피 피해자 진술해야 한다잖아."

잠긴 목 때문에 헛기침을 하자 동희가 얼른 물을 따라주었다. VIP용 1인 병실은 쾌적했다. 경희가 비용을 대겠다고 우겨서 이곳에 입원한 상태였다.

"근데 이분들은…."

동희가 형사 뒤에 서 있는 여자 둘을 보며 고개를 갸웃했다.

"아, 이분들은,"

형사가 뒤에 서 있던 여자 둘을 가리켰다. 그들이 소개하기도 전에 나는 고개를 끄덕였다.

"구해주셔서 감사합니다."

등 각도를 조절한 의료용 침대에 기대앉은 채로 고개를 꾸벅 숙였다.

"알아보시네요. 이분들이 신고해 주신 덕분에 저희가 때맞춰 갈 수 있었습니다."

"처음 뵙겠습니다."

경찰 뒤에 서 있던 여자 중 하나가 한 발짝 앞으로 나섰다. 쪽머리 가르마가 아주 반듯했다. 가까이서 보니 나보다 서너 살쯤 어려 보였다. 짙은 눈썹이 전보다 자연스러웠다.

꽹과리 소리를 들었을 때 어느 정도 예상했지만 역시나 기도터에서 봤던 무당이었다. 기도할 때 졸다가 혼이 났던 새끼무당이 뒤에서 동희를 힐끔대는 게 보였다. 반짝이는 눈에 호기심이 가득했다.

경희 소유의 산에 그 밤중에 무당들이 올라가 있던 이유야 빤했다.

“저 때문에 기도 망치신 거 아닌가 몰라요.”

내 말에 무당의 눈에 이채가 서렸다.

“망치기는요. 무사하셔서 다행이에요. 백록선녀님이 저한테 애기 데리고 기도 좀 다녀오라셨는데 이제야 이유를 알 것 같네요.”

익숙한 이름에 얼떨떨하게 되물었다. 백록선녀. 내 신어머니의 신명이었다.

“네. 저희는 이제 서울로 올라가려고요. 인사드리고 가고 싶어서 왔어요. 또 뵐 수 있으면 좋겠네요.”

공손히 인사하는 여자 뒤에서 형사들이 이게 무슨 상황인가 하는 눈짓을 빠르게 주고받았다. 나는 동희의 얼굴을 살폈다. 동희는 눈이 마주치자 얼른 인사하라는 듯이 덤덤한 얼굴로 눈짓했다.

“네. 기회 되면 또 봬요.”

내 대답에 여자는 미소 지었다. 동희와 형사들에게 차례로 인사를 한 무당은 병실을 먼저 나섰다. 두리번거리던 새끼무당도 꾸벅거리더니 그 뒤를 졸졸 쫓아갔다. 그 모습이 영락없는 새끼오리라 웃음이 났다.

눈을 굴리던 형사 하나가 뒷주머니에서 수첩을 꺼내 들며 다가왔다.

"아시는 건 다 말씀해주시면 감사하겠습니다. 피의자랑 원래 알던 사이셨던 걸로 아는데 맞습니까?"

나는 잠시 입을 달싹거렸다.

"…꽤 오래 알았죠. 친했어요."

동희는 조용히 병실을 나갔다. 환한 병실에서 꽤 오랫동안 형사의 질문에 답했다. 단어로 설명할 수 없는 감정이 불쑥불쑥 치솟아서 진술하면서 자주 호흡을 가다듬어야 했다.

질의응답을 마치고 수첩을 접은 형사가 멈칫했다.

"이건 개인적인 질문인데, 뭐 하나 물어봐도 되겠습니까?"

형사는 머뭇거리다가 입을 열었다.

"사실 이번 사건 피의자 중에 제가 아는 사람도 있는데…, 도저히 그럴만한 사람이 아니거든요."

형사가 뒷머리를 벅벅 긁었다.

"아까 보니까 무슨 무당 그런 것 같아서요. 혹시 사람들이 말하던 그 뱀 귀신이 사람들을 홀린 걸까요? 뭐, 빙의…, 그런 거?"

형사는 말하면서도 이게 아니다 싶은지 미간을 꾸깃거렸다.

"…그랬으면 좋겠네요."

쓰게 웃으며 답했다. 애매한 대답에 잠시 침묵하던 형사가 자리에서 일어났다.

"예, 시간 내 주셔서 감사합니다. 몸조리 잘하세요."

형사들이 떠났다. 창밖으로 구름 낀 하늘이 보였다. 혼란한 사람들 사이로 유유히 멀어져가던 뱀의 꼬리처럼 길게 눈물이 볼을 타고 흘렀다. 선화의 넋 나간 중얼거림이 귓가를 맴돌았다.

손으로 얼굴을 덮었다. 무엇을 위한 것인지 모를 흐느낌이 새어 나왔다. 과거를 되짚어 본다고 변할 게 없음을 알면서도 자꾸만 돌아보게 되었다. 선화의 마음에 있던 깊은 굴을 보지 못한 스스로의 무심함이 미안해서.

누군가에게는 받들 신이 되고, 누군가에게는 물리칠 악이 되는 뱀신의 모습으로 선화가 내 마음에 깊은 굴을 팠다.

뱀 귀신의 납치라고 소문이 돌았던 허실시의 연쇄 실종 사건은 범인이 밝혀지며 일단락되었다. 범인은 곳곳에 숨어 있던 믿음직한 이웃들이었다. 성실하고 친근한. 누가 이 일을 전적으로 주도했는지에 대해 사람들은 입을 닫았다. 어떤 이는 그들이 단체로 뱀 귀신에 홀린 게 틀림없다고 말했다. 그것이 정말 인간의 악독한 욕심에서 비롯된 사건인지, 귀신에 홀려 벌인 짓인지, 내가 답을 내리기는 어려울 것 같다.

하지만 그 일의 당사자이기도 한 무당 김미령 씨가 그 후로 뱀이 깨어나는 경칩마다 해망산 정상의 뱀 바위 앞에서 매해 큰 굿판을 벌인다는 사실은 그 사건이 귀신 짓이 아니었을까 하는 희망을 품게 한다. 무당 김미령 씨의 주도하에 크게 열리는 용놀이* 굿은 화려한 볼거리를 선사하므로, 아름다운 해망산의 풍경과 함께 관광으로서도 추천한다.

-20■■년 ■■월, 뱀 귀신과 관련해 수집한
「사굴기담」 조사를 마치며, 진설주(향토사 연구자)

* 굿판에 든 부정한 구렁이를 없애는 내용으로 이루어진 굿놀이.

서울아랑에듀 학원 전설

|

김영민

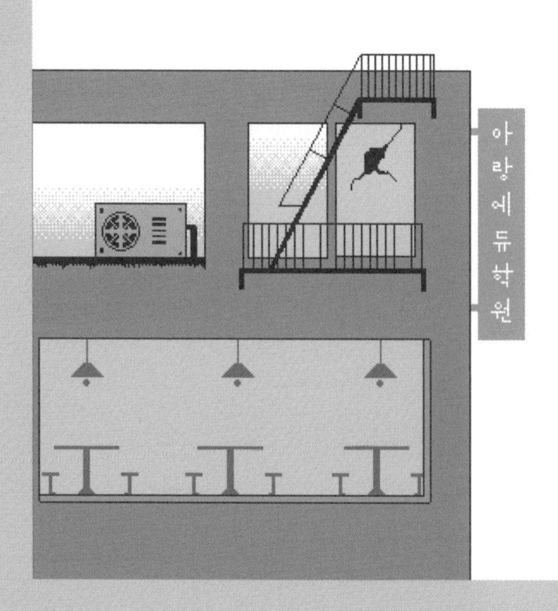

2022년 11월 28일, 수능 수학 강사로 일하던 학원에서 권고사직을 권유받은 후 맞이하는 첫 번째 날 아침 권고사직 이야기를 꺼낸 장본인인 원장에게서 전화가 걸려 왔다.

"성덕 씨, 새 일자리는 알아봤어?"

"아직입니다."

하루도 채 지나지 않아 새로운 일자리를 구할 수 있을 만큼 내가 뛰어난 강의력을 가지고 있다고 원장은 생각하지 않았을 테다. 내가 자초한 일이라고 자각하자 입에서 쓴맛이 났다.

"아무래도 요새 학원 강사 자리가 잘 안 나지. 다시 생각해도 미안하게 됐어. 그래도 내 입장을 생각해줘. 학원의 이익이 우선이니까."

"아닙니다."

새로 개원한 학원에 스타팅 멤버로 들어갔다. 여기서 평생 일하자고 원장과 약속했지만 내 맘 같지 않게 잡음이 계속 이어졌다. 전까진 멀쩡하던 몸이 여기저기 아픈데다 음주 운전자에게 교통사고까지 당하고 코로나까지 걸려 시험 대비 기간 한 달 반을 통째로 날린 탓에 원생이 떨어져 나갔다. 복귀 후 수업에서는 기본적인 계산 실수부터 식을 잘못 세우는 데다 아예 문제에 접근조차 못 하는 모습을 보이며 진도를 거의 못 나가는 일이 벌어졌다. 당시에는 저주에 걸렸다고 생각했지만 지금 와서 생각해보면 거품이 빠진 나의 본 실력이 드러났을 뿐이다. 결정타는 학생과의 메신저를 통한 연락이었는데, 공부를 잘하고 학구열이 뛰어난 학생이라 평소에도 좋은 수학 문제를 발견할 때마다 메신저를 통해 보내주었다. 학생의 어머니가 그걸 보고 내가 학생에게 집적거렸다며 나를 범죄자로 몰고 고소를 할 것이며 주위에 소문을 퍼트리겠다고 협박했다. 실제로 다른 학원 강사에 의한 학생들의 피해가 발생하곤 했던 탓에, 나는 그것과는 다른 경우라고 최대한 오해를 풀고자 겨우 면대면 대담을 통해 사태를 진화했지만 그 사이에 많은 원생이 떨어져 나갔다. 아마 그쯤 원장은 권고사직을 결정했으리라. 그 전부터 나는 학원에 손해만 끼쳤기에 타이밍을 재고 있었을 테다.

"마음이 영 불편해."

겉치레를 갖춘 말은 그만 듣고 싶다.

"용건이 무엇인가요?"

"내가 여기저기 알아보다가 다른 학원 강사 빈 자리를 찾았는데. 한번 해보지 않겠어?"

"아, 그런가요."

"어때? 명예 회복해야지. 성덕 씨 이야기는 안 했어."

"다른 일 알아보고 있습니다. 자신감도 너무 떨어지고, 제 교육관이 통째로 부정당한 것 같아서요. 이쪽 일은 그만두려고…."

"그런 약한 소리 하지 말고. 남자는 자신감이야. 이대로 은퇴하면 억울하지 않아?"

은퇴라는 단어를 붙일 만큼 나는 대단한 사람이 아니다.

"학원 이름이 뭔가요?"

"서울아랑에듀 학원인데, 좀 멀어. 이름에 들어간 서울은 그냥 붙인 거고, 학원은 허실시에 있어."

여기는 대구다. 잠시 머릿속이 멍해졌다. 허실시까지는 대략 200킬로미터 떨어져 있다.

"…허실시요?"

"응. 거처를 옮겨야 하긴 하겠지만 새로운 장소에서 도전하는 것도 괜찮을 거야."

"명예 회복을 하려면 여기 대구에서 해야 하지 않을까요."

"그게 이 주변에 성덕 씨 소문이 생각보다 많이 퍼졌더라고…. 물론 잘못된 소문인 걸 나는 알지만 어떻게 해볼 방법이 없어."

"소문이라 하면."

"선생이 학생을 꼬시려고 들이댄다, 밤마다 카톡으로 이상한 사진을 보낸다, 그런 류의."

"아. 그렇습니까."

너무 억울해서 입을 앙다물고 스스로를 진정시켰다. 이제 보니 이 인간이 나를 일부러 자르기 위해 소문을 퍼트린 건 아닌가 하는 생각이 들었다. 하지만 을은 어쩔 도리가 없다.

"일단 타지역에서 다시 실력을 키운 뒤 금의환향하는 것도 괜찮지 않을까 싶어."

"그렇군요."

"어때?"

대구로 돌아오는 게 금의환향이면 허실시로 가라는 제안은 유배인 걸까. 굴욕적인 제안 같지만 거절하기는 쉽지 않다. 내가 강사로서 소질이 없을진 모르지만 그나마 제일 잘하는 게 수능 수학 강의다. 화학과를 졸업했지만 막상 화학은 잘 못 하고 그쪽으로는 취업 준비도 안 했다.

"그런데 어떻게 허실시에 있는 학원 사정을 아시네요. 그 학원도 그 주변에서 사람을 구하면 될 텐데요."

"거기가 지금 문제가 있어서 말이야."

"저처럼 원생에게 집적대는 선생이 있었나요?"

"그건 아닌데. 성덕 씨 괴담 좋아하지 않나?"

난데없이 튀어나온 단어에 나도 모르게 움찔했다.

"…아예, 뭐 괴담 재밌죠."

"거기 학원에서 강사가 여럿 실종돼서 말이야. 거기 학원 이사가 내 친구거든. 이대로면 문을 닫아야 할 판이지만 그 친구는 학원에 모든 걸 걸었다면서 절대 포기할 수 없다더라고. 산전수전 다 겪은 친구야."

동네 학원에 이사가 있는 것도 이상하지만 실종이란 단어가 귓가를 맴돌았다. 학원이 신주쿠역 괴담마냥 길을 잃고 실종된다는 뜻인지 다른 세계로 빨려 들어가는 구멍이 학원 내에 존재한다는 것인지는 모르겠지만 위험한 건 확실하다.

"조건이 좋아. 비율제가 아니고 기본급인데 쎄. 거기다 맡아야 하는 학생은 단 한 명밖에 없다는데. 공부도 못 하고 관심도 별로 없어서 선생이 문제 풀다 몇 번 실수해도 학생은 몰라."

"그건 다행이군요. 얼마든지 실수해도 된다는 편한 마음가짐으로 할 수 있겠네요."

일부러 비꼬아 봤지만 원장은 별 반응이 없다.

"해볼 거야?"

만약 나까지 실종되면 어쩐다. 위험부담이 있지만 원장의 말이 사실이라면 편한 조건인 것도 분명하다. 거기다 실종될 수도 있다는 긴장으로 가득한 나날을 보내면 우울감도 좀 가실지 모른다.

****

일은 일사천리로 진행되어 첫 출근을 했다.

어제 곧바로 학원 근처에 조건이 좋은 방까지 마련했다. 학원 이사와 통화했더니 당장 내일부터 출근하란다. 맡은 학생이 한 명밖에 없어 수업에 대한 이야기는 금방 끝났다. 여러모로 파격적인 조건이었지만 문득 불안감이 엄습했다. 마침 학원 근처에 조건이 좋은 원룸까지 얻은 것이 마치 누군가 파놓은 함정 같았다. 이런 유혹에 이끌려 강사 여러 명이 실종됐을지도 모른다.

학원은 빌딩 5층에 있었다. 10층짜리 빌딩엔 비어 있는 공간 없이 상가나 점포가 가득 들어차 있다. 참고삼아 확인해본 화장실의 청결 상태도 좋았다. 강사가 실종된 학원이 위치한 빌딩치곤 지나치게 평화로웠다. 다른 상가에 소문이 퍼지지 않은 것인지 아니면 연이은 실종 정도로는 이 학원을 기피할 필요가 없는, 별일 아니라고 생각했는지는 모르겠다.

학원 입구의 유리문을 열자 흰색으로 깔끔하게 마감한 벽이 눈에 들어왔다. 정면에는 카운터가 있고 그 뒤로 빨간색의 학원 마크가 새겨져 있다. 벽걸이 TV에선 수학자들의 일생을 다룬 다큐멘터리가 무음으로 방송 중이었다. 카운터 담당 선생님은 인상이 좋은 20대 중반으로 보이는 여성이다. 여러모로 평화로운 학원 같았다. 다만 인기척도 없이 조용한 게 생활감이 없어보였다. 여성과 인사를 주고받는데 오른쪽에서 문이 열리더니 떡대 좋은 아저씨가 나와 악수를 건넸다.

"어제 전화한 주재관. 이사. 들어오세요."

안으로 들어가니 작은 원탁 위에 커피와 다과가 놓여 있었다. 종이컵에 담긴 커피에서 김이 피어올랐다. 마치 내가 엘리베이터에 탑승하는 모습을 보고 방금 커피를 제조한 것 같았다.

"원장 선생님은 볼일 보느라 잠시 나갔고. 먼 길 오느라 고생했지요? 어떻습니까? 학원 첫인상은."

"깔끔하고 좋네요. 그… 사람이 실종되었다고는 믿기지 않을 정도로요."

이사의 얼굴이 살짝 굳었다가 곧 풀어졌다.

"그게, 실종이 아니고. 그냥 연락이 안 되는 것뿐이라. 우리도 당황스럽지. 선생들이 일주일도 못 넘기고 그만두니까. 성덕 씨는 안 그만둘 거죠?"

"그거야 저는 그러고 싶죠."

이사가 호탕하게 껄껄 웃은 후 나를 노려봤다.

"성덕 씨. 내가 어떻게 살아왔는지 알아요?"

커피를 마시려다 갑자기 뭔 소린가 싶어 컵을 도로 내려놓았다.

"내가 열아홉 살부터 돈을 벌기 시작했거든. 대학은 안 갔고. 젊은 나이에 오리회전꼬치구이 가게를 호기롭게 차렸는데 망했고. 스크린골프장도 차렸는데 망했고. 와이프랑은 이혼하고. 운전학원 강사도 하고. 태권도장도 차리고. 학원 차량 운전도 하고. 얼마나 치열하게 살아왔는지 알아요. 그러다가 과외 중개하는 회사 차리고. 홍보를 존나게 했어. 선생이랑 학생 매칭 시켜주고 첫달 과외비만 내가 챙기고 그 이후로는 일절 손 안대고 싹 다 선생이 가져가는. 진짜로 존나게 뛰어다녔거든. 처음 몇 달은 수입보다 전단지로 나가는 돈이 더 많았다니까."

"아, 네."

"내가 비록 대학은 안 나왔지만 사람 보는 눈은 있어요. 내가 인맥이 얼마나 빵빵한데. 현 프로야구 감독이 내 아는 친한 동생이라니까. 선생님하고도 처음 몇 마디 나눠보면 알아요. 아, 이 선생이 잘 가르칠지 말지. 그렇게 쳐낼 사람 다 쳐내고. 그거 알아요? 내가 학원 여러 군데 망하게 한 거. 내가 전단지 돌린 아파트 근처 학원은 다 망하고 내 회사 선생들이 다 잡았다니까. 진짜라니까."

여러 군데 망하게 한 학원 리스트에 이곳이 추가되는 거 아닌가 생각하다 하마터면 웃음이 나올 뻔했다. 필사적으로 입술을 깨물었다.

"대단하신데요."

"내가 홍보는 존나게 하거든. 전쟁이야. 어차피 내가 살면 한 명은 죽어야 돼. 도덕적 죄책감 따위 없어. 내가 보기에 성덕 선생님은 잘할 거 같은데. 내가 사람은 잘 보거든."

"감사합니다."

"안 그만둘 거죠?"

"저도 그러고 싶은데 그러려면 그 실종…이 아니라 선생님 여러 명이 연락이 끊긴 건에 대해 좀 알아야 할 것 같습니다."

이사가 머리를 긁으며 인상을 찌푸렸다.

"그거는 나도 정말 잘 몰라. 아프다고 하지를 않나. 헛것이 보인다는둥. 무섭다는둥, 환청이 들린다는 둥 변명을 하다가 며칠 만에 다 잠수를 탄다니까. 내가 첫날부터 얼마나 잘 해줬는데. 내가 말이죠, 그 사람들이랑 연락 닿잖아? 진짜로 죽여버리려고."

정말 사람을 잘 본다면 미연에 방지할 수 있지 않았을까.

"속상하시겠습니다."

"안 그만둘 거죠?"

이사가 협박의 의도가 다분한 말투로 물었다.

"그러겠습니다."

이사가 또다시 호탕하게 웃었다.

"아, 맞다. 성덕 선생님, 그 여기서는 학생이랑 메시지 주고받고 그러면 안 되는 거 알죠?"

얼굴이 화끈 달아올랐다. 망할 이전 학원 원장이 무슨 말을 한 거람.

"다른 뜻이 아니고, 나랑 전에 같이 일한 선생 한 명이 그랬다가 학부모한테 항의를 받아서. 성덕 선생님 얘기가 아니라. 하하. 그러면 일단 교무실로 가볼까요. 안내 해줄게 내가."

학원 강사 중 사적으로 학생한테 연락하며 범죄를 일으킨 사례가 얼마나 많으면 그 썩어빠진 녀석들 때문에 나까지 이렇게 엮여버린 건가…. 나는 불쾌한 내색을 감추며 이사 뒤를 쫓아 교무실 안으로 들어갔다. 화이트보드와 복합기, 벽에 붙은 커다란 책장과 책상이랑 의자 여러 개가 있는 깔끔한 공간이었다. 나랑 연배가 비슷한 남자가 책상 의자에 앉아 있다 나를 돌아보고는 자리에서 일어섰다. 키가 크고 말랐으며 선이 가는 인상이다.

“시욱 선생님, 여기 오늘 새로 온 성덕 선생님입니다. 인사하세요. 여기는 정시욱 선생님이라고, 우리 학원에서 스카이반 담당하는 선생님. 실력 엄청 좋은 우리 학원 에이스지. 물론 성덕 선생님도 잘 하지만.”

나도 이전 학원에서 ‘SKY 반’을 담당했기에 속이 쓰라렸다. 가볍게 인사를 주고 받으니 이사가 빈 책상을 가리켰다.

“성덕 선생님 자리는 여기. 내가 제일 좋은 자리 비워놨다니까. 햇볕도 잘 들고. 이 안에서 유일하게 남동향으로 창이 나 있잖아. 다른 책상은 햇빛 하나 안 들어. 옆에 식물도 많고. 이게 공기 정화를 한다던가?”

책상이 붙어 있는 벽에 회색 암막 커튼이 달려 있고 그 틈으로 햇살이 통과해 책상 위 일부분을 비추고 있었다. 책상 위 소형 책장에는 중학교 수학 문제집과 파일, 공책과 시집 그리고 사용 안한 종이컵이 있었다. 책상 왼쪽 바닥엔 커다란 화분이 열 개는 넘게 있고 화분마다 키 큰 식물이 잎을 무성하게 늘어트리고 있다.

이사가 어디서 분무기를 가져와 식물에 물을 뿌렸다.

"물은 내가 줄 테니 걱정 마요. 자주 줘야 되거든. 책상 위에 있는 건 다 써도 될 거야. 그러면 궁금한 건 시욱 선생님에게 물어봐요. 나야 수학은 잘 모르니까. 그냥 선생님들 믿고 맡기는 거지. 하하. 곧 있으면 원장 선생님 오실 텐데 물어봐도 되고. 두 시간 후에 수업이죠? 그럼 고생하세요."

이사가 나가고 자리에 앉자마자 눈이 시려와 나도 모르게 눈을 감쌌다. 눈이 민감해 평소 좁은 틈으로 들어오는 햇빛에도 눈이 아파왔다. 암막 커튼으로 창문을 완전히 가리려 했지만 길이가 짧아 부족했다.

"왜 그러세요?"

시욱 선생님이라 불린 남자가 묻자 나는 사정을 설명했다.

"그랬군요. 그럼 자리 바꿔드릴까요? 다른 책상은 주인이 다 있어요. 제 동생도 같은 증상으로 고생하거든요."

"감사합니다."

시욱이 짐을 창이 난 책상으로 옮긴 후 물었다.

"대구에서 여기까지 오셨다고."

"아, 네."

"멀리까지 오셨네요. 거기도 학원 많을 텐데. 거기선 강사일을 못 하는 사정이라도 생겼나봐요."

아무래도 이사가 잘못 된 정보를 여기 있는 모두에게 알린 모양이다.

“한 군데에 오래 있으니까 매너리즘에 빠질 거 같아서요.”

“그럴 수 있죠. 그런데 용케도 이 학원에 올 생각을 하셨네요. 소문은 들으셨죠?”

“강사가 여럿 실종됐다고. 이사님은 그냥 연락이 안 되는 것뿐이라고 하시지만요.”

“정확히는 성덕 쌤이 맡기로 한 P반 담임이 연이어 실종된 거죠. 연락이 안 되고 잠수탄 사람도 있었지만 실제로 경찰에 실종신고가 들어간 사례도 있어요. 학원이 경찰의 수사를 받기도 했고, 그중에는 시름시름 앓다가 죽은 사람도 있어요.”

가슴 속에서 갑갑한 무언가가 퍼져오며 머리가 지끈거리기 시작했다.

“그런 얘기는 처음 듣는데요.”

“괜찮겠어요? 성덕 쌤 얼굴이 벌써 사색이 됐는데. 지금이라도 그만두세요.”

이미 허실시에 방까지 잡았는데 너무 늦었다.

“돌아가신 분, 아니 실종신고가 됐거나 연락이 안 되는 분들에게서 뭔가 징후가 있었나요?”

“징후라.”

시욱은 교무실 문이 제대로 닫혀있는지 확인하고 상체를

숙이고 작은 목소리로 말했다.

“모든 일의 시작은 한 달 전 한 학생의 실종에서 비롯됐다고 저희끼리는 생각하고 있습니다.”

“학생도 실종됐다고요?”

“소리를 줄이세요. 이사가 들으면 노발대발할 겁니다. 없던 일로 만들고 싶어 하거든요.”

“자세한 사정을 좀 듣고 싶은데요.”

교무실 안이 현실과 동떨어진 공간으로 느껴질 만큼 비현실적인 이야기가 한꺼번에 너무 많이 쏟아졌다. 머리는 계속 아팠다. 곧 나에게 벌어질 수도 있는 일이 아닌 소설 줄거리라고 생각하는 게 마음이 편할 거 같았다.

“저도 자세히는 모릅니다. P반 담임이 아니었으니까요. 학생이 실종됐을 당시 P반의 담임이었던 정영주라는 선생님은 알고 있었을지도 모르겠네요. 그 선생님 또한 실종된 지금으로선 그 사실조차 알 수 없게 됐지만요. 실종된 아이는 중학교 1학년 이가온이라는 이름의 여자애였어요. 집안 사정이 딱한데, 부모는 돌아가시고 할머니랑 살고 있습니다만 할머니가 일 할 능력이 안되는 기초생활수급자에다 정신도 약간 온전치 못해요.”

“그런데 용케 학원비를 냈나 보네요.”

시욱이 얼굴을 살짝 찡그리며 이마를 만지작거렸다.

"갑자기 머리가 아파서, 죄송합니다. 맡은 학생이 아니라 잘 모르지만 바르고 착한 학생이었어요. 집안 사정이 어려운 만큼 열심히 공부해서 성공하려 했던 거 같습니다. 학원비는 글쎄요, 원장님과 이사님도 출처는 잘 모르겠다고 하셨는데요. 따로 단체에서 지원받는 게 있지 않았을까요. 그도 그럴 게 돈이 어디서 나는지 학원에 선물을 엄청 사들고 왔거든요. 선생님들이랑 친구 먹으라고 사탕이랑 과자도 엄청 사오고, 선생님들 읽으라고 시집도 사오고, 자기계발서도 사오고, 카운터 선생님 생일에는 인형도 사오고, 선생님들 쓰라고 핸드크림도 사고. 집안 사정을 아니까 그만 사오라고 해도 계속 선생님을 챙겨주려는 학생이었어요. 다만 안타깝게도 공부는 별로 못 했습니다. 성덕 쌤도 아시겠지만 공부도 다른 것처럼 유전이고 타고나는 거잖아요. 그래서 P반을 못 벗어났죠. 같은 P반 학생에게 놀림도 받았거든요. 가온이 집안 사정을 뻔히 알고 있는 애가 말이에요. 곧 수업에 들어가면 아시겠지만 그애 인성도 안 좋고 문제가 있어요. 그런데 성적은 가온이보다 조금 더 좋았죠."

"그래서 가온이란 학생은 어떤 연유로 실종이 된 건가요?"

"그냥 갑자기 학원에 안 나왔습니다. 평소 지각 한 번 안 하는 애였어요. 알고 보니 학교에도 안 갔다더군요. 경찰에

신고를 했지만 지금까지 소식이 닿지 않고 있습니다."

"연락이 끊기기 전 평소와 달라진 태도나 이상 징후는 없었나요? 불안해한다던가."

"제가 그 학생 전담은 아니라 잘 모르겠습니다만 딱히 이상한 건 못 느꼈습니다. 그러고 보니…. 실종되기 며칠 전 쯤이었나요. 그 애가 원장실 앞을 기웃거리는 걸 봤어요. 처음에는 이상하다고 생각 안 했습니다. 원장님이 안에 계시는지 확인하려고 한 줄 알았어요. 그런데 안에 계신 걸 확인한 뒤로도 망설이더군요. 원장님이 딱히 바쁘던 모습도 아니었거든요. 평소라면 노크 몇 번 하고 불쑥 들어갈 텐데 말이에요. 그 애는 원장님과 친하게 지냈었거든요."

"왜 그랬던 거죠?"

"이유는 모르겠어요. 원장님도 짐작이 안 간다고 하셨어요."

"아무튼 그 이후로 강사들이 줄줄이 실종되기 시작했다는 거죠?"

"총 네 명이에요. 가온이가 연락이 끊기고 이틀 후 영주 쌤이 사라졌죠. 성덕 쌤이 다섯 번째입니다. 아, 이렇게 말하면 꼭 성덕 쌤의 실종이 확정적이라는 뜻처럼 들리겠네요. 죄송합니다."

"그럼 모든 일의 시작이 그 학생의 실종에서 비롯됐다고 생각하는 이유는 뭔가요?"

"저주가 아닐까 합니다."

"저주?"

"아랑 전설 아시죠?"

"들어본 거 같기도 하고요."

"설화인데, 아랑이란 아이가 겁탈당하려는 걸 저항하다 칼에 맞아 죽은 후 그 지역에 오는 신임 부사마다 부임하는 첫날 밤 의문의 주검으로 발견된다는 전설이죠. 어떤 담이 큰 사람이 부사를 자원했고 밤에 아랑의 원혼을 만나 억울한 죽음을 듣고 원한을 풀어줬더니 더 이상 변고가 일어나지 않았다, 아랑을 죽인 사람은 처형됐다. 이런 이야기인데, 안 들어보셨는지."

"아아, 들어봤습니다. 그런데 그 이야기대로라면, 가온이란 아이의 실종과 관련된 사람이 학원 내부에 있다는 뜻 아닌가요?"

"저희도 그렇게 생각했습니다. 실은 정영주 선생님이 가온이의 실종과 관련 있으며 가온이가 실종되자 스스로 자취를 감추었다는."

"어떤 관련이 있는 거죠?"

"아랑전설과 마찬가지 아닐까요."

"설마 학생을 겁탈하려 했다는 건가요?"

"그런 범죄가 실제로 없는 것도 아니고요. 성범죄 조회를 하긴 하지만 교묘히 피해가는 사람도 있으니까요. 게다가 영주 선생님은 여학생이랑 몰래 메시지를 따로 주고받다가 경고받기도 했으니까요."

교사의 일탈로 인해 학생이 피해 입은 사례가 이 학원에서도 있었나 보다. 선생들의 정신머리가 이 지경이니까 나도 오해받지. 이사의 말이 나를 저격하기만 한 건 아니었나 보다. 두통과 메스꺼움이 점점 심해지는 것 같다. 이렇게 스트레스를 받아서야.

"어쩌면 가온이는 그 사실을 원장님에게 말하려고 원장실 앞을 기웃거렸던 걸지도."

정신을 차리니 몰입하고 있던 나를 발견했다. 이건 다 소설 같은 이야기 아닌가. 게다가 만약 그런 안 좋은 일이 실제로 일어났다 쳐도, 그 이후에 강사가 실종된 건 어떻게 설명한단 말인가. 과연 저주일까.

"가온이는 어떻게 됐을까요?"

내 물음에 시욱이 얼굴을 찡그리더니 목 뒤를 주무르며 문제집을 들고 자리에서 일어났다.

"유쾌한 생각은 아니지만, 아직까지 살아있진 않겠죠. 저는 이제 수업을 들어가야 해서요. 그럼 부디 몸조심하세요."

씩 웃으며 교무실을 나가는 시욱의 모습이 섬뜩하게 느껴졌다. '넌 이미 저주에 걸려 들었다'라고 말하는 듯했다. 지금이라도 그만둘까. 아직 P반의 수업을 맡진 않았으니 늦지 않았을지도 모른다. 두통은 계속 심해진다. 불길한 얘기를 들어서일까.

심호흡을 하며 마음을 다잡았다.

약해져선 안 된다. 이미 허실시에 방을 잡았고 대구로 돌아갈 수도 없는 상황이다. 이렇게 된 이상 정면 돌파를 해야 한다. 우선 수업에 집중하자. 책장에서 중학교 1학년 문제집을 꺼내와 펼쳤다. 중학교 1학년 수학이 그리 어렵진 않지만 최근 맛이 간 나는 어떤 실수를 할지 모른다. 오늘 수업할 내용과 풀어볼 문제를 한 번씩 훑어본 뒤 책상 위 작은 책장에 꽂아놓았다. 시욱 선생님이 쓰던 책상 위에는 자기계발서가 꽂혀 있다. 실종된 아이가 선물한 책인 듯하다. 자기계발서는 정말 싫다. 시집이 좋은 건 아니지만.

마침내 수업시간이 되어 강의실로 들어갔다. P 강의실을 써서 P반으로 명명된 듯하다. 슬쩍 둘러본 다른 강의실보다 공간이 협소하고 책상이라던지 칠판이라던지 묘하게 낡은 느낌이 났다. 책상은 단 네 개뿐이다. 이가온이라는 학생은 어느 자리에 앉았을까.

잠시 후 여학생 한 명이 강의실 안으로 들어왔다. 여학생의 이름은 홍서정. 화장을 진하게 하고 앞머리에 롤을 달았다. 선생이 바뀌는 것에 익숙한 듯 내 쪽은 제대로 보지도 않고 자리에 앉았다.

"새로 온 선생님이야."

인사를 건네봤지만 내 말을 듣는둥 마는둥 했다.

"오늘은 첫 시간이니까 본격적으로 수업을 하기 보다는 앞으로 나의 수업 진행 방향에 대한…."

"그러면 안 될걸요?"

서정이 나를 쳐다보고 말했다.

"안 된다니?"

"그야, 선생님에겐 시간이 별로 없으니까요. 얼마 없는 시간 열심히 수업하다가 가시는 게."

서정은 그렇게 말하곤 뭐가 재밌는지 웃어댔다.

"시간이 얼마 없다니 무슨 소리지?"

"알고 계실 텐데요. 곧 본인이 죽을 거라는 걸."

이 무슨 무례한 발언인가. 하지만 첫 수업부터 학생과의 사이가 틀어지면 여러모로 곤란하기에 내가 참는 수밖에 없다.

"나는 그럴 일 없어."

"그럼 내기해요. 다음 주 이 시간에 선생님이 이 자리에 있는지 없는지로."

"너는 선생님들이 연이어 실종되고 있다는 사실을 알고

있어?"

"어떻게 모를 수가 있겠어요."

서정이 웃음기가 여전히 남아있는 표정으로 말했다.

"너는 그럼 어디까지 알고 있는 거지? 그리고 너는 왜 선생님이 계속 바뀌는 학원에 기어코 계속 다니는 거야? 부모님이 뭐라고 안 하셔?"

"궁금하니까요. 이 이야기의 결말이. 선생님들이 언제까지 실종될 지를요. 저도 아는 건 별로 없어요. 저는 그냥 관객이에요. 엄빠는 저에게 별 관심 없이 학원비만 대주고요."

사실은 이 학생에게 수업보다 선생님들의 연쇄 실종에 대해 더 묻고 싶었다. 관객이라고 할 만큼 선생님들의 이상 징후를 모두 목격했을지도 모른다. 원래는 궁금증을 꾹 참고 수업만 하려 했다. 이사가 사전에 그 이야기를 학생에게 꺼내지 말라고 경고하기도 했다. 하지만 못 참겠다. 나의 생존과 직접 연관될 수도 있는 이야기이기도 하고, 나도 이야기의 진상이 궁금하다.

"선생님이 왜 실종된다고 생각해? 가온이와 관련이 있을까? 가온이는 왜 실종된 거야? 네가 가온이를 괴롭혔지? 그래서 가온이가 스스로 목숨을 끊은 거야?"

"이번 선생님은 궁금증이 많네."

"뭔가 알고 있니?"

"몰라요."

서정이 가방에서 무언가를 꺼냈다. 책인 줄 알았는데 껌이었다.

"가온이의 실종에 네가 연관되어 있어? 솔직하게 말해도 좋아."

"난 아무 짓도 안 했어요."

서정이 불쾌한 표정을 지었다.

"그럼 가온이가 실종되기 전에 뭔가 이상한 행동을 보인 건? 사소한 거라도 좋아."

"딱히. 아, 걔 아저씨랑 연애해요."

"뭐라고?"

"아저씨랑 연애하면서 아저씨한테 용돈 받는 거요."

서정의 말이 사실이라면 정말 슬픈 일이 아닐 수 없다. 그 아이는 집안 사정이 어려운 나머지 원조교제에 손을 댄 것일까. 그 덕분에 주머니 사정이 어느 정도 나아져 선물을 많이 가져온 걸까.

"그렇게 확신하는 근거라도 있어?"

"제가 봤거든요. 밤에 걔가 어떤 아저씨랑 만나는 걸요."

"어디서?"

"그냥 평범한 좁은 으슥한 골목길이었어요. 둘이 가로등 밑에 서 있었어요. 아저씨가 그 애한테 가방이랑 책이랑 공책이랑 돈을 주는 걸 봤어요. 껴안고 키스라도 하지 않을까 해서 계속 훔쳐봤는데 아쉽게도 그런 건 안 하더라고요."

어쩌면 가온이는 원조교제 같은 게 아니라 그냥 도움을 받는 아저씨를 두고 있었는지도 모른다. 친척일까? 그랬으면 하는 게 내 바람이지만 밤에 둘이 으슥한 곳에서 만난다는 게 마음에 걸린다.

"그 아저씨가 누군지 알아?"

"처음 보는 사람이었어요."

그 아저씨와 가온의 실종이 연관 있을까. 만약 그렇다면 그 아저씨란 남자와 선생들의 실종도 관련이 있는 걸까.

"그럼 정영주 선생님에 대해선 아는 거 없어? 선생님이 학원에 안 나오기 전 뭔가 이상한 행동을 보였거나 하는."

"영주 쌤은 멀쩡했는데요."

"아프거나 하진 않았고?"

"아주 멀쩡했어요."

"그 이후 실종된 선생님들은 아프셨다던데."

"다들 정신이 딴 데 가 있는 것처럼 보였어요. 문제 풀 때 계산도 제대로 못 하고요. 어찌나 웃기던지."

그 말에 예제도 제대로 못 풀던 이전의 내가 생각나 속으로 뜨끔했다. 중1 수학이야 쉽지만 나도 곧 이전의 선생들처럼 미쳐가는 건 아닐까. 그들은 왜 그렇게 된 걸까.

"선생님들이 왜 그렇게 됐는지 이유가 짐작이 가니?"

"아니요. 나중에 본인이 그렇게 되면 그 이유 직접 알려주세요."

재수없는 아이다. 더 묻고 싶었지만 이 아이가 무언가를 알고 있는 것 같지도 않고 물어봤자 욕만 들을 거 같아 수업을 시작했다. 수업이 시작하자마자 서정은 귀신같이 입을 닫고 폰을 보거나 엎드려 잤지만 수업을 방해하진 않았다. 다행히 문제는 잘 풀렸고 무난하게 첫 수업을 마칠 수 있었다. 하지만 불안감은 수업 전보다 훨씬 커졌다. 당분간은 수업이 끝나면 곧바로 집에 들어가 밖에 얼씬도 하지 말자고 다짐했다.

첫 수업 후 3일이 지난 날 아침을 맞이했다.

어젯밤에는 태어나서 처음으로 악몽을 꿨다. 악몽이라 하기엔 뭐할 수도 있는데 땅과 건물이 휘고 늘어나면서 내 몸도 찢기고 잘려 나가는 영문을 알 수 없는 불쾌한 꿈이었다. 다행히 두통은 좀 가라앉았다. P반 수업은 화요일과 금요일 이렇게 일주일에 두 번 있으며 오늘은 금요일이다. 이대로면 그래도 일주일은 무사히 보낼 것 같다. 그동안 집과 학원을 잇는 최단 경로에서 한발자국도 빠져나가지 않았다. 아무하고도 만나지 않았고 전화 통화조차 하지 않으며 세상과 단절된 생활을 했다. 편의점조차 가지 않고 생필품은 전부 온라인으로 주문했다. 주변에 나를 훔쳐보는 수상한 사람은 없었다. 행여나 다칠까 봐 뛰지도 않고 누가 나에게 달려들지 않을까 항상 신경 쓰며 주위를 경계했다. 예감이 좋았다. 만약 이번에 아무 일 없이 살아남는다면 강사로서도 다시 발돋움을 할 수 있을 자신감이 생길 것 같다. 하지만 아직 일주일이 지나진 않았기에 방심할 순 없다.

전화가 왔다. 이사였다.

"네, 이사님."

"성덕 선생, 별일 없죠?"

이사의 목소리가 무거웠다.

"네, 별일 없습니다."

"학원이 며칠 임시 휴원해야할 거 같아서."

"임시 휴원이요?"

"그게…."

휴대폰 너머에서 이사가 깊은 한숨을 쉬었다.

"도대체 이런 일이 왜 일어나는지 모르겠네."

"무슨 일이 생겼나요?"

"시욱 선생님 알죠? 그 선생이, 미치겠네 진짜로. 시욱 선생님이 학원 건물 옥상에서 뛰어 내려가지고."

심장이 쿵 하고 내려앉는 듯했다.

"뭐라고요?"

"즉사했다네. 나도 진짜 죽고 싶어요. 말은 임시 휴원이라고 하지만 진짜 문 닫을 판이야."

어떻게 된 일일까. 죽더라도 P반 담임인 내가 죽어야 하는 거 아닌가. 물론 시간을 되돌렸을 때 내가 대신 죽어주겠다는 건 아니지만.

"경찰이 학원 조사하고. 자꾸 학원에서 이런 일이 일어나니까. 여튼 그렇게 알고 있고 상황이 바뀌면 전화 줄게요."

"휴원은 임시인 거고 다시 문 열 수 있는 거죠?"

"대기해요."

이사는 끝까지 '미치겠네'를 중얼거리며 전화를 끊었다.

나는 서둘러 대구에 있는 원장에게 전화를 걸어 이 사실을 알렸다.

"정말이에요? 너무 무섭네."

원장은 그다지 무서워하지 않는 듯 평온한 어투로 말했다. 남의 일이라 별 신경 안 쓰는 듯했다.

"이게 도대체 어떻게 된 일일까요."

"그래서 쌤은 괜찮고?"

"전 괜찮습니다."

"다행이네."

"원장님, 아무래도 다시 대구로 돌아가야 할 거 같은데요. 어떻게 좀 안 될까요."

"뭐를?"

"강사 자리 말입니다. 수업 준비 철저히 하겠습니다. 학생이랑 연락도 일절 안 합니다. 공부용 자료를 넘겨주는 일 같은 것도 아예 강의실에서만…."

"그건 어렵지. 막말로 성덕 쌤 땜에 망할뻔했는데."

손이 부들거릴만큼 화가 났지만 아무 말 안 하는 게 나을 거 같아 꾹 참았다.

"알겠습니다."

"몸조리하고."

전화를 끊고 깊은 한숨을 내쉬었다. 일이 정말 더럽게 풀리지 않는다. 내가 저주의 희생양이 되지 않은 건 다행이지만, 앞으로 살길이 막막해져버렸다. 다른 학원을 구하는 방법은 있지만 이곳 허실시에는 인맥도 없고 미천한 내 실력으로 면접을 뚫는 건 어렵다. 혹시 몰라 구인 사이트에서 확인해보니 이 근방엔 애초에 학원 강사 자리가 없다. 과외라는 방법도 있지만 과외를 한 번도 안 해봐 어설플 게 분명했다. 일단 과외 중개 어플을 다운받아 이리저리 수업 신청을 하긴 했는데 한 학생당 평균 스무 명이 넘는 강사가 수업을 지원하고 있는 데다 다들 스펙이 어마어마하다. 내가 뽑힐

확률은 극히 적다고 봐야 한다. 이곳에 들어오자마자 임시 휴원을 하게 되버려 며칠 수업한 데에 대한 급여를 달라고 하기도 뭣하다. 그나저나 학원은 다시 문을 열 수 있을까. 지금까지야 강사가 여럿 실종되었다는 사실이 새어 나가지 않게 보안에 신경 썼다 해도 학원에서 사람이 떨어져 죽었다는 사실까지 감출 수는 없으리라. 이래도 학원에 다니는 학생이 있다면 그 학생이 이상한 것이다. 이 학원은 이제는 더 못 버티고 정말로 망하지 않을까. 하지만 급한 건 학원이 아니라 나다.

다시 이사에게 전화를 걸어 조심스레 급여에 대해 묻자 이사가 깊은 한숨을 내쉬었다.

"이 상황에서 그런 말이…. 아니, 급여는 줄게요. 지금 보내줄게."

"죄송합니다."

"그 대신 성덕 선생님은 절대 이 학원 떠나면 안 된다."

"노력해보겠습니다. 학원은 다시 문을 열 수 있는 건가요?"

"아마 열 수 있을 거예요. 사람이 마음먹고 뛰어내리려 하는데 우리가 잘못이 있나."

"다행입니다."

"그런데 이번에는 왜 이상하게 성덕 선생님이 아니라 시욱 선생님이 그렇게 된 건지. 지금까지는 늘 P반 담임 선생님이 그렇게 됐는데. 아, 내가 성덕 선생님이 그렇게 되는 걸 바라는 게 아니고, 성덕 선생님은 그렇게 호락호락하게 당하지 않을 거잖아요. 맞지?"

"네, 맞습니다."

"이런 부탁은 이상하지만, 이번에는 성덕 선생님이 뭐랄까… 좀 뒤집어써줘요."

"네?"

"저주 말이야. 성덕 선생님이 저주를 좀 바가지쓰라고."

정말 엉뚱하며 무례한 부탁인 건 둘째 치고 그게 내 마음대로 되나.

"내가 선생님한테 악감정이 있는 게 아니라 성덕 선생님을 믿어서 그래. 이제 정말 끝내야지. 성덕 선생님이 다음 타자로 나선 다음에 저주에 굴복하지 않고 버티면 이런 일 더 이상 안 일어나고 끝날 거야. 이런 저주 같은 거 다 끝나면 내가 성덕 선생님 원장 시켜줄게."

"저도 마음 같아선 그러고 싶습니다만 어떻게 해야 저에게 차례가 돌아오게 할 수 있을까요."

"가온이를 막 욕하고 다니는 건 어때. 안 좋은 소문을 퍼트리는 거지. 그러면 성덕 선생님이 가온이의 원한을 사서 어떻게 되지 않을까. 실종된 강사들도 막 욕하고 다니는 거야."

"뭐… 해보겠습니다."

내키지는 않았지만 일단은 이렇게 대답했다.

"혹시 모르니까 미리 실력 좋은 무당 한 명 섭외하는 건 어때. 몸조리 잘하고."

이사는 마지막까지 헛소리를 한 후 전화를 끊었다. 아마 본인이 무당을 섭외해서 나를 제물로 이 학원의 저주를 끊으려할지도 모르겠다. 이 학원에 대한 애사심이 있는 건 아니지만 나에게 그런 기회가 오고 내가 버틸 경우 학원이 정상적으로 운영되며 앞으로 나의 생활이 안정된다면야 모험을 해볼 수 있지 않을까?

그러려면 일단 이 학원에 도사리고 있는 저주에 대해 자세히 알아볼 필요가 있다. 저주라고 하면 어폐가 있는 게 나는 저주 같은 걸 믿지 않는다. 그렇다고 이게 누군가가 계획한 거대한 범죄라고 보기도 힘들다. 저주든 뭐든 자세한 연유를 알아야 대처가 가능할 것이다. 그럼 어디서부터 조사를 해야할까. 아무래도 다들 모든 일의 발단이 이가온이라고 생각하는 것처럼 그 학생의 실종부터 조사하는 게 맞을 것 같다.

이가온의 할머니에게 전화를 걸어보았지만 응답이 없다. 생각해보니 할머니가 아픈데다 정신이 온전치 못하다 하니 연락이 닿아도 소용없을 것 같다. 이가온의 실종에 대해, 이

가온에 대해 잘 알고 있을 만한 다른 최측근은…. 그 아이 밖에 없나.

서정이에게 전화를 걸자 통화연결음이 울리기도 전에 곧바로 연결이 됐다. 사정을 설명하자 휴대폰에서 으흠 하는 소리가 들렸다.

“좋아요, 흔쾌히 도와드리죠. 저도 선생님이 살아 있는 게 흥미로워서 조사하고 싶었거든요.”

곧바로 보기로 약속하고 이십 분 후 학원 근처 카페에서 만났다. 테이블에 앉고 나서야 생각이 미쳤다. 혹여 학원 관계자나 학부모가 이 광경이라도 본다면 학원 선생이 중학생을 상대로 몹쓸 짓을 한다고 오해할지도 모르겠다. 대구에서처럼 여기서도 다른 소문이 퍼지는 건 아닐까. 조사에 정신이 팔려 미처 생각을 못 했다. 심지어 이 아이는 아직 내 학생이라는 인식조차 할 겨를도 없었고. 오히려 이 사태의 중요한 참고인처럼만 생각하고 있었다.

“내가 바빠서 그런데 최대한 빨리 끝내자.”

“저도 바빠요.”

서정이 정색을 하고 빨대로 커피를 들이켰다. 중학생인데 커피를 마셔도 되나.

“가온이 할머니를 만나본 적 있어?”

“한 번. 그런데 그 할머니 치매라 대화 안 돼요. 가온이가 사라진 뒤에 그 할머니 요양원에 갔대요. 덕분에 가온이 집이 비어 있어 거기서 몰래 술 마셔요."

커피는 괜한 걱정이었다.

"가온이가 만났던 아저씨에 대해서는 아는 거 없어?"

"모른다고 했었잖아요."

"그 장소로 데려가줘. 가로등 아래 말이야."

"저한테 뭔 짓 하려고요."

깜짝 놀라 주위를 살폈다. 다행히 주변엔 말쑥한 차림새로 테이블 하나를 차지 중인 할아버지 한 명 말고 아무도 없다.

"이상한 소리 하지마. 다른 사람이 들으면 오해해."

"거기 가봤자 얻을 건 없을 텐데요. CCTV도 없고 있다해도 선생님은 그걸 못 볼 테니까요."

"그럼 어떻게 해야 할까."

"그것도 생각 안 했으면서 여기에 왜 나왔어요."

"솔직히 말해. 네가 가온이를 괴롭힌 것과 가온이의 실종이 무슨 관련이 있지?"

"없어요. 저 개 괴롭힌 적 없다니까요. 학원에서 착각한 거예요. 그냥 나한테도 선물 좀 달라고, 향수 좀 사달라고 한 것뿐이에요. 개도 군말 없이 사줬고. 그리고 선생님들이 실종되는 거랑 가온이랑 무슨 상관이에요. 조사 대상을 잘못 잡은 것 같은데요. 조사를 하려면 정영주 쌤부터 해야죠. 첫

타자잖아요."

머리를 긁적였다. 생각해보면 이가온으로부터 모든 일이 시작됐다는 건 시욱 선생님의 생각이었다. 정영주 선생님에 대해선 아는 게 없다.

"정영주 선생님이랑은 친했어?"

"그냥 뭐 적당히. 친한 건 아니고요. 연락처만 아는 정도."

"그 선생님은 정말로 아무 이상도 없었고?"

"멀쩡했어요."

"사라지기 전에 너희에게 남긴 말 같은 건?"

"없어요."

스스로 사라진 게 아니라면 그는 갑작스레 누군가에게 끌려갔다는 말이 된다. 그 누군가는 알던 사람이었을까 모르는 사람이었을까.

"아니면 영주 쌤 집에라도 찾아가볼까요? 그 쌤 부모님이랑 같이 산다고 했거든요."

"집을 알고 있어?"

"가본 적은 없지만요."

"가본 적도 없는데 불쑥 방문하는 건 예의가 아니지 않을까. 안 좋은 일을 겪기도 했고."

"여기서 가까워요."

달리 생각나는 선택지도 없어 그러기로 했다. 서정을 내세워 그 선생님이 그리워졌다고 둘러대면 될지도 모른다.

카페를 나오는데 누군가 뒤에서 말을 걸었다. 뒤를 돌아보니 우리 곁에서 앉아 있던 할아버지가 보였다. 그는 갑자기 나에게 명함 하나를 내밀었다. 명함에는 '향토 연구가 진설주' 라고 적혀있다.

"놀라셨다면 죄송합니다. 저는 향토 연구가 진설주라고 하는데 각종 기이한 이야기나 괴담이라던지 이야깃거리가 될 만한 걸 수집하고 있습니다."

"어, 이 할아버지! 유튜브에서 봤어요. 괴담이나 무서운 이야기 들려주는 채널이었는데."

서정이 진설주 씨에게 삿대질하며 말했다.

"감사합니다."

아무래도 다른 의도로 접근하기 위해 거짓말을 한 건 아닌 모양이다.

"그러시군요. 무슨 일이시죠?"

"사실 의도치 않게 아까 카페 안에서 하시는 얘기를 엿들었습니다. 학원에서 선생님과 학생이 실종됐다는 말씀이요. 저는 그 사건을 알고 있거든요."

"알고 있다고요? 어느 정도로 알고 계시죠?"

"자세히 알고 있는 건 아니고 그런 일이 있었다 정도입니다. 마침 저도 그 일에 대해 조사하려 했는데요. 기록으로 남길까 해서요. 괜찮으시다면 제가 동행해도 될까요? 경비는 제가 다 대겠습니다. 이야기를 사는 대가도 돈으로 지불하겠습니다."

처음 보는 사람이 학원의 사정을 알고 있으며 자세히 알게 된다는 게 좀 찜찜하지만 돈이라고 하니 생각이 달라진다.

"방해하지 않겠습니다."

"그래요."

서정이 자기 맘대로 흔쾌히 수락했다. 이래도 되려나.

우리는 버스를 타고 정영주 선생님의 자택에 도착했다. 황토색 외벽의 빌라인데 겉이 좀 낡았다. 공동출입문에 비밀번호가 없는 구식 빌라였다. 202동 앞에 서서 현관문을 두드리니 잠시 후 노모 한 명이 모습을 드러냈다. 얼굴빛이 좋지 않았다. 내가 열심히 사정을 설명했는데 솔직히 우리를 내칠 거라 생각했지만 다행히 우리를 안으로 불러들였다. 다만 노모의 표정이 어두운 게 흔쾌히 불러들이는 느낌은 아니었다.

"방금 에듀학원 피해자 강사 모임에서 회의를 했습니다. 학원 측을 고소하기로요."

거실 탁자에 둘러앉은 후 노모가 말했다. 그런 모임이 만들어졌다는 것보다 고소를 한다는 말에 더 놀랐다. 생각해

보면 그런 모임 정도는 진작에 만들어졌을 법도 하다. 딱히 학원을 두둔하고 싶은 건 아니지만 학원 잘못도 아닌 데다 내 밥줄이 걸려있기에 가만히 있을 순 없었다.

"무슨 죄목으로 고소하시는 건가요. 업무상 과실치사일까요."

"아니요. 살인죄입니다."

"살인죄요?"

서정이 소리를 질렀다.

"학원이 강사를 연쇄살인한 겁니다. 조사를 하면 나올 거예요."

"어머님. 이미 몇 차례 경찰이 학원을 조사했지만 그런 증거는 나오지 않았어요. 힘들 겁니다."

"승소하겠다는 게 아니에요. 그저 사람들이 이 사건을 알아줬으면 해요. 요새는 SNS에 한 번 퍼지면 모든 사람들이 알게 되잖아요. 그렇게 되면 경찰조사도 좀 제대로 이뤄질 테고. 학원 측도 가만히 있진 않겠죠."

그럼 영 곤란하다.

노모가 말을 마치곤 진설주 씨를 쳐다보았다.

"이분은 누구?"

"저희 할아버지예요."

뭐라고 답해야 하나 고민하고 있었는데 서정이 태연하게

거짓말을 했다.

"저는 향토 연구가 진설주라고 합니다."

"하…. 할아버지. 방해하지 않는다고 했잖아요."

나는 명함을 꺼내는 진설주 씨의 팔을 급히 잡으며 제지했다. 노모의 눈이 가늘어졌다.

"이분은 과거에 그런 일을 하시긴 했지만 지금은 퇴직하셨습니다. 오늘 방문은 손녀딸의 보호자 역할로 따라오신 거예요. 다른 목적이 있어서가 아닙니다."

말을 서둘러 덧붙이며 진설주 씨를 흘겨보자 다행히 내 말의 의도를 파악한 듯 잠자코 있어 주었다.

"이런 일이 일어나서 강사인 저도 진심으로 마음이 아픕니다. 저 또한 이번 일을 명명백백히 밝히고 싶습니다. 더 이상의 피해자가 나와서도 안 되고 아드님을 포함한 피해자분들의 원한을 풀어야 하기도 하지만, 솔직히 말하면 저 또한 희생자가 될까봐 무섭거든요. 법을 잘 몰라 소송은 돕지 못하지만 힘닿는 데까지…."

"네, 알겠습니다."

노모의 표정은 밝아지지도 어두워지지도 않았다.

"혹시 아드님이 실종되기 전 어떠했는지를 여쭤봐도 될까요. 이미 너무나 많이 들은 질문이시겠지만 한 번만 더 답해 주실 수 있으시다면."

"마지막으로 본 아들의 모습은 전화 한 통을 받고 다급히 외출하던 장면이었어요. 경찰이 조사했지만 누가 건 전화인지는 못 알아냈고요. 대포폰이었다네요. 무능하죠. 알아내실 수 있나요?"

"아드님에 대한 정보를 더 많이 알려주시면 찾을 수 있습니다. 일반인과 달리 경찰이 할 수 없는 게 분명 있으니까요."

뭐가 있는지는 모르지만 대충 둘러댔는데 좋은 효과가 난 듯 노모의 표정이 살짝 누그러졌다.

"아드님은 평소 사람을 많이 만나고 다녔나요?"

"아니요, 내성적인 아이라. 아들에 대해선 잘 안다고 자부하고 아들도 저에게 자기 이야기를 많이 해주긴 하지만 들은 건 없네요."

많이 해준다고 전부 다 해주는 건 아닐 것이다. 밝히지 않은 사정이 분명 있다.

"마지막 통화 내용이 뭐였나요?"

"상대방 말은 못 들었고 아들은 그저 듣기만 했어요."

"아드님의 휴대폰에 저장된 연락처를 볼 수 있을까요."

진설주 씨의 부탁에 노모가 자리에서 일어났다.

"기다려주세요."

노모가 방 안으로 들어간 사이 진설주 씨가 목소리를 낮춰 말했다.

"아마 정영주 씨는 전화를 걸어온 사람에게 할 말이 별로 없는 이해관계였던 것 같습니다. 예를 들면 고용인이라던지 부하라던지. 그리고 고용주가 대포폰을 썼다는 건 분명 그 일이 떳떳하진 않다는 뜻일 테고요."

"정영주 씨가 범죄에 휘말렸다는 말씀인가요?"

"증거를 찾아보는 게 좋겠습니다."

말을 마치자마자 노모가 아들의 휴대폰을 가지고 거실로 돌아왔다. 곧바로 연락처를 확인해봤지만 달리 누가 의심간다고 판단할 근거가 없었다. 이 사람들이 누군지도 모르고 여기 저장된 이름이 진짜인지도 모른다. 아니면 연락처에 저장하지 않은 채 번호를 외웠을 수도 있다.

"선생님의 방을 보고 싶어요."

"서정아, 그건 좀."

"괜찮습니다."

서둘러 말리려 했는데 의외로 순순히 응해줘 놀랐다.

정영주 선생님의 방은 간소했다. 생전, 아니 사라지기 직전까지 방에선 평온한 나날을 보낸 듯했다.

나는 서정이에게 귓속말을 했다.

"범죄와 관련된 물건이 있는지 찾아봐. 대답하지 말고. 들키지 말고."

"왜요? 영주 쌤이 뭐 나쁜…."

"대답하지 마라니까. 나는 책상 위를 훑을 테니 너는."

"제가 책상 위를 찾을래요."

"제발 찾는다는 소리 좀 크게 하지마."

"그럼 같이 찾아요."

책상 위를 훑자는 말이 무색하게도 물건이 거의 없었다. 있는 건 수많은 공책과 문제집뿐. 연구하고 노력하는 강사였던 모양이다. 생각해보면 범죄와 관련된 물건을 책상 위 오픈된 공간에 떡하니 놓아둘 리가 없다.

"평소 방 청소는 누가 하나요? 아드님이 직접?"

"제가 해요. 아들은 청소에 서툴렀거든요."

"실례지만 물 한 잔만 마실 수 있을까요?"

난데없는 진설주 씨의 부탁에도 노모는 친절하게 고개를 끄덕이곤 주방으로 향했다. 또다시 진설주 씨가 목소리를 낮췄다.

"그렇다면 더더욱 이 방 안에선 얻을 게 없겠습니다. 어머니에게 위험한 물건을 노출시킬 리 없죠."

정영주 선생님과의 추억을 되새기는 척 공책과 수첩 등을 펼쳐봤지만 수상한 내용은 적혀있지 않았다. 이상한 사람으로 보이면 안 되니 조사는 이까지 하기로 했다. 어차피 더 찾아봤자 아무 것도 안 나올 거 같다. 거실로 나오자 탁자에 찻

잔 세 개가 놓여 있었다.

"감사합니다."

차를 홀짝이며 거실 안을 둘러보자 묘한 위화감이 들었다. 거실에 있는 물건들이 하나같이 값이 나가는 것뿐이다. 대형TV, 안마의자, 로봇청소기. 냉장고도 요새 광고하는 최신형 모델에 김치냉장고 그리고 찻잔과 접시까지 모두 명품 브랜드다. 빌라는 이렇게 구식인데. 집을 구하는 건 쉽지 않으니 상관없을지도 모르겠지만. 생각해보면 분명 정영주 선생님은 철저히 비율제로 급여를 받았을 것이고, 미리 조사한 바에 의하면 가르치는 학생은 P반 학생 단 두 명이었다. 수입이 많았을 리가 없다.

서정이 액자 하나를 집어 들고 왔다.

"정영주 선생님이랑 같이 해외여행 가셨어요? 하와이인가."

사진 속에는 정영주 선생님과 그의 어머니인 노모가 카메라를 보며 웃는 모습이 담겨 있었다. 배경은 이국적인 분위기의 해변이다.

"괌이에요. 정말 좋았어요."

"해외여행을 자주 가세요?"

"두 달에 한 번은 가는 것 같아요. 국내 여행은 한 달에 한 번이요."

"영주 쌤 부자였구나."

"그건 모르겠지만 저 편하라고 돈을 많이 쓰는 착한 아들이었어요."

"효자였군요."

진설주 씨가 안타까움이 가득해 보이는 말투로 말했다. 어느새 노모의 눈에는 그렁그렁 눈물이 맺혀 있었다.

"다른 사진도 있어요?"

노모는 서정의 부탁을 군말 없이 들어주었다. 이제 어느 정도 우리를 같은 편으로 인식한 듯했다. 서랍장을 열어 다른 사진을 꺼내왔다.

"이제야 기억났는데, 아들과 친한 사람이 사실 한 명 있었어요. 그분과 같이 갔었죠. 같이 일하는 사람이라면서요."

다 같이 액자 속 사진에 눈길을 주었다. 이번에는 세 사람인데, 모자 옆에 키가 작고 뚱뚱한 체격의 중년 남성이 중간에 서 있는 정영주 선생님의 어깨에 손을 올리고 있다.

"어!"

갑자기 서정이 소리를 지르며 액자를 가리켰다.

"이 사람 본 적 있어요!"

"무슨 소리야."

"어디지. 어디더라. 아!"

"네가 이 사람을 어디서 봤다고 그래."

"그 사람이에요! 가온이랑 같이 가로등에서 키스… 있던 사람이요."

잠시 생각을 정리할 시간이 필요했다. 가온이에게 선물을 줬던, 가온이의 실종에 기여 했을 지도 모르는 그 사람이 왜 정영주 선생님과 같이 있는 걸까.

"가온이라면 학원에서 실종된 학생을 말하는 건가요? 그 아이도 딱하지. 어쩌다가. 그럼 이분도 학원 선생님인가요?"

아니다. 학원 선생님에게 받은 선물을 학원에 선물한다는 게 말이 되나.

"정말 이 사람이 네가 그때 봤던 사람이야?"

"정말이에요. 다 걸 수도 있어요."

진설주 씨가 사진 속 중년 남성을 가리키며 노모에게 말했다.

"어머님, 혹시 이분의 연락처나 이분과 주고받은 메시지가 있을까요? 아니면 다른 사진이라던지요."

"잠시만요."

노모가 서랍을 뒤적거리는 사이에 진설주 씨가 한 번 더 목소리를 낮추고 말했다.

"'같이 일하는 사람'이 학원에서 일하지 않는다면 당연히 정영주 선생님과 같이 안 좋은 일을 하는 사이일 겁니다. 그런데 그 사람이 가온 양과 만났다면 그 또한 안 좋은 목적이겠죠. 그리고 그 사람은 가온 양에게 선물을 줬다. 가방과 책과 공책, 돈. 그렇다면 그 또한 안 좋은 물건이라고 봐야 합니다."

"아마 없을 거예요."

서랍을 닫으며 노모가 말했다. 한 가지 생각이 나 노모에게 물었다.

"어머님. 혹시 다른 강사분들이 겪은 증상을 아시나요? 실종되거나 돌아가셨을 당시, 또는 직전이요. 말씀해줄 수 있으실까요. 그걸 알면 학원에서 무슨 수를 써서 그분들을 그렇게 만들었는지 더 잘 알 수 있습니다."

"그게. 다양해요. 계속 휘청대는 사람도 있었고, 속이 울렁거리는 사람, 머리가 아픈 사람, 귀에서 윙 하고 이명이 들렸던 사람, 악몽을 꾼 사람, 그러면서도 어떤 날은 몸이 날아갈 듯 가볍다고도 하고요."

"그분들도 누군가의 전화를 받고 사라졌나요?"

"아뇨. 어떤 분은 수업을 하다가 갑자기 아무 말 없이 강의실을 나가 그 길로 차에 치여 돌아가셨다고 하고, 어떤 분은 퇴근한 뒤 행적이 없는 채 그대로 실종 처리가 됐고요."

"무서워."

"무서우면 가자."

나는 자리에서 일어서 웃옷을 챙겼다.

"벌써 가게요?"

"너무 오래 있어도 실례잖아. 그럼 어머님 감사했습니다. 오늘은 빈손으로 와서 죄송합니다. 알려주신 정보를 바탕으로 꼭 진상을 알아내겠습니다."

나는 영문을 모르겠다는 표정을 짓는 서정의 등을 떠밀고 진설주 씨와 함께 현관 밖으로 나왔다.

"뭐예요? 왜 벌써 나와요?"

"그럼? 밥이라도 얻어 먹게?"

"그럼 좋고요. 근데 그건 아니지만 아무 것도 알아낸 게 없잖아요."

"확인해 볼 게 있어. 학원으로 가자."

몇 시간 후 나와 서정, 진설주 씨는 처음 모였던 카페에 둘러앉았다.

"대체 무슨 일이에요 이게."

나는 경찰에게 학원 교무실 책상에 있던 시집과 자기계발서를 자세히 조사해달라 했다. 시집의 내용이 불순하다거나 자기계발서의 내용이 허구였기 때문이 아니다. 내가 조사해달라고 한 건 시집과 자기계발서라는 책 자체다.

"시집과 자기계발서는 왜요?"

"천천히 설명해줄게. 너의 말이 아주 큰 힌트가 됐어. 가온이와 가로등 아래서 만났던 아저씨가 정영주 선생님과 함께 사진을 찍었다는 데에서 감이 왔어. 그리고 진설주 씨의 말에서도 힌트를 얻었고요.

아까도 말했지만 정영주 선생님은 나쁜 일에 가담하고 있었어요. 그래서 돈을 많이 벌었고 집 안에 값비싼 물건을 들이고 해외여행도 갈 수 있었죠. 정영주 선생님은 누군가에게 고용되었습니다. 그 누군가는 대포폰을 썼고 불법적인 일을 저질렀어요. 그 누군가가 누군진 모릅니다. 하지만 가로등 밑에 있던 아저씨가 정영주 선생님의 동료라고 알고 있는 어머니의 증언에 의하면 그 아저씨도 나쁜 일에 가담하고 있고, 그 사람이 가온이에게 무언가를 준 것도 나쁜 일이며, 무언가를 준 물건이 나쁜 곳에 쓰였다는 걸 말하죠. 다 진설주 씨가 말한 내용이지만."

"하지만 그 아저씨가 준 물건은 가방, 공책, 돈이잖아요. 아, 혹시 돈세탁?"

"가온이는 그 아저씨에게 받은 책을 학원 선생님에게 선물했어. 너는 잘 모르겠지만 교무실에는 책상 위 책장마다 수업과는 관계없는 책이 있거든. 시집이나, 자기계발서 같은 책. 그게 바로 그 아저씨가 선물한 책이야."

"그게 나쁜 곳에 쓰였어요?"

"지독히도 나쁜 곳에 쓰였지. 절대 쓰여선 안 될 곳에."

"그게 어딘데요?"

"의문점이 하나 있는데, 다른 강사들은 모두 몸이 아프거나 이상한 증상을 겪었는데 정영주 선생님은 멀쩡했다는 거지."

"설마 영주 쌤이 다른 강사님을 납치한 건가요?"

"혼자만 멀쩡하다는 데에서 정영주 선생님은 다른 강사들과 다른 무언가가 있었다는 결론을 얻을 수 있지. 그게 무엇일까?"

"음, 글쎄요."

"그건 바로 그 선생님이 가장 처음이라는 사실이야."

"그게 무슨 상관이에요?"

"예를 들면, 전쟁에서 군인이 적군을 죽이기 위해 지뢰를 설치하지. 그런데 그 지뢰를 설치한 장본인은 피해 입지 않잖아. 그것과 마찬가지야."

"그럼 영주 쌤이 함정을 설치했다는 거예요? 역시 영주 쌤이 범인인 거예요? 그런데 책이 어떻게 함정인 거죠?"

"함정은 아니야. 만약 네가 쥐덫을 설치했다고 해봐. 쥐가 잡힐지 안 잡힐지 궁금하지 않아?"

"궁금하죠."

"그럼 확인해야겠지. 하지만 정영주 선생님은 확인도 전에 사라졌어."

"그렇다는 건 어떻게 되든 상관없다?"

"정영주 선생님은 그걸 함정이라고 생각 안 한 거지. 뭔 소리냐면 그게 함정이 될지도 몰랐어. 의도하지 않았는데 함정이 된 거야. 책이 어떻게 함정이 되었나를 알아보기 전에 몇 가지 짚어볼 점이 있어. 하나는, 왜 P반 담임 선생님만 그렇게 됐는가. 이것 때문에 가온이가 불러일으킨 저주라는 소문이 생겼지. 두 번째는 나도 P반 선생님을 맡았는데 왜 멀쩡한가. 여기서도 중요한 점을 보충해야 하는데, 나도 두통과 메스꺼움을 꽤 느꼈으며 악몽도 꿨어. 세 번째는 P반 담임이 아니던 시욱 선생님은 왜 그렇게 됐는가. 네 번째는 가온이의 실종과 강사들의 실종이 어떤 관계가 있단 말인가. 내가 겪은 증상은 모두 다른 강사들도 겪었어. 그러니까 엄밀히 따지면 나도 멀쩡한 게 아니라 저주의 타격을 입었단 말이지. 그럼 내가 어떤 행동을 했을까. 이건 잠시 넘기고, 그렇다면 시욱 선생님은 왜 희생양이 된 걸까. 시욱 선생님은 P반을 맡지 않았잖아. 그리고 그전까지 계속 멀쩡했었고. 그렇다면 시욱 선생님은 그전까지 하지 않았던 어떠한 행동을 한 게 아닐까. 그랬기 때문에 그전까지 없었던 현상이 나타난 거지. 그럼 그 행동이 뭘까."

"뭔데요."

"그건 시욱 선생님이 나와 교무실 책상 자리를 바꿨다는 거야."

"그게 왜요?"

"그렇다는 건 내 자리가 다른 자리와 다른 무언가가 있다는 거지."

"그냥 좀 한 번에 말하면 안 돼요?"

"처음 내가 교무실에 들어갔을 때 '다른 책상은 자리가 다 있다'라고 했어. 무슨 소릴까. 즉 그 자리는 P반을 담당했던 선생님만 앉았던 자리라는 거야. 그런데 P반만 담당했던 선생님만 실종됐고 자리를 바꿔준 시욱 선생님도 그렇게 됐으니 책상과 연관이 있는 게 자연스럽지. 내 자리는 다른 자리와 달리 창문이 있어. 그게 다른 점이야. 창문으로는 햇빛이 들어와서 눈부시지. 햇빛이 무언가에 영향을 준 거야. 그리고 그 무언가는 책이지. 햇빛이 책에 영향을 줬어."

"책이 빛에 바랬다는 건가요?"

"아니. 그렇지 않아. 그 정도 시간적 여유가 주어지지 않았어. 정영주 선생님이 사라지고 얼마 안 지나 줄줄이 그렇게 됐으니까. 그럼 햇빛은 어떤 역할을 한 걸까. 만약 빛이라는 특성이 문제가 됐다면 교무실 천장엔 형광등도 있으니 뭔가 안 맞지. 햇빛은 열도 전달해. 그럼 책을 구성하는 종이의 온도가 오르겠지. 그 때문에 종이에서 어떤 물질이 나오게 되는 거야."

"그 물질이 뭐예요?"

"이번 경우에는 바로 마약 성분이지."

진설주 씨가 탄성을 내뱉었다.

"정리하면, 가온이는 마약 운반책이었고, 정영주 선생님은 학원에 책의 형태로 도착한 마약을 또 다른 곳으로 운반하는 제2 운반책이었던 거야. 정영주 선생님이 있었을 땐 책이 책상 위에 놓인 시간이 길지 않았어. 수업이 끝난 후 잠시 쉬는 시간에 밖으로 나가서 다른 사람에게 건네줬던지 했겠지. 하지만 정영주 선생님이 사라지고 나서 문제의 책상 위에 방치된 시집은 햇빛을 받아 열을 흡수하며 종이에 스며들어 있던 마약 물질을 서서히 뿜어냈고 거기에 앉는 P반 선생님들은 차례로 이상한 증상을 보였다가 안 좋은 결말에 이른 거지. 창문에 붙어 있는 암막 커튼을 움직이면 공기의 흐름이 강해져 흡수가 더욱 잘 됐을 테고. 그리고 그 자리 옆엔 커다란 화분이 여러 개 있어. 화분이 많은 곳은 습하지. 게다가 이사가 수시로 분무기를 뿌리잖아. 그 물질이 수분과 결합해 또 다른 화학작용을 일으키며 치명적으로 변질되는 거야."

"헐."

"그게 가능합니까?"

진설주 씨의 물음에 나는 고개를 끄덕였다.

"이론상으로 가능하죠. 제가 화학과를 졸업해서 대강은 압니다. 포스겐이라는 물질이 비슷한 메커니즘을 갖고 있기도 하고요. 종이에 마약을 적시는 수법은 고전적입니다."

"그렇군요."

"가온이는 왜 실종된 거예요?"

"불행인지 다행인지 가온이는 그걸 눈치챘어. 자신이 뭔가 위험한 짓에 가담하고 있다는 걸. 그래서 그 사실을 원장님에게 말할까 망설이느라 원장실 앞을 기웃거린 거야. 결국 가온이는 입막음을 당했어. 아마 죽었겠지. 그리고 가온이를 이어 정영주 선생님까지."

가만히 이야기를 듣던 진설주 씨가 신음했다.

"학원이 마약 거래 현장이 되어버리다니. 믿기지 않는데요."

"전국 하수처리장에서 한 곳도 빠짐없이 필로폰 등 마약 성분이 3년 연속 검출됐다는 뉴스 보셨나요. 이제 마약은 마음만 먹으면 너무 쉽게 구할 수 있는 물품이 되어버렸어요."

아까 전 카페 안으로 들어온 직후 그 책에서 고농도의 마약 성분이 검출됐다는 경찰의 연락을 받았다. 널리 퍼지지 않은 생소한 신종마약인데, 기체 성분을 조금만 흡입해도 두통이 오고 속이 메스껍다고 한다. 치사량도 매우 작아, 마약보다 극약에 가깝다. 첫 수업을 하던 날, 나는 교무실에서 시욱 선생님과 대화를 나누며 두통을 느꼈다. 수업 중에도, 그리고 그날 밤과 다음 날 아침엔 메스꺼움을 느끼고 악몽까지 꿨다. 그건 정신적 스트레스 때문이 아니었다. 처음 그 자리에 잠시 앉아 암막 커튼을 한번 만지작한 것만으로 다량의 마약 성분을 흡입한 것이다. 죽은 선생님들은 당시 부검을 진행했지만 마약 노출 정도가 극소량이라 검출되지 않았다고 한다.

"저주 따위가 아니었던 거야."

"다행이네요. 오늘 일로 선생님은 죽진 않았으면 했거든요."

"무슨 뜻이지?"

"선생님이 마음에 든다는 뜻이에요."

"농담으로라도 선생님한테 그런 말 하는 거 아니야."

"성덕 선생님."

진설주 씨가 조심스레 나를 불렀다.

"혹시 괜찮으시다면 이 이야기의 진상을 제가 기록해도 될까요?"

"기록이라면 출판하겠다는 말씀이신지?"

"출판은 아니고, 그냥 혼자 간직하고 있으려 합니다. 유튜브에는 올리지 않겠습니다. 사례도 충분히 해드리겠습니다. 한 삼백만 원 정도면 될까요."

"삼백만 원!"

"우와!"

"네가 왜 좋아해. 뭐 모든 게 해결됐으니 상관없겠죠. 계좌 번호를 불러드리면 될까요?"

약간의 절차 후 정확히 삼백 만원이 입금되었다는 문자가 날아왔다. 진설주 씨가 자리에서 일어섰다.

"감사합니다. 그럼 저는 이만 가보겠습니다. 앞으로는 별 일 없으시길."

진설주 씨는 인사를 건네곤 미련 없이 카페를 빠져나갔다.

"선생님, 우리 놀이공원 가요. 맛있는 것도 사주세요."

"음, 싫어. 안돼. 공부에 대한 것만 부탁해. 그것도 강의실에서만."

"제 증언이 아니었다면 죽어도 진상을 파악하지 못했을걸요? 그러니까 영화라도 보여줘요!"

사실이라 반박을 할 수가 없다. 하지만 이럴 때일수록 책임감 있는 어른의 모습을 보여줘야 한다.

"안 돼. 절대 그럴 일 없어."

서정은 등 뒤에서 삐진 표정을 지었다. 얼른 집으로 돌려보내야겠다.

H골 여우 누이 설화 변이형에 관한 한 가지 해석

|

그린레보

사랑하는 배우자에게

네가 나한테 화가 난 건 전적으로 내 잘못이야. 미안해.

너는 이해가 안 되는 걸 넘어서 모욕적인 침해로 여겼겠지. 우리 공동의 친구에게서 네 앞으로 온 선물을 난 아무 설명 없이 빼앗고 곧장 음식물 쓰레기 수거함에 처넣어버렸어. 네가 꽤 좋아하는 친구에게서 받은 반가운 선물을 말이야. 그리고 분노를 억누르고 설명을 요구하는 네게 나는 뻐끔거리기만 하며 네 화를 돋았어. 네가 이렇게 생각한 것도 지당해(넌 말로는 하지 않았지만 네 눈빛만 봐도 알 수 있었어).

'얘가 설마 오래 사귄 남사친이라고 견제하나? 나랑 걔가 뭔 사이라도 되는 줄 알고 소유욕 부리나? 그렇게 판단력이 부족하고 아둔한 놈이었나? 지가 뭔데 내 교우관계를 컨트롤 하려 들어? 못난 새끼...'

나는 못난 남편이야. 그건 맞아. 하지만 내가 그런 난폭한 짓을 저지른 건 완전히 다른 이유에서야.

알다시피 나는 말재주가 없어. 아니, 제 딴에는 제법 조리 있게 말할 줄 안다고 생각하지만, 내가 하는 소리는 결국 상대를 화내게 해. 세상에서 제일 내게 관대한 너조차도 내가 입만 열면 얄미워진다고, 사람 열받게 하니 남들이 뭐라 하면 다물고 그냥 듣기만 해주라고 했었지. 하물며 그 '선물' 건은 아주 긴 설명이 필요한 일이었어. 요점만 말하면 간단할 거야. 하지만 헐벗은 요점만으로 네게 그 일을 이해시킬 자신이 없었어. 네 도량을 얕잡아서가 아니라는 건 알겠지? 다만 그 인과가, 너무나도 이상하거든....

그래, 그건 아주 이상한 이야기야.

나는 실제로 말 몇 마디를 잘못해서 화를 부른 적이 많아. 혓바닥으로 파멸을 부르는 팔자가 아닐까 의심스러워. 그렇기에 네겐 너무나 이상해 보였을 내 행동을 뒷받침하는, 그보다 더욱 이상한 그 일의 전말을 차마 혀 놀림으로 전할 수가 없었어. 그래서 입을 다물었던 거야.

다행히 내겐 재앙의 입을 닫는 대신 쓸만한, 실적으로 뒷받침한 재주가 있지. 네가 내게 가장 화가 치민 순간에도 부정하지 못할 재주가. 지난밤 나는 그 재주를 발휘하는 데 몰두했어. 이 뒷장부터 시작되는 문서가 그 결과야. 내가 너에게 바칠 수 있는 최대한의 성의 있는 설명.

아직 우리가 담당 편집자와 그 담당 작가 중 하나였을 무렵에 너는 물은 적 있지. '작가님은 글을 짓는 타입이세요, 쓰는 타입이세요?'라고. 나는 '짓는다'라고 단언했어. 거기에는 내 소설이 결국 지어내는 거짓에 지나지 않는다는 의식이 반영돼 있었지. 지금 건네는 이 이야기 역시 술술 쓴 건 아니야. 짓기 위해 고심했어. 실화에 바탕하더라도 소설이라는 형식에 담기 위해선 실제를 각색해야만 한다. 허구와 왜곡을 기꺼이 구사하지 않으면 안 된다. 그 작업이야말로 독자에게 진실을 전달하기 위한 최적의 수단이라는 역설이 소설의 매력이다. 우리에게 이미 이런 공동의 전제가 있다는 건 의심의 여지가 없을 거야.

이 지어낸 이야기가 내 행동에 대한 설명이 되고 네 분노를 가라앉히길 빌어. 내 재주가 너를 지루하게 만들지 않기를, 적어도 참고 읽어줄 수준은 되기를 나는 간절히 바라고 있어. 즉, 여기 담긴 일말의 진실이 너의 마음에 닿기를.

'동아시아 요괴소설 컨퍼런스'라는 거창한 이름이 붙은 행사 소개를 보았을 때, 나는 커다란 컨퍼런스룸에서 개최되는 케이터링 서비스 포함 교류회 같은 걸 상상했지만, 컨벤

션 센터도 대학도 아니고 동 단위 주민회관의 한 방을 빌린 자리에 그야말로 소소하다고 할 인원이 모여 종이컵에 우린 티백 현미녹차를 대접받은 정도였다. 하지만 그들의 발표는 나름대로 흥미롭고 열의가 있어서 얼결에 온 입장에서도 오길 잘했다고 생각을 고쳤다. 스마트폰으로 아내에게 줄 녹음만 하고 있다가 자연스럽게 키보드를 꺼내 메모를 곁들이기 시작했다.

참가 인원은 우리를 포함해서 딱 열 명이었는데, 그중 가장 눈에 띄는 건 대만 소설가 류젠밍과 개최지 H시에 거주한다는 향토사 연구자 진설주 선생이었다. 가장 말을 많이 했기 때문이다. 모인 인사는 한국, 일본, 그리고 중국 본토와 홍콩, 대만 사람들이라는데 어째서인지 중국어권 사람도 발표는 일본어로 했다. 한국 사람은 물론 한국어로 발표했는데, 한국어의 일본어 통역은 진설주 선생이 맡았다. 일본어의 한국어 통역을 맡은 인물이 류젠밍 선생이었으니, 이들의 목소리가 압도적으로 많이 들린 건 당연할 것이다. 게다가 듣자 하니 이 두 사람이 의기투합하여 모임을 주최했고, 나머지는 거의 둘의 인맥으로 부른 거라 했다. 필연적으로 아는 사람끼리의 친목이라는 요소가 짙을 수밖에 없는 자리이므로 원래라면 나 같은 사람이 낄 곳은 아니다. 나를 데려온 세실리도 딱히 발표는 하지 않고 얌전히 앉아 듣기만 했다.

세실리는 제 본명을 싫어한다는 듯, 아내도 항상 '세실리'나 '세실'이라고 불렀다. 대학교 소설 창작 동아리에서 만난 친구인데 졸업 이후 소원해졌다가 몇 년 후 생각지도 못한 입장으로 재회해 다시 친해졌다고 한다. 번역 소설을 담당하던 아내가 어느 날 '회사 차원의 대국적 결단'에 휘말려 국산 BL 소설까지 커버하는 처지가 되었는데, 그 담당 작가 중 하나가 바로 그였던 것이다. 아내는 작가 세실리의 작품들은 몇 가지 읽어본 적 있으나 그게 바로 대학 시절 친구의 작품일 줄은 꿈에도 몰랐다고 했다.

"약간 분하기도 하네. 걔 글이라면 예전에 꽤 읽었는데 전혀 못 알아봤어. 대학 시절엔, 말하자면 좀 더 순문학적인 느낌으로 썼으니까."

상당히 이름난 BL 소설 작가의 본체가 남자라는 사실은 아내에게나 내게 그렇게까지 의외는 아니었다. 많지는 않지만 그 외에도 여성 취향의 로맨스나 성애물을 작업하는 남자 작가를 몇 명 알고 있었기 때문이었다. 물론 그들은 자기 성별을 철저하게 숨겼다. 애초에 숨김없이 시작해서 인지도를 쌓은 것도 아닌 이상 까발려지면 그 필명의 가치는 폭락하고 만다. 나로서는 저자의 성별이 독서 체험의 질을 좌우한다는 발상이 불가사의하지만 그게 얼마나 위험한지는 이

해했다. 바로 내가 독자에 의해 멋대로 성별을 오해당한 후 나중에 배신당했다는 명목으로 크나큰 공격을 당해본 처지니까 말이다. 하지만 여성향 성애나 로맨스 중심도 아니고 대체로 남성 시점의 일반적인 판타지 소설을 쓰는 나와 세실리는 역시 피해의 차이가 컸다.

대중 소설가는 역시 SNS 같은 건 하지 않는 게 좋다. 특히 정체를 숨기는 작가라면 더욱. 세실리는 제 딴에는 철저하게 여성의 목소리를 가장해서 세실리 계정을 운영했지만 어처구니없는 실수로 들키고 말았다. 평범하게 계정 실수였다. 남성임을 거리낌 없이 드러내는 사적인 계정에 올려야 할 게시글을 세실리 쪽에 올리고 만 것이다. 곧장 삭제했지만 이미 여러 사람들에게 캡처 당한 후였다. 그리고 끓어오른 '그러고 보니 여자 작가치고는…'과 '그럴 줄 알았다, 어쩐지 글이 품위가 없고…'의 사례들. '남자 주제에 어떻게 감히 BL을 써서 여자 돈을…'부터는 말하기도 참담하다.

이번 H시 컨퍼런스 참석은 세실리의 상심 여행 일환이기도 했다. 이제 세실리라는 필명과는 이별해야 하는 것이다. 이미 낸 책을 절판까지 시킬 생각은 없었으나, 더 이상 신간을 낼 수도 없었다. 주 수입원이 BL 소설 전자책 인세인 그로서는 우선 생계에 대한 위협이었다. 하지만 그 이상으로 소설가로서 자신이 죽은 기분이 들었다고 한다. 막막한 절

망과 울분으로부터 자신을 구제해야 했다. 가능하면 은행 잔고의 수위가 위험 수준을 밑돌기 전에.

아내는 그를 위로할 참 연락했다가 행선지를 알게 됐다. 세실리라는 필명을 폐기하면서 그는 옛날부터 써보고 싶었던 본격 요괴소설 집필을 시도하기로 결심했다고 한다. 이 사실 역시 아내를 적잖이 놀라게 했다.

"세실리는 다작했지만 현대물 혹은 서양풍 판타지였고 동양풍 오컬트나 전기물 같은 건 손댄 적 없거든. 우리나라는 BL 장르에서 무당이나 귀신이나 요괴 나오는 그런 건 다른 장르에 비해서도 꽤 먹히는 편인데 갠 한 번도 쓴 적 없는 게 맞대. 아니, 대학 때는 아예 순문학이었다니까? 근데 어릴 적부터 요괴소설을 한 번쯤 써보는 게 꿈이었다나 봐."

요괴소설이라는 게 정확히 뭔지 감이 잘 안 왔다. 귀신이나 요괴, 퇴마 소재가 중심인 작품이라면 내가 몸담은 판타지 소설 쪽에도 무궁무진하게 많았으나, 세실리가 염두에 둔 '요괴소설'은 뭔가 색이 다른 모양이었다. 아내는 세실리의 의도를 이해하는지 "교고쿠 나쓰히코 같은 거"라고 딱 잘랐다가 잠시 후 "그런데 진짜로 요괴가 나옴"이라고 덧붙였다. 교고쿠 작품이라면 나도 읽어봤는데, 음습한 변태심리와 엽기적인 괴사건을 전통적인 요괴에 빗대 상징화하고 공들인 플롯으로 담아낸 왜색 짙은 추리소설이라는 인상이었다.

확실히 진짜 괴이나 요괴는 없고 결국 합리적으로 해결됐다. 그렇다면 세실리가 쓰고 싶어 하는 '요괴소설'은 비합리적인 요괴의 등장으로 사건이 해결되는 거냐고, 내가 이해한 바에 덧붙여서 물었더니 아내는 "이러니까 알못은!"하며 화를 냈다.

"자기는 명색이 오락소설 작가인 주제에 오락 장르에 대한 소양이 너무 없어! 음습한 변태심리? 엽기? 왜색? 단어 하나마다 깔보는 티가 나잖아."

그런 의도는 전혀 없었다고 부정했으나, 흥분한 듯 '교고쿠님께 사죄하라'거나 '요괴소설 붐은 온다'는 등 엇나간 소리를 하곤 갑자기 떠안긴 게 세실리와의 동행이었다. H시의 컨퍼런스에 함께 참여해서 요괴소설이 무엇인지 배우고 와라. 너무나 뜬금없는 소리였지만 아내의 속셈은 짐작이 갔기에 확인차 물었다.

"같이 가자고?"

"아니, 너만."

요괴 어쩌고란 것 자체부터 아내가 관심 있어 할 소재였기에 부부가 같이 세실리와 동석하자는 얘긴 줄 알았으나 아내는 고개를 젓고 진심으로 분하다는 듯이 이를 갈았다.

"난 못 가."

"왜?"

"결혼하고 10킬로나 쪘잖아! 절대 안 돼. 못 보여줘."

너무 뚱뚱하다는 건 아내가 요즘 외출을 거부하는 주된 이유이긴 했다. 아무래도 아내는 세실리에게 지금의 자신을 보여주고 싶지 않은 모양이었다. 그와는 결혼식 하객으로 와준 이래 만난 적이 없다고 했다. 내 눈에 아내는 그다지 변함이 없어 보였고, 애초에 체중이 늘었다고 지인 만나기를 기피한다는 심리도 이해가 가지 않았으나 본인이 그렇다면 어쩔 수 없었다.

관건은 세실리 본인의 의사였는데, "이미 자기랑 같이 가라고 해놨어. 좋아하더라"랬다. 세실리와는 아내의 소개로 결혼 이전부터 교류가 있었다. 직접 보니 호리호리하고 이목구비가 반듯하며 전체적으로 색소가 옅은 인상으로, 맑은 적갈색 눈이 웃을 때 가늘어지는 것도 호감이 갔다. 매너도 섬세한 편이고, 말을 나눠보니 작가로서 나를 무척 높이 사준다는 게 전해져왔다. 내 글에 대한 감상평은 솔직히 담당 편집자였던 아내의 것보다 더 쓸만한 감이 있었다. 무엇보다, 흥미로운 사람이었다. 선을 지킬 줄 알았지만 가끔 이를 번뜩이는 시니컬하고 심술궂은 유머는 어쩐지 아내를 떠올리게 했다.

"재기하러 가는 셈이죠."

그는 가벼운 코웃음과 함께 대답했다. 전전긍긍하는 기색은 조금도 없었다.

그의 차를 얻어 타고 H시로 향하며 잡담을 나누다 어떻게 이런 먼 지방의 지극히 매니악한 행사를 알고 참가하느냐는 얘기가 나온 참이었다. 그는 서울의 대학을 나왔고 지금 거주지도 서울이지만 태어나 유년을 보낸 고향은 바로 H시라고 했다.

"막연하게 요괴소설 같은 걸 이제야말로 써보자는 기분만 갖고서 이것저것 찾아봤어요. 그러다 H시 주민 교류용 페이스북 페이지를 발견했는데, 거기에 수상쩍은 컨퍼런스를 한다는 얘기가 있어서. 장소를 자세히 보니까 내 어릴 적 살던 그 동네 주민 센터데요. 그걸 알아본 순간 딱, 재기하러 가야겠다, 하고."

"재기요."

"BL 작가로서 세실리는 죽고, 그로부터 새로이 부활해야 하니까."

"그렇군요. 그런데 외람될지도 모르겠지만, BL 쪽은 완전히 손을 떼시는 건가요? 사실 요괴소설이라고 하면 우리나라에선 생소한 느낌이고, BL 소설 쪽이 훨씬 시장성은 높을 텐데요. 영상화도 되는 추세고…."

"하하, 단둘이 재기 여행까지 하는 사이가 됐는데 좀 덜 서먹서먹하면 좋겠네요."

그렇게 능치는 그의 목소리는 지극히 소탈해서 생업과 정체성 양면으로 재기하러 가는 사람 같지 않아 보였다.

“BL 쪽은 두 번 다시 못 쓸 겁니다. 지금은 그저, 예전부터 해보고 싶은 걸 해보자는 마음이네요.”

이 역시 산뜻한 대답이었다. 잠시 멈칫한 나는 무심코 “죽음과 재생인가요…”라고 중얼거렸다. 그는 그렇게 거창하지는 않다며 웃었다.

“아니 그냥 흥미가 동한 것뿐이에요. 혹시 알아보셨어요? 시골에서 하는 수수한 친목 모임처럼 보이지만 이거 의외로 상당한 거물들이 모인다고요.”

알아볼 생각조차 하지 않고 있었다. 그제야 스마트폰으로 검색해 봤지만 세실리가 우연히 찾았다는 페이스북 페이지가 나올 뿐이었고, 내용을 읽어봐도 뭐가 대단한지 전혀 알 수 없었다. 컨퍼런스 주제와 연사들의 이름에 곁들여 그들의 직함 정도만 간략하게 적혀 있을 뿐, 그것도 중국어권 인물의 이름은 독음조차 쓰이지 않은 번자체였다.

세실리는 내 눈치를 힐끔하더니 눈매가 가느스름해지며 웃었다.

“모임 주최자분한테 연락해서 요괴소설을 쓰려하는 현업 작가라고 했더니, 얼마든지 환영한다 하셔서. 아, 나나 미큐님이 뭘 쓰는 작가인지는 말 안 했습니다.”

'미큐'는 내 필명이다. 우리는 서로를 굳이 지칭해야 할 때면 '미큐 님' '세실리 님'이라고 불렀다. BL소설을 쓰는 세실리만큼은 아니지만 나도 세간에 정체를 함부로 밝히는 게 싫은 처지였다.

즐거운 대화를 통해 H시에 도착할 즈음까지 컨퍼런스 인사들 대다수의 실적과 평판에 더불어 한중일 요괴 문화에 대한 세실리의 견해를 접수해둘 수 있었다. 덤으로 서로 반말도 텄다. 그는 나보다 두 살 어렸지만 딱히 신경 쓸 일은 아니었다.

"이런 식으로 대부분 작가나 평론가. 잘 모르겠는 건 주최자인 진설주 선생이신데, 아무래도 토착 연구에만 집중하는 재야인사인 것 같아. 출간한 연구서가 있긴 한데 도서관에나 가야 읽을 수 있고."

"그래도 한가락 하는 거 아닐까? 꽤 쟁쟁한 사람들과 인맥이 있는 거면."

"그렇겠지. 뭣보다 류젠밍이랑 아는 사이니까. 원래 둘이서 마련한 자리라잖아. 게다가 대만도 일본도 아닌 이런 문화적 변방 중에서 대도시조차 아닌 벽촌에 모이게 할 정도면야."

"음, 류젠밍이라면 대만의 요괴소설 작가던가? 그 사람이 그렇게 거물이야?"

"대만의 미쓰다 신조 같은 느낌."

"그게 누군데?"

아내는 내가 알아들을 법한 지식수준에서 예를 들어 줬지만 세실리는 그러지 못했다. 하지만 내 반문에 놀라며 차마 믿지 못하겠다는 듯이 흥분하는 모습은 완전히 아내와 다름없었다.

"말도 안 돼! 미큐 작가님 씩이나 되시는 분이 어떻게 모를 수가!"

"미안하지만 난 우리 배우자만큼 책을 좋아하진 않아서…."

이리하여 또 한 명의 작가에 대한 지식을 얻게 됐다. 이전부터 감지해왔지만 세실리의 독서 편력도 아내와 꽤 흡사한 것 같았다. 문득 대학 시절 동아리에서 둘은 매우 친한 사이였을지도 모르겠다는 생각이 들었다. 아내에게서나 세실리에게서나 상대에 대한 추억을 들은 일은 거의 없었다. 말할 필요도 들을 필요도 없으니까. 하지만 묘하게 복잡한 흥미가 생기는 건 어쩔 수 없는 일이었다.

"어쨌건 진설주 선생 말이지. 알려지지 않은 인사지만 발표 주제가 왠지 흥미롭더라고."

"뭔데?"

"'H동 일대에 전해 내려오는 여우 누이 설화 변이형에 숨겨진 진실'."

가늘어진 눈초리로 노래하듯 읊는 세실리의 갸름한 얼굴은 그야말로 기분 좋은 여우처럼 보였다.

H시 H동 인근에 도착했을 때는 행사 시작보다 한 시간 정도 이른 시각이었기에, 적당히 차를 세워두고 동네를 둘러보기로 했다. 10월도 무르익은 토요일 낮이었다. 대도시에 익숙한 나로서는 동네의 적막함이 피부에 생경했다.

초등학교 5학년 때까지 이곳에서 살았다는 세실리는 처음에야 갈피를 못 잡았지만 이내 탄식하며 "어째 이 동네는 변한 게 없냐, 변한 게…"라고 중얼거렸다.

"십 년이면 변한다는 강산인데. 그 두 배는 세월이 흘렀을 텐데 어째 이렇게 고였을까."

그는 수확이 끝나 휑해진 논 너머 얼룩덜룩한 능선을 가리켰다.

"저기 H산에 헛개나무가 많은데, 헛개열매는 대부분 요만하잖아? 이 동네 건 이따만해." 엄지 검지로 블루베리 한 알만한 원을 만들었다가 포도알 정도로 확대해 보였다. "어릴 적에 남매들끼리 누가 제일 큰 열매를 따오는지 내기하며 놀기도 했어."

좀 더 나아가면 바다도 나온다지만 산기슭을 어정거리는

사이 시간이 다 갔다. 우리는 주민 센터 세미나실로 향했다.

그리고 꼼짝없이 네 시간이 넘도록 의자를 덥히는 신세가 되었다. 하지만 의외로 흥미를 자극하는 발표들이라 지루하지는 않았다. 학술적인 내용들일까 싶었는데, '한중일 요괴 데이터베이스를 활용한 카드 게임 구상안' 같은 지극히 크리에이티브한 발표도 있었다. 발표자는 일본의 소설가 겸 게임 제작자로 나중에 알고 보니 세계적으로 꽤 인지도를 쌓은 인물이었다. '산괴山怪의 마을 – 저주받은 저택을 탐험하다'라는 건 의외롭게도 탐사 르포였다. 중국의 어느 저개발지에 있는 정체불명의 폐가와 그를 둘러싼 소문에 관한, 아무래도 공공연하게는 밝힐 수 없는 아슬아슬한 방법에 의한 취재기여서 과연 이런 소규모적인 자리가 아니면 세상에 낼 수는 없겠다 싶었다. 거기다 어디까지나 합리적인 논조임에도 필자가 직접 체험한 일들은 진짜 초자연적인 괴이일 것 같다는 느낌이 들게 하는 필력이었다. 이 발표자도 꽤 이름난 저자일 듯했다.

'요괴소설'이라기에 발표들은 동아시아 오컬트 전반을 두루뭉술하게 포괄하고 있었다. 전통적인 것부터 최근의 도시전설에 이르기까지. 그런 가운데 통역과 더불어 적절한 질문과 주의 환기 등 사회자 역할로도 눈길을 붙든 류젠밍 선생의 발표는 2014년부터 시작된 대만 내 요괴소설 붐의 민족 운동적인 성격과 어떻게 반중국 정서와 결부되었는지를 짚는 사회학적인 내용이었다. 장내에 중국 본토인도 있어서 약간 신경 쓰였는데 다들 고개를 끄덕거리며 경청하는 기색이었다.

진설주 선생이 마지막 발표자였다. 발표 개요를 정리한 프린트물을 넘겨보며 다시금 주제를 확인했다. 'H동 일대에 전해 내려오는 여우 누이 설화 변이형에 숨겨진 진실'. 선생이 발표석에 서자 세실리의 슬슬 흐리멍덩해지던 눈빛이 다시 생기를 찾았다. 뭐가 그렇게 특별히 재밌는 주제인지 알 수 없었지만 일단 나도 덩달아 자세를 고쳤다.

"여우 누이 설화란 동아시아에 보편적인 '요매 설화'의 일종입니다. 요매 설화는 누이가 요괴로 둔갑하거나 그 정체가 요괴였다는 이야기를 통틀죠. 요약한 내용을 읽어보시면 국외 여러분께서도 어딘가 익숙한 느낌을 받으실 겁니다."

여우 누이 설화는 우리나라 여러 지방에서 발견되는 보편적인 설화인 만큼 세부 형태가 다양한데, 아들만 있는 집에 부모가 빌어서 태어난 금지옥엽 막내딸이 실은 요괴 여우로써 집안에 재앙을 불러일으키고, 그로부터 살아남은 오빠가 조력자의 도움으로 여우 누이를 무찌른다는 줄거리는 공유하는 듯했다. 어릴 적 동화책으로 접했을 때는 요괴 모습으로 변해 소의 생간을 뜯어먹는 누이의 무시무시한 삽화나,

도사에게 받은 세 가지 요술 주머니를 던져 누이의 추적으로부터 도망쳤다는 내용이 인상에 남았다.

H동에 전해 내려온다는 여우 누이 이야기도 기억 속 설화와 중반까지 큰 차이는 없어 보였는데, 특이한 건 요괴로부터의 도주가 시작되는 후반 부터였다.

“H동 여우 누이 설화는 여타 판본에 등장하는 조력자, 즉 아내나 도사 혹은 용녀 등이 등장하지 않습니다. 막내 오빠가 자력으로 타개한다는 전개인데, 정체를 드러낸 요괴의 추적으로부터 도망치며 이 오빠가 뒤로 던지는 게 바로 헛개열매입니다.”

진 선생은 직접 실물을 들어 보였다. 확실히 설명해주지 않으면 헛개라고 알아보지 못할 정도로 알알이 큰 갈색 열매들이 두서없이 붙어 있었다. 세실리가 말한 H산의 헛개인 것 같았다.

“이 지역의 산은 예로부터 헛개나무가 많은데 보시다시피 알이 큰 열매로 유명했습니다. 식물학자도 정확한 원인을 알 수 없고 특이한 변이종이 우연히 번식한 것 같다고 하더군요. 나눠드린 자료의 설화 요약 후반을 보시면, 도망치다 궁지에 몰린 오빠가 비단 주머니에서 헛개열매를 꺼내 뒤로 던집니다. 첫 번째 열매를 던지자 주변이 고기 숲으로 변합니다. 주지육림의, 문자 그대로 육림이지요. 누이는 선혈이

뚝뚝 듣는 진수성찬에 정신이 팔리고 그 틈에 오빠는 줄행랑을 치는 겁니다."

무심코 팔짱을 끼고 고개를 기울였다. 내가 아는 내용대로라면 비단 주머니 같은 걸 던지자 가시밭길이 펼쳐져 여우의 진행을 막아야 했다. 퇴치 도구가 이 지역의 특별한 나무 열매인 건 그럴 수도 있겠다 싶은데, 튀어나온 게 '육림'이라니 뭔가 이질적인 느낌이었다.

"하지만 얼마 지나지 않아 따라잡히고, 오빠는 다시 비단 주머니를 열어 두 번째 헛개열매를 던집니다. 그랬더니 오색구름이 피어오르고 향내가 그윽해지면서…."

미목수려한 천자님이 선녀와 미동을 거느리고 나타나, 여우 누이에게 자기는 옥황상제의 아들인데 그대를 비로 삼고 싶다며 꾄다. 누이가 천자님의 유혹에 넋을 잃는 사이 오빠는 다시 도망친다.

"고개를 갸웃거리는 분이 계시네요." 진 선생은 내 쪽을 눈짓하며 웃었다. "좀 이상하죠. 그런데 마지막 삼세판째는 더욱 기묘합니다. 거듭 따라잡힌 오빠가 다 죽었구나 싶은 찰나 마지막 하나 남은 헛개열매를 던져요. 그러자 어떻게 됐을까요?"

해답은 이미 요약본에 쓰여 있지만 덮어두고 잠시 생각해 봤다. 첫째가 육림, 둘째가 천자. 그럼 그 다음은? 한참 머리를 굴리는데 발표가 이어졌다.

“헛개가 쩍 갈라지면서 콰르릉 천지가 울리더니, 튀어나온 건 머리가 하늘 끝까지 닿은 금강역사였습니다. 인왕이나 야차와 동일시되기도 하는 불교의 수호신이지요. 주로 문지기 역할을 하는 험상궂은 인상의 신이에요. 그것이 나타나더니 꼬나쥔 금강저로 여우 누이를 내려칩니다. 이렇게 오빠는 여우 누이를 물리치고 무사히 살아남는 걸로 끝납니다.”

“하아.”

무심코 헛바람이 새어나왔다. 너무나도 뜻밖의 등장에 뜻밖의 징벌, 맥없는 엔딩이었다. 그러자 진 선생은 다시 내 쪽에 눈길을 주곤 싱긋 웃었다. “묘하죠?”

“선행 연구자이신 XXX 선생님이 이 ‘H골 여우 누이 설화’를 채록하신 게 93년인데, 전승과정에서 무언가 개인의 창작과 각색이 강하게 반영된 채 전해진 게 아니냐는 코멘트를 다셨어요. 당시 이 이야기를 기억하는 사람은 모두 80세 이상의 고령자 세 사람이었는데 설화 개찬에 관한 단서까지는 기억하지 못하는 상태였고요. 그 이상의 후속 연구가 이뤄지지 못한 채 세 분 모두 숨을 거뒀습니다. 이후 H골 여우 누이 설화는 주목받지 못한 채 어떤 문헌에도 등장하지 않습니다.”

그걸 지역 주민이기도 한 진 선생이 발굴하여 연구를 진행했다는 얘기인가.

"구전 설화로서는 개인의 창작 의도가 강하게 반영된 독특한 케이스, 이렇게 생각하더라도 이 H골 여우 누이 이야기는 수수께끼의 냄새가 납니다. 첫째, 어째서 헛개열매를 던지는가? 둘째, 헛개열매를 던졌을 때 어째서 육림과 천자가 출현하는가? 셋째, 어째서 마지막엔 뜬금없이 금강역사가 나타나 누이를 응징하는가?"

국내에 전해지는 다른 여우 누이 설화에서 누이의 추적을 위해 쓰는 마술 도구나 무구는 엄연히 퇴치 도구로, 가시밭길과 물바다, 불바다가 나타나는 등 폭력적인 효과를 일으켰다. 그런데 H골 설화는 퇴치가 아니라 유혹으로써 목표물인 오빠로부터 누이의 주의를 돌리는 역할을 하고 있었다. 다른 수수께끼보다 나는 이 부분이 마음에 걸렸다.

"이 세 가지 수수께끼는 과연 무엇을 의미하는가? 그 비밀을 풀 열쇠는 두 가지입니다. 첫째, 우리 H산의 헛개."

진 선생이 이번에는 투명한 밀폐용기를 꺼내 들어 보였다. 안에 있는 건 헛개열매일 텐데, 아까 보인 것과 달리 녹색기가 도는 듯해 보였다. 아직 덜 익었을까?

"그리고 둘째가 여기, 1920년대 이곳 고등보통학교 교장으로 부임한 일본인 노다의 수첩입니다. 그는 살던 저택이 전소하는 사고를 겪었는데, 놀랍게도⋯."

그때였다. 노크 소리가 울리는가 싶더니 문이 벌컥 열렸다.

"죄송하지만 선생님, 대관 시간이 이미 지나셨습니다."

무표정한 얼굴로 그렇게 고한 인물은 주민 센터 직원인 듯했다. 알게 모르게 긴장했던 자리의 분위기가 탁 풀리는 감각과 더불어 몇몇이 기지개를 켰다.

"아, 이거 죄송합니다. 그럼 여러분, 나머지는 뒤풀이 자리에서."

진 선생은 무던하게 웃으며 그렇게 말하고는 어째서인지 이번에도 내 쪽으로 뜻 모를 눈짓을 보냈다.

동네 중국집 2층을 통째로 빌린 듯 자리는 넓었다. 이미 메뉴를 골라놨는지 우리가 올라가자마자 속속 음식들이 나오기 시작했다. 커다란 상을 가운데 두고 진설주 선생과 류젠밍 선생이 가운데 앉았는데, 어째서인지 우리를 불러 맞은 편에 앉도록 권했다. 세실리와 나는 당혹해서 사양했지만 두 선생은 서로 눈빛을 교환하더니 어딘가 짓궂은 미소를 씨익 지었다.

"실례지만 선생님께 사인을 좀 받았으면 해서 말입니다."

유창한 한국어로 그렇게 말하며 메신저백에서 책 한 권과

펜을 꺼내 내민 건 류 선생이었다. 화려한 인물 일러스트 표지를 못 알아볼 수는 없었다. 불시에 두 뺨이 확 달아올랐다. 내 책의 대만판, 바로 최근 나온 신간이었다.

나는 작가 활동을 하며 굳이 얼굴을 드러내지 않는 편이었지만 한두 번 행사나 인터뷰 때 언론에 사진이 찍힌 적 있다. 류 선생은 그걸 본 모양이었다. 그래도 처음 만나는 사람이면 긴가민가할 만도 한데, 대번에 나란 걸 특정했다면 내 얼굴이 그렇게까지 특징적인 편인 걸까.

"사진으로 뵀을 때도 대단한 기운이 서려 있다고 느꼈는데 직접 보니 역시 대단하셔서."

면지에 내 사인을 받은 책을 수습하며 류 선생이 말했다. 기운이라니 더더욱 알 수 없었다. 한편 진 선생은 세실리를 상대하고 있었다.

"선생님은 혹시, 여기 출신이 아니신가요?"

세실리도 당황하여 눈을 휘둥그레 떴다. "네, 네. 맞는데요."

"저 모르시겠습니까? 바로 앞집에 살았지 않나요? 아침마다 학교 가는 삼남매와 마주쳐서 인사를 나눈 기억이 선합니다."

"아아, 네. 기억납니다. 초등학생 때… 그렇네요. 앞집 사시던 '선생님'이 바로…."

세실리도 약간 얼굴을 붉히며 고개를 끄덕였다. 뜻밖에도 진 선생은 어릴 적 세실리와 이웃 사람이었던 것 같았다. 그런가, 진 선생이 아까 행사 도중 내 쪽을 자주 본다고 느꼈는데 실은 내 곁의 세실리를 확인한 거였나 하고 납득하는데, 진 선생은 반가운 추억에 젖은 듯 눈매가 누그러졌다.

"이렇게 훤칠한 청년이 되셨군요. 정말 반갑습니다. 분명 형님…" 여기서 갑자기 진 선생의 표정이 아차 하고 굳었다. 그는 수습하듯 말을 바꿨다. "…여동생분은 잘 계시는지요?"

그러자 이번에는 세실리에게서 멈칫하는 기색이 느껴졌다. 보일락말락 입꼬리가 내려갔지만 이내 다시 끌어올리고 그는 대답했다.

"죽었습니다."

"…."

이제는 두 선생과 나까지 굳어버렸다. 세실리는 오히려 장난스럽게 하하 웃었다.

"형도 그렇고 동생도 뭐, 오래전 일이라서요. 아무렇지도 않아요. 아니, 안 좋은 소식을 전해드려서 오히려 죄송하다고 할지."

"아뇨, 아뇨… 그런데 지금은 소설가가 되셨다고요? 요괴 소설을 쓰고 싶다고 하셨고, 동행분도 꽤 이름난 작가님이

신가 보군요."

약간 억지로 화제를 돌리는 티가 났다. 세실리는 진 선생이 난처해하는 모습에 짓궂은 기질이 발동한 듯했다. 그 자리에서 "세실리라는 필명으로 BL 소설을 쓰고 있습니다"라고 선뜻 밝혀버리는 바람에 마침 입에 머금던 냉수를 뱉을 뻔했다. 진 선생은 그게 뭔지 감감하다는 눈치였으나 옆의 류 선생은 "남자분이?"라며 놀랐다.

이렇게 대화 주제가 나와 세실리의 직업으로 넘어갔고 류 선생에게서 약간 노골적인 설명을 들은 진 선생은 세상의 어두운 일면이라도 본 듯한 눈빛이 됐다. 류 선생은 좀 신이 났는지, 나에 관해서 '동아시아의 J. K. 롤링'이라고 말도 안 되는 소개를 하는 바람에 가시방석에 앉는 기분이었다. 그저 흥미 위주의 웹소설을 쓸 뿐인데 약간 인기가 있다는 이유로 무슨 문호 취급을 받으면 불편할 뿐이었다.

류 선생과 진 선생 모두 우리에게 지나치게 관심을 갖기 시작한 것 같았다. 나는 "슬슬 수수께끼를 푸는 열쇠 두 가지에 관해 계속해야 하지 않을까요?"라고 재촉해봤지만, 진 선생은 자리를 슥 둘러보더니 고개를 저었다.

"다른 분들도 자기들끼리 토론에 열중하는 것 같으니 일단 흥을 깨지 말고 놔둡시다. 뭐, 급한 것도 아니고요."

과연 서넛씩 그룹이 만들어져 뭔가 열심히 대화를 나누

고 있었다. 나는 내심 내 소설에 관한 질문이라도 받으면 어쩌나 걱정했다. 독자들의 열의에 비해 내가 할 말은 그렇게 많지 않았고, 나름대로 성심성의껏 대답해봐야 돌아오는 건 당황하거나 실망했다는 기색이기 일쑤였으니까.

"그런데 세실리 선생님은 앞으로 어떤 요괴소설을 쓰시려는지?"

다행히 자의식 과잉이었는지, 진 선생의 관심은 내 옆으로 비껴갔다. 세실리는 사천식 탕수육을 자기 그릇에 덜어내느라 고개를 숙인 채였다.

"…글쎄요. 여우 요괴에 대해서라도 써볼까요."

그리고 젓가락을 내려놓고 고개를 들자 가느스름하게 웃는 눈이 보였다.

"사실 신변에 좀 일이 있어서 마음 추스르는 겸 고향에 와본 거기도 한데요. 모든 발표가 아주 재밌었지만 특히 진 선생님의 발표는 제게 이런 이야기를 떠올리게 하네요. 옛날 옛적에로 시작해볼까요…."

전래동화처럼 운을 뗐지만 1인칭으로 이어지는 이야기를 듣는 동안 세실리 자신의 어린 시절이 반영되어 있음을 알 수 있었다.

그것은 이런 '요괴소설'이었다.

**

요즘도 저출생 문제가 심각하다고 하지만 내 부모님 세대부터 이미 아이를 한 명 이상 낳는 일이 적어졌다고 합니다. 그런데도 부모님이 셋째를 낳은 건 줄줄이 아들이었기 때문이죠. 두 분 다 어떻게든 딸이 갖고 싶으셨나 봐요. 형과 나는 한 살, 나와 동생은 두 살 터울입니다.

가장 오래된 기억부터 동생은 가족의 중심이었습니다. 무엇보다 부모님의 일 순위였죠. 형제 많은 집에서 자란 막내는 손위 물건을 물려받아 쓰느라 불만을 가지는 일이 많다던가요. 우리 집은 정반대였습니다. 옷가지며 학용품, 간식과 장난감, 모두 동생이 처음이고 형과 네겐 남은 예산으로 산 싸구려나 동생이 갖고 놀다 질린 게 떨어지곤 했어요. 어머니는 심지어 형제에겐 속옷조차 제대로 사주지 않으셨습니다. 체격이 큰 편이었던 형은 아무래도 맞지 않았지만 제 몸엔 동생 것이 맞았거든요. 초등학교에 입학하고 우연히 반 아이에게 놀림당하고서야, 다른 집에선 남매가 속옷까지 공유하는 일은 없다는 걸 알고 크게 놀란 기억도 납니다.

애정을 듬뿍 받고 자라서인지 동생은 어린 마음에도 눈에 띄게 예쁜 아이였습니다. 게다가 머리가 비상했습니다. 여자아이가 남자아이보다 언어 발달이 빠르다고 하지만, 세 살 위인

형과 말다툼을 해도 밀리는 일이 거의 없었다고 기억합니다. 말문이 막힌 형은 곧잘 손찌검했고요.
네. 형과 동생은 꽤 티격태격하는 사이였습니다. 저는 사이에 끼어서 갈팡질팡하는 신세였죠. 형은 막내에게 이상한 저항 의식을 갖고 있었고, 제겐 같은 남자끼리 뭉쳐야 한다고 한편을 강요했습니다. 저는 그런 형이 부담스러웠고요. 앞집 사시던 진 선생님이 우리 남매를 어떻게 기억하실지 모르겠지만, 형은 동네 문제아였습니다. 난폭하고, 남을 휘어잡으려 드는 성미로 어리고 약한 아이들을 울리고 다녔죠. 이게 다 부모의 애정을 동생에게 빼앗긴 보상 심리 때문이라 할 수도 있지만… 한편 동생은 좀 얄미운 면도 있었지만 형보다는 대하기 편했습니다. 간식이나 장난감 취향도 같아서 같이 놀기 편했고요. 어쨌거나 사이에 낀 저는 매일이 아슬아슬 줄타기 같았습니다.
형은 잘못을 저지르면 말도 안 되는 억지를 부려 동생에게 뒤집어씌우려 하기 일쑤였습니다. 어머니가 아끼는 화분을 베란다 난간 아슬아슬한 데 올려놔 아버지의 차 보닛 위로 떨어지게 만든다거나, 동네 고양이가 낳은 새끼를 괴롭혀 죽게 만든다거나, 동생의 생일의 생일을 기념하려 하루 일찍 다른 동네까지 가서 사온 비싼 케이크를 간밤 동안 다 먹어치운다 거나. 하지만 그렇게 억지를 부릴수록 가혹하게 혼나는 건 형이었습니다.

"난 억울해! 다들 속고 있는 거야."

"저 기집애가 눈웃음 살살 치면서 사람들을 홀리고 있잖아."

"두고 봐. 언젠간 꼬리를 잡고 말겠어."

형은 붉게 부은 눈에 핏발을 세우고 그렇게 중얼거리곤 했습니다. 기억하는 한 초등학생 시절 내내 형은 그런 느낌이었습니다. 중학생 시절은 영영 오지 않았고요….

형이 6학년이 된 해의 가을, 딱 이맘때였습니다. 당시 텔레비전에서 학교 괴담을 주제로 한 애니메이션이 방영해 아이들 사이에서 엄청난 인기를 끌었는데, 그 영향으로 우리가 다니는 초등학교에서도 '학교의 7대 불가사의' 붐이 일었거든요. 자정마다 걸어다니는 운동장의 세종대왕상, 음악실의 저절로 울리는 피아노, 혼자 앉아 있으면 빨간 휴지나 파란 휴지를 강권하는 귀신이 나타나는 화장실 칸, 절대로 자정에 들여다보면 안 되는 체육관의 전신거울, 밟으면 다른 세계로 가게 되는 중앙 계단의 열세 번째 단… 그런 뻔한 레퍼토리 가운데 지금 생각해도 독특하다 싶은 게 하나 있었죠. '간 빼먹는 요괴 교장'이었습니다.

초등학교 터가 예전에 공동묘지였다거나 일제강점기 시절 처형장이었다는 괴담은 꽤 보편적이라고 하더군요. 우리 초등학교는 저 H산 기슭에 터를 잡고 있었는데, 좀 색다르게도 '일제강점기 때 일본인 교장이 학생들로 인체실험을 하곤 시체를 H산에 버렸다'는 괴담이 전해 내려왔습니다. 그런데 이 일본인 교장은 여우가 둔갑한 괴물이라 실험체가 된 아이들의 간을 빼먹었다는 소문도 같이 전해 내려왔죠. 괴담 여러 개가 중구난방으로 섞여버린 느낌이네요. 여하튼 H산에는 그 요괴 교장이 아직도 배회하며, 밤중에 우리 학교 학생을 마주치면 납치해 인체실험을 하고 간을 빼먹는다고 했습니다. 그리고 이 요괴 교장 괴담은 이미 학교 안 괴담들을 탐험한 악동들에겐 최후의 모험이 되었습니다.

그날 형이 제안한 '놀이'가 바로 그것이었습니다. 한밤중에 H산으로 요괴 교장을 찾는 모험을 하자고요. 우리는 이미 다른 아이들과 함께 학교 안 괴담 탐험은 마친 상태였습니다. 형은 누가 먼저 요괴 교장을 찾아내 퇴치하는지로 내기를 걸었습니다. 형이 내기를 걸어오면 동생은 그걸 받아들이고 나는 거기 말려든다. 곧잘 있는 구도였죠. 부모님은 깊이 잠들면 좀처럼 깨지 않는 체질이었고 당시 살던 빌라집 문도 구식 열쇠 잠금이었기에, 들키지 않고 나오는 건 식은 죽 먹기였습니다.

요괴 교장을 찾아내 '퇴치'하는 내기라고 말했지요. 그렇습니다. 가끔 학교 괴담엔 등장하는 괴물을 물리치는 방법이 따라붙는데, 요괴 교장 괴담도 그랬습니다. 그건 바로 '야광주'를 던지라는 거였습니다.

알이 굵기로 정평이 난 우리 H산의 헛개, 그 가운데 밤중에 빛나는 열매가 있다고 합니다. 그걸 학교 괴담은 야광주라 불렀습니다. 간 빼먹는 요괴 교장은 어째선지 이 야광주를 두려워하여, 한밤중에 그와 마주치더라도 야광주를 던지면 곧장 줄행랑을 친다는 겁니다. 그러니 우리는 우선 야광주를 찾아야만 했습니다.

처음엔 셋이서 함께 움직였지만 이내 형이 우리를 귀찮아하며 혼자 가버렸습니다. 저는 어린 여동생과 함께 산길을 헤맸습니다. 아무리 익숙한 동네 뒷산이라도 당시는 요즘처럼 산행길이 정비되지도 않았고 변변한 조명도 없었습니다. 나무 사이로 비치는 동네 건물들의 불빛과 달빛, 배터리가 얼마 없는지 흐리멍덩한 손전등 빛을 의지해야 했습니다.

낮과는 달리 그야말로 전설의 고향에 발을 디딘 듯 으스스하고 차가운 어둠에 저는 겁을 집어먹었습니다. 내기고 뭐고 이런 바보 같은 짓은 관두고 어서 집으로 돌아가 따뜻하고 안전한 이불 속으로 들어가고 싶었어요. 하지만 동생은 내 말을 전혀 듣지 않았고, 이미 와버린 산길을 혼자 돌아가기도 죽도록 싫었습니다. 요괴 교장 같은 걸 아주 진심으로는 믿지 않았지만 역시 어린 마음에 혹시라도 마주치면 어쩌나 숨 막히게 무서웠죠. 게다가 밤의 산길이란 그야말로 괴이를 품은 공간 그 자체처럼 느껴졌으니까요. 필사적으로 머리 위를 살피며 간

건 야광주 열매를 찾기 위해서이기도 하지만 정면의 어둠에서 당장이라도 뭔가가 튀어나올 것만 같았기 때문이었습니다.

그러기를 한참. 시야에 푸르스름하게 빛나는 무언가가 들어왔습니다. 깜짝 놀라 확인하자 그것은 짐승의 눈이나 유리 조각이 아니라, 잎을 거의 떨어뜨린 헛개나무 가지에 포도처럼 주렁주렁 매달린 열매송이였습니다. 우리에겐 높은 위치에 달린 그 송이를 따려고 우리는 긴 나뭇가지를 주워 송이가 매달린 가지를 굽히려 안간힘을 썼는데, 가지가 흔들릴 때마다 신비한 푸른빛이 밤공기 속으로 흩어지는 게 보였습니다.

겨우 따낸 송이는 틀림없이 헛개열매였습니다. 분명 알알이 꼭지가 나서 줄기에 매달려 있었습니다. 송이 전체가 빛나는 건 아니고 그중 세 알 정도가 그랬는데, 거무칙칙한 갈색인 다른 것과 달리 뭔가 유리알처럼 반들거리고 있었습니다. 그야말로 귀한 구슬 같은 느낌이었죠. 나도 동생도 그 신비로운 빛에 매료되어, 내 손에 올린 헛개 송이를 멍하니 바라보고 있었습니다. 학교 괴담으로 전해 내려오는 아이템이 이 손에 있다니… 얼어붙었던 마음이 뭔가 고양되는 기분이었습니다.

그런데 문득 이런 생각이 들었습니다. 괴담에서 말하는 야광주가 실제로 있었다. 그렇다면… 괴담에 등장하는 요괴 교장도 정말 있는 건 아닐까?

그때였습니다. 오싹한 찬바람이 부는가 싶더니, 짐승 같은 누린내가 물씬 풍겼습니다. 헛구역질을 참으며 주변을 돌아보는데 저만치 우거진 나무 사이로 무언가, 주변의 어둠보다 더 검은 덩어리가 우두커니 서 있는 느낌이 들었습니다.
나는 순간 앗 소리를 내며 동생의 손목을 움켜쥐었습니다. 동생도 내 시선이 향하는 곳을 눈치챈 것 같았습니다. 그러자 부스럭, 하며 검은 형체가 움직였습니다. 분명 이쪽을 향해 다가오는 동작이었습니다.
"요괴 교장이다!"
누가 먼저 그렇게 소리 질렀는지 모르겠습니다. 정신이 들자 우리는 냅다 달리고 있었습니다. 어디가 길이고 아닌지도 분간 없는 채 달렸지만 짐승 같은 기운은 점점 바짝 따라붙었습니다. 웃음소리와 비슷한 짐승 짖는 소리가 바로 귓가에서 들리는 것 같았습니다.
"야광주를 던져야 해!"
그렇게 외친 건 동생이었습니다. 나보다 일찍 판단력을 찾은 모양이었습니다. 그제서야 한 손에 열매송이를 들고 있다는 것을 깨닫고, 푸르게 빛나는 큼지막한 알 하나를 떼어내 뒤로 던졌습니다.
펑 소리가 난다거나 번개가 치는 등 거창한 반응은 없었습니다. 그런데 확실히 바짝 다가왔던 기척이 대번에 멀어지는 것이었습니다. 달리던 중에 어깨너머로 확인하자, 검은 형체는 멀리에 가만히 서 있었습니다. 어딘가 당혹스러워 보이기도 하는 모습이었습니다.

퇴치했나 했지만, 안심하기엔 일렀습니다. 그것은 곧바로 다시 우리를 뒤쫓기 시작했으니까요. 와아악 울음을 터트리는 나를 오히려 어린 동생이 이끌었습니다. 동생의 작고도 야무진 손을 생명줄 삼아 나는 그저 달릴 수밖에 없었습니다. 요괴 교장은 더욱 맹렬한 기세로 우리를 뒤쫓았습니다. 쩍 벌린 놈의 입안에서 날카로운 송곳니가 번뜩이며 당장에라도 나를 찢어발길 것만 같았습니다. 아슬아슬한 순간, 나는 두 번째 야광주를 던졌습니다.

열매는 크게 벌려진 놈의 입안에 쏙 들어갔습니다. 이번에야말로 그것은 몹시 당황한 눈치로 켁켁거렸습니다. 그 틈에 우리는 다시 도주했지요. 저는 이걸로 퇴치가 되었기를 간절히 빌었습니다. 숨이 막히고 다리가 후들거리고 폐가 터질 것 같았습니다. 체력의 한계가 가까웠습니다. 동생도 창백한 얼굴로 숨을 몰아쉬고 있었습니다. 이대로 끝이어야만 했습니다.

점점 느려지는 발걸음 도중 저는 우리가 산길을 오르고 있다는 걸 알았습니다. 마을로 나가려면 내려갔어야 하는데요.

놈이 우리를 산속으로 몰아가고 있다. 그렇게 눈치챔과 동시에 그 추적 역시 끝나지 않았음을 깨달았습니다.

사방은 깜깜하고 나무는 더욱 빽빽해졌으며 낙엽 깔린 발밑은 미끄러웠습니다. 앗 하는 순간 저는 넘어지고 말았습니다. 추적자는 그 순간을 놓치지 않았지요. 요괴 교장이 순식간에 날아와 저를 덮쳤습니다. 이제 죽었다고 생각했습니다.
다음 순간에 벌어진 일은 이 기묘한 이야기 가운데서도 제일 기묘한 부분입니다.
저를 덮치는 요괴 교장을 향해, 또 다른 검은 그림자가 달려들었습니다. 그 기세에 요괴 교장과 또 다른 그림자는 하나가 되어 길가의 비탈로 데굴데굴 굴렀습니다. 곧 나무에 막혀 움직임을 멈춘 두 그림자를 저는 눈에 힘을 주고 자세히 보려 했습니다. 손전등은 어느새 놓쳐버렸기에 희미한 달빛에 의존해야 했습니다.
그곳에 있는 건 여우였습니다.
여우와 여우, 두 여우가 한 덩어리가 되어 다투고 있었습니다. 도대체 무슨 일이 일어나고 있는지 전혀 알 수 없었습니다. 알 수 있는 건 어쨌거나 그 짐승들끼리 엎치락뒤치락 싸우고 있다는 사실이었습니다. 속이 메스꺼운 짐승 냄새와 날카롭게 우짖는 소리에 저는 안팎으로 할퀴어지는 기분이었습니다. 그리고 그들의 싸움이 절정에 달하려는 순간, 한쪽이 다른 한쪽의 멱을 물어뜯으려는 바로 그 순간.
저는 아직 제 한 손에 굳게 들려 있던 헛개 송이를 던졌습니다.
송이에는 아직 야광주가 한 알 남아 있었습니다. 그것을 저는 거의 부지불식간에 짐승들에게 던졌습니다. 그리고 뒤돌아 내쳐 달렸습니다. 그리고….
그리고.
어느새 잠든 저는 다음 날 아침, 자기 방에서 얌전히 자고 있는 동생의 모습을 보았습니다.
형은 집에 돌아오지 않았습니다.
바로 그날 형은 H산 비탈 아래에서 시체로 발견되었습니다.

***

이야기를 마친 세실리가 가지튀김을 한 젓가락 먹고 자스민 차를 홀짝이는 동안 자리는 쥐 죽은 듯 조용했다. 일단 나부터 무슨 반응을 보여야 좋을지 알 수 없었다.

말 그대로 여우에 홀린 기분이었다.

"그건 그러니까… 네가 어릴 적에 실제로 겪은 일이야?"

할 말이 궁한 바람에 지극히 멋없는 질문을 하고 말았다. 세실리는 음식이 마음에 드는지 가느스름하게 웃으며 "글쎄. 방금 떠올린 소설 내용일지도?"라고 얼버무렸다.

"확실히 형님의 사고사를 계기로 이사 가셨죠." 진 선생이 말했다. "당시 선생님의 부모님께서는 실족사라는 데 납득했던 걸로 기억합니다. 외람되지만 동네 사람들도 문제아의 일탈행동으로 받아들였죠."

"화가 난 형이 집을 나가거나, 집에서 쫓아내거나 하는 일은 있었으니까요. 지금 생각하면 아무리 그래도 초등학교 6학년생 아동이 밤의 산속에서 실족사라는 건 수상하지 않나 하지만, 부모님으로선 죄책감 때문에라도 덮어놓고 싶었을 겁니다."

"당시 형님이 단독으로 움직인 게 아니라 남매가 함께 움직였다. 이건 사실입니까?"

"네." 세실리는 선뜻 긍정했다. "하지만 누구에게도 들키지 않았습니다. 형은 어디까지나 혼자 집을 나간 걸로 되어 있죠."

"여동생분과는 함께 돌아오신 건가요?"

"그렇다고 합니다. 저는 경황이 없어 몰랐는데, 나중에 물어보니 동생은 저와 같이 집으로 돌아왔다더군요. '요괴 교장'에게 쫓기기 시작하고부터의 일은 기억이 애매하다고 해서 저도 별달리 들은 게 없습니다."

"그렇군요…."

진 선생은 팔짱을 끼었다. 그 곁에서 류 선생은 어깨를 웅

크리고 턱에 손을 댄 채 뭔가 골똘히 궁리하는 표정이었다. 세실리는 발표문 요약본 프린트물을 내밀어 탁탁 건드리며 말했다.

"그래서 말인데요, 진 선생님. 여기 요약본에는 관건인 세 가지 수수께끼의 해설 부분은 빠져 있는데, 제가 한번 맞혀 볼까요?"

"당신이?"

진 선생의 눈이 동그래졌다.

"네. 추리라기보다는 뭐, 망상이지만. 제 개인적 체험도 소재 삼아… 망상해보는 게 특기거든요. 소설가 나부랭이다 보니."

"네… 그럼 부디."

허락을 얻은 세실리는 상 위로 깍지 낀 두 손을 올렸다.

"첫째, 어째서 헛개열매를 던지는가? 둘째, 헛개열매를 던졌을 때 어째서 육림과 천자가 출현하는가? 셋째, 어째서 마지막엔 뜬금없이 금강역사가 나타나 누이를 응징하는가?"

그는 우선 세 가지 수수께끼를 되짚었다.

"여우 누이 설화는 어디까지나 남성인 오빠 시점의 이야기입니다. 요괴인 누이는 그 존재 자체가 불가사의하며 폭력적인 괴이로 이해의 대상이라 할 수 없죠. 그렇기에 퇴치 대상인 겁니다. 그런데 H골의 여우 누이 이야기는 '퇴치' 부분에서 갑자기 '유혹'이 출현해요. 그건 어째서인가. 저는 이 부분부터 오빠가 아니라 누이의 시점이 섞이기 시작하기 때문이라고 생각합니다."

"누이의 시점요?"

"네. 그 근거는 헛개열매입니다."

헛개? 그게 무슨 근거가 된다는 걸까.

"어른이 된 이후 저는 그날 우리에게 무슨 일이 있었던 건지 나름대로 가설을 세워 조사도 해봤습니다. 그러던 도중 이런 해외 논문을 우연히 찾았어요. 수목 열매에 감염되는 희귀한 진균… 곰팡이에 관한 것이었습니다. 세계적으로 발견 사례가 많지 않았지만, 논문의 도표에는 분명 H시의 헛개나무에서 확인되었음이 기록되어 있었죠. 초록색을 띠고 표면이 유리질로 변질된 열매 사진과 함께."

무심코 아 소리가 나왔다. 발표 자리에서 진 선생이 들어 보인 밀폐용기에 초록색을 띤 열매가 담겨 있었던 게 기억났다.

"그 진균은 야광성을 띤다고도 적혀 있었습니다. 또한 인체에 미치는 영향도. 구강 및 비강 점막으로 흡수하면 착란을 일으킬 수 있다고요."

"착란…." 이번에도 무심코 흘러나온 소리였다. 홀린 듯한 기분이 점점 강해졌다. 세실리가 들려준 이야기 속에서 산속을 헤매던 남매가 야광주를 발견했을 때, 가지가 흔들리자 야광주가 푸른빛을 흩뿌렸다고 했었다. 요괴 교장에게 던졌을 땐 우연히 입에 들어갔다고도….

"그래서입니다. 첫째, 왜 헛개열매인가? H골 여우 누이 설화가 언제부터 전해 내려왔는지는 모르지만, 옛날 사람들은 진균에 감염된 열매를 희귀하고 요사한 환술을 부리는 야광주라고 생각했을지 모릅니다. 그래서 부적이나 무구처럼 마술 도구로 쓰일 수 있던 거고요. 그럼 둘째, 왜 육림과 천자 같은 '유혹'이 등장하는가? 그 내용이 감염된 헛개열매와 접촉한 '누이' 시점이기 때문입니다. 야광주가 무언가 '누이'가 바라는 환상을 보여준 거죠."

어째서일까? 홀린 기분 언저리로 뭔가가 걸렸다. 하지만 일단 듣기로 했다.

"덧붙여, 우리 남매가 다닌 초등학교 괴담에 이 여우 누이 전승이 섞인 게 아닐까 합니다. 어쩌면 과거에 실제 있었던 사건에 대한 소문도 덧씌워져서요. '간 빼먹는 요괴 교장' 말입니다. 이 지역에 실존했던 일제시대 고등보통학교 교장… 노다 뭐라고 하는 그 사람."

그러고 보면 진 선생은 노다의 수첩에 관해서도 말했다.

"그 인물에 관해서는 조사하기가 정말 어려워서 거의 상상에 기반하고 있습니다만, 살던 집이 원인 모를 화재로 전소했다고 하지요. 일제가 임명한 고등보통학교 교장이 그런 화를 당했다는 건 보통 사건이 아닙니다. 그런데 유야무야 된 데다, 그 일을 계기로 노다는 본토로 돌아갔다고 되어 있어요. 그래서 망상해봤는데, 어쩌면 그 일은 누가 봐도 명백한 노다의 잘못으로 빚어진 일이 아닐까. 목격자가 아주 많아서 다른 원인에 덮어씌울 수도 없을 만큼, 그리고 불명예하게 본국으로 송환될 만큼의 뭔가가 있던 건 아닐까. 예를 들어 그가 착란이라도 일으킨 듯이 제집에 방화하는 모습이 목격되었다거나…."

"노다는 지역 주민들을 멀리했지만 혼자 산행하는 건 좋아했던 모양입니다." 진 선생이 차분하게 끼어들었다. "아까 밝히지 못한 노다의 수첩 내용 중에는 '산에서 벽옥처럼 빛나는 헛개열매를 발견해 가져왔다'는 기술이 분명 있었습니다. 날짜는 바로 화재 사건이 있던 날. 현지의 후손에게서 얻었지요. 그래도 뭐, 어디까지나 화재 사건의 원인은 불명이지만요."

"그렇군요. 뭐 진실이 어쨌건, 당시 그런 소문이 있었고 그게 여우 누이 설화와 더불어 우리 초등학교의 학교 괴담에 섞여 전승되었다고 할 수도 있지 않을까, 전 그렇게 상상해 봅니다."

그런가…. 나는 세실리의 상상을 곱씹었다. 이걸로 헛개열매와 노다의 수첩이라는 두 가지 열쇠는 설명됐나… 어쩐지 꽉 쥔 주먹에 땀이 배고 있었다.

"셋째는 어떻습니까?" 잠시간의 침묵을 깨고 진 선생이 물었다. "어째서 마지막엔 뜬금없이 금강역사가 나타나 누이를 응징하는가? 이건 어떻게 생각하시는지요?"

"아, 사실 그 부분은 좀 자신이 없는데요."

자기가 먼저 수수께끼를 풀어 보겠다고 나서놓고 세실리는 갑자기 움츠렸다. 그는 겸연쩍게 옆머리를 긁적였다.

"어쨌건 상상해보자면… 육림과 천자의 유혹이 누이 시점의 내용이리라고 앞서 말씀드렸죠. 그런데 마지막에 뜬금없이 금강역사에 의한 징벌로 마무리되는 게 이상하다. 여기서 저는 근본적인 질문을 해야 한다고 생각합니다."

"근본적인 질문요?"

"네. 애초에 여우 누이가 '원한 것'은 무엇인가를."

여우 누이가 원한 것?

"여우 누이는 대부분의 판본에서 살육을 저지르는 이유를 알 수 없습니다. 그런데 잔인한 살육자라는 속성 외로 이 요괴의 중요한 특질은 바로 둔갑하는 존재라는 사실입니다. 오라비를 추격할 때부터 누이는 인간의 둔갑을 벗어던지고 괴물의 정체를 드러냅니다. 따라서 H골 여우 누이 설화에서도 헛개열매의 환각을 보는 누이도 본색을 드러낸 상태입니다. 그때 첫째로 나타난 건 육림, 이건 짐승으로서 누이가 원하는 바를 상징하는 게 아닐까요."

"아. 그럼 천자가 나타난 건."

"누이의 여성으로서의 욕망이라고 할 수도 있겠지."

내 중얼거림을 세실리가 받았다. 나는 참지 못하고 끼어들었다.

"하지만 그러면 금강역사는 더욱 이상하잖아. 왜 거기서 갑자기 퇴치당하지?"

"그게 누이가 정말로 원하는 거였기 때문이겠지."

나는 말문이 막혔다. 진 선생과 류 선생도 이쪽을 살피기만 하고 아무 말도 얹지 않았다.

"아뇨, 퇴치당하길 원했다는 게 아니라. 여우 누이가 정말 되고 싶었던 자신, 그것이 나타나서 실현되었기에 이전의 정체인 '여우 누이'는 죽었다. 그런 얘기입니다."

금강역사야말로 여우 누이가 정말 되고 싶었던 모습이라고…?

"금강역사는 정토를 삿된 것들로부터 지키는 수호신이기도 합니다." 그때 진 선생이 말했다. "그렇게 보면 여우 누이의 소망은 마지막에 문지기 신에 의해 좌절되었다고 볼 수도 있지 않을까요."

"그럴까요?" 세실리는 어깨를 으쓱했다. "그럴 수도 있겠군요. 여우에겐 안됐지만."

"어차피 감염된 헛개로 인한 환각이니까요. 막판에 즐거웠던 환각이 깨지고 밀려오는 환멸이 금강역사의 일격이라는 이미지로 형상화된 건지도 모르죠."

"그런가요." 흥미를 잃어가는 속도가 눈에 보이는 태도였다. "저로서는 둔갑이 아니라 진짜가 될 힘이 야광주에 정말로 있었다고 하는 게 더 재밌지만요."

"여동생분은 어떻게 돌아가셨습니까?"

이제까지 잠자코 생각에 잠겨 있던 류 선생이 물었다.

"서울로 이사한 후 얼마 안 되어 사고를 당했습니다."

세실리는 그렇게만 대답하고 입을 다물었다. 류 선생은 "그렇습니까"하더니 중얼거리듯 덧붙였다.

"요매가 아니라 인요일지도 모르겠군요."

그 후 뒤풀이 자리에서 예정대로 진 선생의 발표가 이어졌지만, 그 내용을 굳이 덧붙일 필요는 없겠지. 이제 너도 알게 됐으리라 생각해. 내가 어째서 세실리가 보내준 찻잎을 곧장 내다버렸는지 말이야. 네가 마시고 싶어 하던 브랜드의 한정판 블렌딩티 몇 가지를 소분해

서 담아준 귀한 선물을.

그 녀석은 애초에 재기하기 위해, 죽음과 재생을 위해 고향을 찾았어. 마침 그때 이상한 모임이 있고 진설주 선생님의 발표가 있었던 건 우연이었겠지. 하지만 녀석은 H시의 헛개에 관해 이미 나름대로 조사한 상태였지. H골 여우 누이 설화에 관해서도 사전 지식이 있었기에 뒤풀이 자리에서 그렇게 유창했는지도 몰라.

류젠밍 선생님과는, 실은 이후에도 연락을 나눴어. 요매가 아니라 인요, 이게 무슨 말인지 넌 알고 있을까? 난 요매란 말도 진 선생님의 발표 때 처음 들었어. 요괴 누이라는 뜻이지. 인요는 그럼 문자 그대로 인간 요괴라는 뜻인가 했어.

류 선생님은 세실리가 BL 작가라고 했을 땐 뭐 그러려니 한 모양인데, 그 녀석이 여동생과 속옷까지 같이 입는 사이였다거나 형보다는 여동생과 친했던 듯이 말하는 걸 보고 어쩌면 했대. 본인이 뚜렷이 밝힌 일도 아니고 대단히 예민한 일이라 류 선생도 말을 아꼈지만, 인요란 건 남자처럼 보이는 여자 혹은 여자처럼 보이는 남자, 반대 성별 행색을 하는 사람을 뜻하는 말로 청나라 시대에 이미 쓰이던 말이고 현대 중국어에서도 쓰인다고 해.

류 선생님의 감상처럼 세실리의 '요괴소설'과 '망상'을 요매 이야기가 아니라 인요 이야기라고 생각하면 어떨까. 세실리가 H골 여우 누이 설화를 여우 누이 시점에서 해석했던 것처럼, 그의 '요괴소설'이 어느 인간 요괴의 고백이라고 한다면?

그가 헛개열매가 여우 누이에게 그녀가 원하는 것을 보여줬다고 단언했을 때 난 뭔가 걸리는 걸 느꼈어. 원하는 게 아니라 무서워하는 것, 혐오하는 것을 볼 수도 있지 않나? 그런 게 아니더라도 중독으로 인한 환각이 소원성취형만 있는 건 아니잖아. 환각물질의 작용에 관해선 잘 모르겠고, 문제의 진균이 갖는 환각 작용도 알 수 없어. 다만 노다라는 일본인이 정말로 진균에 중독돼서 저택을 스스로 태웠다면, 아무리 봐도 소원성취형 환각을 봤을 거라 여기긴 힘들어.

물론 가정에 가정을 더하는 꼴이라 이런 건 어떤 타당한 근거도 되지 못하지. 나도 딱히 현실적인 주장을 하려는 건 아니야. 현실과 허구를 아슬아슬하게 드나드는 느낌이 들어. 조금만 방심하면 이 현실이 허구에 삼켜져 버릴 듯한....

세실리의 '요괴소설'에서 어린 세실리가 본 요괴 교장은 그의 형이었겠지. 동생들만 따돌리는 척하며 뒤를 밟았거나, 우연히 마주친 걸 진균의 환각 때문에 요괴로 착각했다. 여동생 쪽도 비슷한 환각을 봤고, 작은오빠가 쓰러지자 그에게 다가가려는 큰오빠를 저지하기 위해 몸을 날렸다. 그런데 세실리에겐 여동생까지 요괴로 보였어. 그리고 서로 싸우는 요괴에게 야광주를 날리자, 그중 한 마리는 '퇴치되었다'. 남은 한 마리 역시 얼마 지나지 않아 '사고사'했다.

이 모든 게 세실리가 원하던 대로라면?

아니, 세실리가 된 그 여동생이 원하던 대로라면?

병원에나 가보라는 소릴 듣기 좋은 과대망상이란 건 알아. 이것도 직업병인 것 같다. 자꾸 앞뒤를 끼워 맞추려 드는 거. 하지만 설화 속 여우 누이가 여자로서, 짐승으로서의 자신의 소원과 마주친 후에 '금강역사'라는 자신과 만난 후 소멸했다면 말이야.

그게 그녀가 정말 원하던 자기 모습이었다면, 이런 생각이 들어버리는 거야.

어떤 인간 요괴가 어린 시절 야광주의 힘으로 소원을 성취했고, 그 이후에도 원하는 대로 살게 되었다고 그 스스로 생각하고 있다면?

그리고 최근 자신의 생계와 정체성을 위협하는 일을 겪었다면?

그런데 우연히도 어릴 적 자신을 도와준 마법의 열매와 재회했다면?

마침 자기가 원하는 소설가로서 성공한 인생을 사는 이가 바로 옆에 있다면?

다시 한번 마법을 써보자는 생각쯤은 하지 않을까.

찻잎을 소분하면서 세실리가 H산의 헛개를 만졌을 거라는 생각이나. 그걸 어째서 너에게 보냈는지에 대한 의문이, 나 역시 모르고 마시게 될 수도 있었다는 의문이, 자꾸 들어. 어쩌면 이미 세실리라는 인물은 사라진 게 아닐까 하는 생각도....

서로 엉킨 두 '여우'에게 야광주를 던진 인요가 결국 두 사람의 모든 걸 가졌듯이, 세실리가 이미 내가 되었다면 내 모든 걸 가졌겠구나, 하는 생각은 이제 하고 싶지 않다.